LE LIVRE DE NOS MÈRES

Sous la direction éditoriale d'Anna Alexis Michel

LE LIVRE DE NOS MÈRES

Sous la direction éditoriale d'Anna Alexis Michel

ÉDITIONS
RENCONTRE DES
AUTEURS FRANCOPHONES

ÉDITIONS
RENCONTRE DES
AUTEURS FRANCOPHONES

Couverture

Sandra Encaoua Berrih

Contributeurs

(Les contributions n'engagent que leurs auteurs)

Anna Alexis Michel, Isabelle Antoine, Mona Azzam, Frann Bokertoff, Thael Boost, Bou Bounoider, Rachel Brunet, Agnès Castera, Nour Cadour, Chantal Cadoret, Valérie Chèze Masgrangeas, Tangi Colombel, Olivier Coutier-Delgosha, Luxy Dark, Émilie Dhérin, Laure Enza, Sandrine-Jeanne Ferron, Laurence Flez-Renaudin, Michel Fremder, Cathy Galière, Jean-Michel Guiart, Belinda Ibrahim, Martine L. Jacquot, Jean Jauniaux, Florence Jouniaux, Gérard Laffargue, Michel Lobé Etamé, Meziane Mahmoudia, V.Maroah, Odile Marteau Guernion, Sandrine Mehrez Kukurudz, Valérie Mirarchi, Carole Naggar, Bob Oré Abitbol, Patricia Raccah, Mariem Raïss, Ingrid Recompsat, Marie-Amélie Rigal, Jean K. Saintfort, Nathalie Sennegon-Nataf, Élisabeth Simon-Boïdo, Adama Sissoko, Philippe Stierlin, Michel Tessier, Sophie Turco.

« Dieu ne pouvait être partout,
alors il a créé les mères »

(Rudyard Kipling d'après un proverbe juif)

Avant-propos

Sandrine Mehrez Kukurudz

Cette formidable aventure a déjà trois ans et pourtant elle n'a que trois ans.

Elle s'est imposée en mars 2020, lors de la célébration du cinquantenaire de la Francophonie à New York. Ce jour-là, cette assemblée passionnée de Francophones du monde m'a interpellée et émue. Quelques mois plus tard, alors que la Covid me privait de mon activité de productrice d'événements, elle m'ouvrait la voie à de nouvelles opportunités, me donnant le temps nécessaire pour lancer Rencontre des Auteurs Francophones et y consacrer mon temps et mon énergie.

L'idée – germée quelques mois plus tôt sur un coin de table floridienne avec Anna Alexis Michel – prenait vie. Cette plate-forme et son réseau unique devaient permettre aux auteurs du monde entier de langue française, aguerris ou inconnus, d'accéder à un programme quotidien de mise en avant de leur travail d'écriture et à un panel d'outils de communication innovants. Le réseau est vite devenu une famille stimulante qui ne cesse de grandir et de fonctionner en tribu.

Aujourd'hui plus de trois cent cinquante auteurs originaires de cinquante pays nous ont rejoints, sous l'aile bienveillante de grands auteurs sensibilisés aux missions du réseau. Il puise sa force dans celle de ses auteurs investis, qui tout au long de l'année se soutiennent, s'encouragent et font grandir cette initiative.

Émissions et interviews, blog, rendez-vous internationaux, dédicaces, Festival des Auteurs Francophones en Amérique, en Belgique, en Malaisie et en France, participation aux salons du Livre, librairie en ligne, ouverture d'antennes en Espagne, Belgique, France, Djibouti, Haïti, Asie, Liban, Algérie, Canada et Océanie... Tel est le bilan de ces trois années d'existence.

En juin 2023, le réseau a réalisé le rêve fou de créer une maison d'édition francophone sur le sol américain : elle s'est donnée pour mission première de publier des ouvrages collaboratifs diffusés dans le monde, assurant ainsi la promotion des écrits de ses membres contributeurs auprès d'un lectorat international et de représentants institutionnels et culturels.

Le premier ouvrage a célébré l'anniversaire de la naissance de Marguerite Yourcenar, le second les quatre-vingts ans du Petit Prince de Saint Exupéry et le troisième a rendu hommage à Albert Camus.

Le quatrième livre de la collection est celui que vous tenez entre les mains. Ils ont été nombreux les auteurs qui ont mis leur mère ou celle des autres au cœur de leur fiction. Souvent un hommage à la première femme de leur vie, parfois aussi l'occasion de régler le poids des non-dits... Fiction ou autobiographie.

Hommage ou mépris. La mère qu'on encense ou avec laquelle on règle ses comptes.

Ce livre en l'honneur des mères rassemble quarante-cinq textes rédigés par des auteurs passionnés, enthousiastes à l'idée de laisser courir les mots pour leur rendre hommage. Ils avaient carte blanche. Nouvelles, poèmes, réflexions, textes, illustrations… Ils vous livrent ce que les mères leur inspirent.

© Sandrine Mehrez Kukurudz

Remerciements

Merci aux contributeurs, qu'ils soient poètes, auteurs, professeurs ou chercheurs qui ont permis la naissance de cet ouvrage collectif.

Merci à tous ceux qui soutiennent le réseau tout au long de l'année, qu'ils soient professionnels de la culture ou lecteurs investis. Merci à ses membres auteurs.

Merci à Anna Alexis Michel qui a accepté de prendre la direction éditoriale de cette collection de livres « *Hommage* » et à Sandra Encaoua Berrih, directrice artistique de la collection, pour ses magnifiques aquarelles. Leur travail et leur amitié nous permettent de vous offrir cet ouvrage de qualité.

Merci aux ambassadeurs du réseau qui font un incroyable travail, notamment Mona Azzam en France, Pom Ehrentrant en Malaisie, Magali Vilain en Belgique, Claudia Rizet au Canada, Sadia Tabti en Algérie, Gilles Gaillard en région Paca, Isaline Remy en Bretagne.

Merci à nos soutiens de toujours et parmi eux Bélinda Ibrahim à Beyrouth, Bou Bounoider, Nathalie Buet, Willy Lefevre et Vincent Engel à Bruxelles, Valérie Legouhy et Sophie Turco en France. J'en oublie bien sûr, tant ce réseau est une magnifique famille dans laquelle chacun apporte une aide essentielle.

Merci enfin à mon mari qui m'a encouragée à me battre pour donner aux auteurs la visibilité qu'ils méritent et qui me pousse à dépasser les limites pour faire grandir plus encore cette plate-forme.

Merci à Francis Dubois, cofondateur du Festival des Auteurs Francophones en Amérique au National Arts Club de New York, sans qui ce rendez-vous annuel dans cette institution prestigieuse et iconique n'aurait pas été possible.

L'année 2023 est l'année de l'internationalisation du réseau, notamment par le biais de ses antennes dans le monde, dirigées par des ambassadeurs passionnés. 2024 verra l'extension des grands rendez-vous américains en Europe et en Asie. Si rien n'est possible sans vous, tout est possible avec vous. Merci de votre lecture et de votre soutien.

© Sandrine Mehrez Kukurudz

Quelques mots…

« Pleurer sa mère, c'est pleurer son enfance. L'homme veut son enfance, veut la ravoir, et s'il aime davantage sa mère à mesure qu'il avance en âge, c'est parce que sa mère, c'est son enfance. J'ai été un enfant, je ne le suis plus, et je n'en reviens pas », écrivait *Albert Cohen* dans *« Le Livre de ma mère ».*

Je vous invite à y retourner, en enfance. À me suivre sur les traces des mères de quarante-cinq grands enfants : Martine qui a réhabilité sa mère dans son œuvre ; Mariem qui s'interroge sur les époques de sa vie ; Michel qui se souvient de sa mère chérie ; Belinda qui nous parle de la mère courage…

Et même si, souvent, nous sommes la raison de ses pires tourments, explique Nathalie, il faudrait à notre tour, bercer notre mère de nos chants, murmure Nour. Comprendre son amertume, avec Bou, célébrer la transmission, avec Adama. Car notre mère fait de nous celui que nous sommes, prévient Jean K. , et que c'est de notre mère que nous tenons nos contes affirme Jean-Michel.

Quand elle est absente, on la sublime, comme le fit le petit Jean. Et elle seule, d'ailleurs, nous porte au firmament dit Cathy, cette mère aussi délicieuse que le bonbon précieux de Valérie.

Patricia, Carole et Frann célèbrent leurs mères courageuses aux parcours atypiques, mariées très ou trop jeunes. Si bien qu'il leur est parfois compliqué, souligne Isabelle, d'être mère. Pourtant il faut surmonter ces relations difficiles avec notre propre mère, insiste Ingrid. Alors nous pourrons célébrer la mère éternelle avec Meziane et nous souvenir, comme Michel, de son parfum. Il faut aimer et s'émanciper, exhorte Lucy, car seul l'éphémère dure rappelle Mona. Être mère, c'est surmonter le deuil, parfois de notre propre enfant explique Laure, survivre aux secrets dit V., parce que les vivants n'existent qu'au prix des morts rappelle Sophie.

On peut rêver, comme Rachel, d'une mère symbolique qui serait New York. Ou même Dieu, comme le postule Michel F. Mais les mères divines sont celles de chair et de sang, rappelle Agnès, celles qui se soucient des enfants - les leurs, ceux des autres - plutôt que d'elles-mêmes.

Même si la vie les dévore, explique Émilie, car l'enfant qui jouait sur le perron est devenu une vieille dame, celle qu'Odile décrit assise sur le banc. Celle de Sandrine-Jeanne qui nous laissera une lettre. Peut-être ne se souvenait-elle plus de notre prénom, comme le craint Chantal. Sa voix nous manquera rappelle Thael. Cette voix, reviendra-t-elle hanter nos rêves comme dans l'histoire d'Olivier ? Malgré les années, jamais on ne l'oubliera assure Florence.

Peut-être que notre mère aura choisi de partir d'une façon étrange, comme celle de Philippe. Mais, être auteur, c'est, comme Simone de Beauvoir, avoir l'opportunité de sublimer ce processus de séparation en chef-d'œuvre de la littérature, suggère Valérie M.

Notre mère morte nous laissera des ballades, des comptines, mais surtout beaucoup de questions. Car, finalement, que savons-nous d'elle ? questionne Élisabeth. N'est-elle pas une inconnue ? se demande Sandrine MK. Et qui sait, peut-être qu'elle n'est même pas notre mère biologique, comme le découvre Laurence. Peut-être juste une mère de cœur, celle que chante Nour.

Peu importe, la mort, on s'en fout ! Finalement, ses souvenirs danseront toujours en nous, objecte Tangi. Et nous célébrerons avec Marie-Amélie cette héroïne qui, dit Gérard, nous a sauvé du néant.

Aimez vos mères, enfants ingrats, pardonnez-leur, parce que, prévient Bob, prenez garde : il vient un jour où notre mère ne nous répond plus.

Anna Alexis Michel,
Directrice éditoriale

Préface

La mère au centre du monde

Martine L. Jacquot

(Acadie)

© Carole Benichou

Les héros de roman sont souvent à la recherche de leur identité, qu'elle soit culturelle, sociale, linguistique, sexuelle, religieuse ou autre. C'est plus que jamais le cas des héroïnes de romans féminins modernes. Cette recherche identitaire se manifeste dans l'exploitation de différentes thématiques. Dans certains cas, cette quête de soi s'effectue à travers des thèmes tels que le voyage ou l'écriture, dans d'autres cas, elle se fera au sein de la relation mère-fille.

C'est cette relation que j'ai choisi d'explorer en guise de préface de cet ouvrage sur les mères. Cette relation mère-fille est présente dans la littérature depuis bien longtemps. Elle est sous-jacente entre autres dans bien des contes traditionnels.

L'anthropologue Yvonne Verdier a répertorié des versions populaires de contes où elle fait ressortir par exemple que l'histoire du *Petit Chaperon Rouge* ne reflète plus tant le problème de l'initiation sexuelle de la petite fille ou le risque du viol, le loup symbolisant la sexualité masculine; d'après cette étude, lorsqu'une petite fille devient pubère, elle fait basculer sa mère du côté des grands-mères et ces dernières du côté de la mort. Il y a donc une sorte de tension qui se crée avec le vieillissement qui montre comment les femmes se retrouvent dans une position de rivalité les unes par rapport aux autres, non seulement du point de vue de la beauté, donc du pouvoir de séduction, mais aussi de la longévité. La mère ou la grand-mère redoutent donc la puberté de la fille.

Dans d'autres contes bien connus, tels que *Cendrillon* ou *Blanche Neige*, la jeune fille devient l'objet de haine et de jalousie aux yeux de la belle-mère, figure qui vient excuser celle de la mère. La beauté et la sexualité vibrantes des jeunes filles viennent occulter celles des mères et créer une réaction violente de jalousie qui va jusqu'au désir d'éliminer la rivale potentielle. Ce ne sont que des contes de fées. Pourtant, dans la fiction moderne, reflet de notre époque, l'image de la relation mère-fille n'est guère plus réjouissante.

Jusqu'à récemment, dans la littérature, les auteurs se sont peu penchés sur la relation mère-fille.

On se souvient de *Madame Bovary,* pour qui vivre sa vie signifiait vivre ses passions, jusqu'à en oublier l'existence de sa fille, donc son rôle de mère. Pour des femmes comme elle ou Lady Chatterley, le bonheur ou l'accomplissement de soi étaient avant tout liés à la réussite amoureuse.

De nos jours, la littérature reflète d'autres préoccupations chez la femme, et on sait que la réussite professionnelle ou sur un plan plus personnel prend parfois plus de place que la réussite en tant que mère. L'équilibre entre les rôles est souvent difficile à atteindre.

Cette question est traitée dans certains ouvrages théoriques ou des témoignages sans analyses, tels que *Ma mère, mon miroir* de la journaliste Nancy Friday (Robert Laffont), *Les Filles et leurs mères* d'Aldo Naouri

(Odile Jacob), *Entre mère et fille : un ravage* de Marie-Magdeleine Lessana (livre de poche), mais les études basées sur des œuvres de fiction sont rares. Une étude est parue chez Albin Michel, *Mères-filles, une relation à trois* de Caroline Eliacheff et Nathalie Heinich, ouvrage qui traite de la question à partir d'ouvrages de fiction.

J'aimerais présenter ici quelques ouvrages féminins contemporains qui traitent de la question de la relation mère-fille. Observer ce thème à travers des œuvres de fiction permet d'aborder une question psychologique par son thème et sociologique par son traitement. Nous verrons qu'à travers un corpus vaste, qui recouvre plusieurs continents, le thème revient et est traité de façon souvent semblable, voire complémentaire.

Dans *Les Mots pour le dire* de Marie Cardinal[1], auteure pied-noir ayant grandi en Algérie, nous lisons : « *De ma mère (...) j'ai le souvenir de l'avoir aimée à la folie au cours de mon enfance et de mon adolescence, puis de l'avoir haïe et enfin de l'avoir volontairement abandonnée.* » (86)

Enfant, Marie fait l'impossible pour se rapprocher de sa mère : « *Pendant qu'elle était dans la cuisine seule dans la lumière, je la voyais boire son vin blanc et j'avais envie d'être le vin, j'aurais voulu la rendre heureuse, j'aurais voulu attirer son attention.* » (88) Pourtant, l'amour que la petite fille voue à sa mère n'est pas retourné. La femme, belle et intelligente, parfaite aux yeux de la

---

[1] Marie Cardinal, *Les mots pour le dire*, Grasset, Paris, 1977

bonne société, ne vit que dans le souvenir de son autre enfant, morte avant la naissance de Marie. Cette mère porte aussi en elle la honte d'avoir conçu Marie en plein divorce, et d'avoir tenté d'avorter d'elle. Enfin, son comportement n'est que le résultat de jeux de société, de mascarade, afin de sembler appartenir à une classe soi-disant respectable.

L'enfant ne cesse de redoubler d'efforts pour mériter l'amour de sa mère : *«Mon Dieu, je ne suis pas digne de vous. (...) Mais dites seulement une parole et mon âme sera guérie. (...) Qu'elle m'aime ! Rien. »* (97) Les seuls moments où la mère laisse entrevoir un peu de tendresse à son enfant est quand celle-ci est malade, probablement parce que la maladie lui rappelle l'enfant perdue ou parce que son côté catholique et charitable a une chance de s'exprimer – à moins qu'il ne s'agisse de sa culpabilité mise en sommeil qui lui lance soudain le signal de se racheter. Elle peut alors se livrer à son rôle de bonne âme généreuse et admirable. Mais dès que l'enfant recouvre la santé, la distance se creuse à nouveau : *« Tous ces efforts vains avaient fait que je me repoussais moi-même, j'avais honte de moi. »* (90)

Dans l'inconscient de la jeune fille, il est bon de s'exiler de soi-même, de ses désirs, de ses sentiments, de son identité puisque sa mère agit ainsi, et de même, amour et maladie finissent par se confondre, puisqu'il faut être malade pour obtenir l'attention de la mère. C'est ainsi que commence à se développer l'état pathologique de Marie, état refuge qui va s'aggraver jusqu'à ce que la psychanalyse puis l'écriture viennent laisser les mots sortir, l'aliénation s'identifier puis se résorber. Il est clair que dans ce cas, le manque d'amour est lié à des circonstances personnelles à la mère, mais aussi, et surtout, à un contexte social et religieux dans lequel la mère se sentait obligée de jouer des rôles auxquels, au fond, elle ne croyait pas vraiment, mais qu'elle s'appliquait cependant à jouer afin de sauvegarder son image. La mère, victime elle-même de son époque et de son milieu, où elle vivait une vie artificielle, où elle cachait ses refoulements derrière ses masques de bienséance, était plus aliénée que la fille, mais lui a transmis le mal qu'elle portait en elle.

Il semble que le malaise qui s'est progressivement installé en Marie se soit empiré ou magnifié lors de la guerre d'Algérie. La jeune fille avait établi une sorte de transfert entre la mère et la mère patrie. La deuxième perdue, il ne lui reste plus rien à quoi rattacher son identité : « *Il me semble que la chose a pris racine en moi d'une façon permanente quand j'ai appris que nous allions assassiner l'Algérie. Car l'Algérie c'était ma vraie mère. Je la portais en moi comme un enfant porte dans ses reins le sang de ses parents.* » (112)

Pour Marie Cardinal, l'écriture sera l'exutoire qui lui permettra de trouver son identité et de comprendre son cheminement. Elle pourra recréer son espace-temps, faire revivre sa mère, et revivre elle-même ce qui lui avait échappé.

Dans *L'Amant* de Marguerite Duras [2], elle aussi née dans une colonie française, dans l'Indochine

---

[2] Marguerite Duras, *L'Amant*, Les éditions de minuit, Paris, 1984

d'alors, nous découvrons une jeune fille qui n'est pas plus heureuse dans sa relation avec sa mère que Cardinal ne l'a été dans la sienne. Ici, ce n'est pas la sœur morte qui est digne de tout l'amour, mais le grand frère, qui a en quelque sorte pris la place du père décédé.

Troublée par ses échecs, exilée de son propre monde, la mère n'arrive pas à gérer son rôle : « *Je crois que du seul enfant aimé la mère disait : mon enfant. (...) Des deux autres elle disait : les plus jeunes.* » (75) Cet enfant aimé, pourtant, ne saura jamais grandir et assumer de responsabilités. L'amour de sa mère le retient prisonnier dans un rôle de dépendance. Pour les deux autres enfants, il est la cause de leur malheur : « *Je voulais tuer mon frère aîné. (...) C'était pour enlever de devant ma mère l'objet de son amour, ce fils, la punir de l'aimer si fort, si mal.* » (13)

La stupeur indifférente de la mère crée une atmosphère insupportable pour Marguerite : « *Jamais bonjour, bonsoir, bonne année. Jamais merci. Jamais parler, jamais besoin de parler. Tout reste, muet, loin. C'est une famille en pierre, pétrifiée dans une épaisseur sans accès aucun.* » (69)

Il en résulte une attitude rebelle chez la jeune fille, une volonté de fuir et d'écrire, ce qui lui permettra de refaire le monde à sa façon et de briser le silence qui lui a tant pesé. Dans cette famille, rien ne peut évoluer : « *Elle est le lieu au seuil de quoi le silence commence. Ce qui s'y passe c'est justement le silence, ce lent travail pour toute ma vie (...) Je n'ai jamais rien fait qu'attendre devant une porte fermée.* » (35)

Ce silence sera pourtant le lieu où, devenue auteure, elle ira puiser la source de son inspiration, pour combler le manque. Contrairement au grand frère qui ne s'épanouit pas, retenu par l'amour étouffant de sa mère, Marguerite se rebelle, trouve auprès de son amant chinois une compensation pour l'amour qu'elle n'a pas reçu de ses parents, pour l'expression qu'elle ne peut exprimer chez elle. Il joue le rôle que joue le psychanalyste de Cardinal : par le regard qu'il pose sur elle, il lui renvoie une image, lui donne la parole, l'aide à naître à elle-même. Il lui permet de centrer sa vie, car d'après elle, jusqu'à ce point : « *L'histoire de ma vie n'existe pas. (…) Il n'y a pas de centre. Pas de chemin, pas de ligne. Il y a des vastes endroits où l'on fait croire qu'il y avait quelqu'un, ce n'est pas vrai, il n'y avait personne.* » (15) Avant la rencontre avec le Chinois, l'auteure renie l'existence même de sa propre identité, qu'elle ne peut rattacher à celle de sa mère. Il n'y a aucun point de référence dans son monde émotionnel.

Dans le cas de Duras comme dans celui de Cardinal, les filles sont victimes de leur mère, l'une divorcée et l'autre veuve, qui elles-mêmes étaient victimes de leur solitude et de leur société et s'autodétruisaient. Mais dans les deux cas aussi, les filles s'en sortent, grâce en grande partie à l'écriture qui agit comme remède à leurs maux.

Chez d'autres héroïnes de romans féminins modernes, cependant, si le cheminement ressemble en certains points à ce qu'ont vécu les personnages des deux premières études, l'aboutissement en est autre.

Dans *La Voyeuse interdite* de l'Algérienne Nina Bouraoui [3], nous découvrons une relation mère-fille haineuse pour des raisons culturelles. Comme dans *La Nuit Sacrée* de Tahar Ben Jelloun, la jeune fille de cette histoire est coupable de ne pas être un garçon, héritier tant souhaité pour une famille de cette culture. La vie de la mère s'arrête là où celle de sa fille commence :

> *« Ce n'est pas mes yeux que tu as regardés, non, tu as vite écarté mes jambes pour voir si un bout de chair pointait hors de mon corps à peine fait ! Le bonheur ne tient pas à grand-chose ! Trois secondes pour voir et pour savoir, un coup d'œil jeté dans l'entrecuisse, un doigt pour sentir et tu décidais par tes pleurs ou par tes cris de joie de ma vie, de mon destin et de ma mort ! »* (35)

Le mari hait sa femme de ne pas lui avoir donné de fils, la mère hait sa fille de ne pas être un garçon, et la fille vit dans une sorte de vide incertain, entre la mort ou le mariage, destin de toutes femmes de sa société :

> *« Je m'ennuie ! Mon avenir est inscrit sur les yeux sans couleurs de ma mère et les corps aux formes monstrueuses de mes sœurs; parfaites incarnations de toutes femmes cloîtrées. »* (16)

L'affection est absente de la relation. D'ailleurs, il n'y a même pas de relation, car si la mère refuse son enfant en tant que fille, la fille fait référence à sa mère comme étant sa « génitrice. » Les deux se rendent mutuellement responsables de leur malheur : *« La stérilité de mon existence a germé dans le ventre de ma mère. »* (17) De plus, sachant que la mère ne se réjouira que

---

[3] Nina Bouraoui, *La Voyageuse interdite*, Gallimard, Paris, 1991

lorsqu'elle mariera sa fille et sera fière de la livrer vierge à un inconnu – son seul accomplissement - la jeune femme la considère comme une meurtrière qui offre son enfant en sacrifice pour sa propre gloire. De même que la narratrice des *Mots pour le dire* se réfugiait dans la maladie afin d'attirer l'affection de sa mère, la jeune femme de *La Voyeuse interdite* s'invente des maladies pour se faire remarquer, mais en vain : « *(…) ma mère ne se laisse jamais abuser. Elle me colle dans la bouche avec sa délicatesse légendaire une tisane infâme. (…) Je me laisse mourir au fond de mon lit avec pour seule compagne l'ombre de ma mère emprisonnée entre mes bras qui brasse le vide.* » (64)

Consciente de son sort et de celui de ses semblables, victimes d'une société qui a réduit le rôle de la femme à celui d'engendrer, la narratrice s'offusque malgré tout devant le fait que les victimes deviennent à leur tour bourreaux volontaires :

« *Vous saviez la douleur d'être là à attendre enfermées. Pourquoi recommencer ? De mère en fille la tristesse est un joyau dont on ne peut plus se passer, un héritage, une maladie congénitale, transmissible et incurable ! Meurtrières mamans !* » (84)

Contrairement aux contes cités plus tôt, dans lesquels la puberté de la jeune fille était perçue comme une menace chez la mère, belle-mère ou grand-mère, ici la mère et donc la société voient en cet événement le fait que la jeune fille peut enfin donner naissance, de préférence à des garçons. À son mariage, la narratrice se rend compte que si elle se sent comme une marionnette à qui on n'a rien demandé, en revanche, sa mère vit son jour de gloire, le couronnement de ses efforts. Elle n'a pas eu de fils, mais sa fille sera mère grâce à elle. La jeune femme observe sa mère qui « *sautille autour de ses hôtes en vantant les mérites de sa fille, seule féconde de la maison* » alors que la jeune mariée est animée à son égard de « *pensées meurtrières.* » (128)

Le mariage, dans le cas de cette fille mal aimée, est un peu synonyme de suicide, mais on sait qu'elle possède une grande imagination à laquelle elle a mêlé les scènes de rue qu'elle aperçoit de sa fenêtre. Grâce à cette imagination qui lui a permis de vivre une longue attente cloîtrée, elle pourra trouver moyen de survivre mentalement une autre étape de sa vie de femme. De plus, sa révolte silencieuse contre sa mère laisse espérer qu'elle ne perpétuera pas la tradition et qu'elle aura envie de jouer son rôle de mère comme elle l'entend, si un jour elle a des enfants auxquels elle ne voudra pas imposer la sortie de secours à laquelle elle a eu recours :

« *Comment ne pas s'ennuyer dans un pays musulman quand on est une fille musulmane? Tout d'abord, ignorer le temps (…) puis, cultiver l'imagination qui vous déportera dans un autre temps à l'ombre d'un arbre fécond, celui de la création, si elle ne suffit pas, prendre alors appui sur la rue, du haut de votre fenêtre, mais là, si vos mots ne vous soutiennent pas, vous cognerez contre l'horreur d'une réalité peu séduisante.* » (65)

Si la mort n'apparaît que comme une vague éventualité que l'on préfère ne pas aborder dans *La Voyeuse interdite*, elle est cependant au centre des deux prochaines œuvres présentées ici. Dans *L'Âme obscure des femmes* de l'auteure suisse romande Marie-Claire

Dewarrat [4], nous découvrons le protagoniste en train de faire sa propre toilette mortuaire avant de se suicider. Il s'agit ici d'un fils, et non d'une fille. Cependant, il est intéressant de comparer l'attitude des mères, et de constater que contrairement aux filles, ce fils ne trouve pas d'issue de secours dans sa grande détresse.

Alors que ce protagoniste est saisi en train de faire sa toilette mortuaire, nous apprenons les raisons de son geste, fondées sur sa relation ratée avec sa mère : *« Elle l'admet sans réserve d'ailleurs : je suis un enfant qu'elle ne voulait pas. »* (130) Victime d'une grossesse involontaire, la mère, telle celle de Cardinal, désire perdre l'enfant. Mais dans ce cas aussi, malgré bien des efforts pour provoquer une fausse-couche qui permettrait d'avoir bonne conscience, l'enfant vient au monde. Et dans ce cas aussi, la mère commet l'indécence de l'avouer à son enfant plus tard, ignorant le ravage qui en résultera.

Mais bien avant la naissance, la mort est inscrite dans la vie à venir. Présente, cette mort tarde à venir : *« Elle a touché son ventre avec colère. (…) De toute façon, je n'en veux pas. Mon âme étant encore mêlée avec la sienne, d'un seul coup, son désir de mort a pénétré en moi. J'étais une île qui resterait déserte. Une terre que personne ne découvrirait. »* (131) L'absence de désir de vivre s'installe chez l'enfant à naître et celui de ne jamais enfanter se renforce chez la femme qui souhaite, en l'absence de fausse-couche ou d'enfant mort-né, *« des dégâts intérieurs tels qu'elle serait délivrée à tout jamais de cette fonction de pondre qui ne lui convenait pas. »* (132-3) Avant sa naissance, l'enfant ressent

---

[4] Marie-Claire Dewarrat, *L'Âme obscure des femmes,* Éditions de l'Aire, Vevey,1997

le rejet, et sent son corps s'envelopper d'une « peau d'archange » (133) qui va lui coller au corps toute sa vie. D'où cette toilette acharnée, avant de boire la potion mortelle, pour se débarrasser de ce fardeau physique, émotionnel et mental : « *Est-ce que cela tombera de moi lorsque je serai lisse et dur comme un marbre ?* » (133)

Cependant, la colère contre la mère n'apparaît pas, aucun désir de vengeance non plus. Le geste final semble être la conclusion d'une lente gestation entreprise dans le ventre de la mère, le simple accomplissement de la volonté de la mère : « *Je suis un vieux fœtus. Je m'avorte. Il ne faut jamais contrarier sa mère.* » (134)

Si le suicide se passe calmement et posément dans ce texte, en revanche dans *L'Ingratitude* de la romancière chinoise Ying Chen [5], le geste autodestructeur est posé comme attaque virulente contre la mère. De plus, comme si jusqu'au bout la mère allait jouer sa fonction de dominatrice, le suicide ne revêt pas la forme de succès espéré par la narratrice : au moment où elle allait finalement avaler les pilules libératrices qui lui permettraient de provoquer une réaction chez sa mère, elle se fait écraser par un camion, apportant à sa mère l'excuse de l'accident et faussant son deuil.

Néanmoins, l'intention était de révoquer le titre de mère à cette femme : « *Je l'ai obligée à démissionner de son poste de mère. Je l'ai anéantie.* » (11) En se tuant, la narratrice veut tuer leur relation qui l'étouffe. En effet,

---

[5] Ying Chen, *L'Ingratitude*, Leméac, Montréal, 1995

la mère surveille chaque fait et geste de la jeune fille, juge ses actes, ne lui laissant aucun espace pour développer sa personnalité. La mère considère que donner naissance à cette enfant a été la réalisation de sa vie, qu'elle a souffert le martyre et que par conséquent cette fille lui appartient comme un objet qu'elle peut contrôler et manipuler jusqu'à l'étouffement.

En réaction, la jeune fille éprouve un véritable dégoût devant la présence physique de sa mère : « *Quelquefois dans les bains publics, nous nous épiions en silence. (…) J'étais donc sortie de là ! De ce ventre mou, sale et gonflé de gras. J'aurais préféré naître d'une pierre ou d'une plante sans nom.* » (19) En conséquence de ce dégoût et de cet amour bafoué, la fille tente de faire souffrir sa mère là où la relation blesse, ce désir de contrôler, d'être plus mère que maternelle : « *Je brûlais de voir maman souffrir à la vue de mon cadavre. Souffrir jusqu'à vomir son sang. Une douleur inconsolable. La vie coulerait entre ses doigts et sa descendance lui échapperait.* » (16) La narratrice voit cet acte comme une vengeance, comme un dernier combat, un affrontement ultime duquel elle sortirait glorieuse et enfin libre, et donnerait raison à sa mère qui lui déclare un jour : « *Si je t'avais connue avant ta naissance, (…) je me serais fait avorter !* » (125)

En décidant de poser ce geste irrévocable qu'est le suicide, la jeune fille tente de se distinguer, de montrer non seulement son indépendance par rapport à sa mère, mais aussi ce qu'elle croit être sa supériorité comme être humain, soit le fait de choisir son destin : « *Les gens ordinaires ne s'achèvent pas. Ils s'accrochent à la vie, à n'importe quelle vie.* » (11) Pourtant, comme Cardinal, la narratrice a tenté de se rapprocher de sa mère, afin de se sentir aimée et non possédée comme un simple objet. Mais là aussi, les efforts de la jeune fille sont restés vains : « *Mais on ne pouvait pas vraiment plaire à une mère après lui avoir fait mal en venant au monde. On ne pouvait pas réparer cette blessure trop violente du corps qui ensuite devenait celle du cœur.* » (21)

Vivre devient donc une véritable humiliation pour la fille. Elle n'a alors plus qu'une idée en tête : si elle ne peut être elle-même dans la vie, elle le sera dans la mort : « *J'avais vécu en tant que l'enfant de ma mère. Il me fallait mourir autrement. Je terminerais mes jours à ma façon. Quand je ne serais plus rien, je serais moi.* » (23) Le suicide revêt donc la forme de l'affirmation de soi, de la libération du joug maternel. De plus, en se libérant, elle a l'intention non seulement de se venger de sa mère, mais aussi de lui faire mal : « *La haine passe, le chagrin demeure.* » (25)

La relation se trouve en fait déformée par le fait que la narratrice et sa mère s'accusent mutuellement de souffrir à cause de l'autre. Il y a absence d'écoute de l'autre, de communication véritable, et rejet de responsabilité l'une sur l'autre. Sans doute attendent-elles trop l'une de l'autre : en effet, toute leur existence est centrée autour de cette relation ratée, et tout le reste disparaît au profit de cette obsession. Ce jeu de rôle désespère la jeune fille d'autant plus qu'elle sait qu'avec d'autres, sa mère montre un visage différent auquel elle n'a pas droit : « *Maman avait décidé de ne jamais rire devant moi. Tout geste léger de sa part risquerait de compromettre son pouvoir sur moi.* » (34) Pourtant, l'enfant la voit rayonnante en présence d'autres personnes et ressent regret et jalousie à l'égard de ces personnes. Pour elle, sa mère reste inaccessible malgré ses efforts.

Elle commence donc à élaborer des plans de fuite. Dans certains des romans de ce corpus, la fille cherche une solution autre que la mort, comme le mariage, même s'il est sans amour, ou encore dans une autre forme de fuite. Ici aussi, si la jeune fille ne ressent aucun enthousiasme à épouser un homme que sa mère a choisi, cependant elle caresse l'hypothèse du départ. Mais là encore, il lui semble que ce type de projet soit voué à l'échec : « *Je me demandais si je pouvais trouver un compromis entre la vie et la mort. J'avais pensé par exemple quitter la ville et ne plus y revenir. Une disparition inexpliquée ferait autant de mal à maman qu'une mort volontaire. Un espoir jamais assouvi serait plus cruel qu'un désespoir total.* » Mais elle ajoute, résignée : « *Une personne sans parents est misérable comme un peuple sans histoire.* » (112) En d'autres mots, partout où elle irait, elle ne pourrait être elle-même sans justifier son appartenance. Cette solution est donc une voie sans issue. Elle songe au mariage, mais là encore, sa mère veut exercer son droit de choisir le futur mari. Elle ne voit plus que le suicide, évasion définitive, qui de plus atteindrait sa mère en plein cœur puisque le désir d'évasion s'accompagne d'un désir de détruire l'autre, celle qu'elle nomme son « juge » (89) ou encore son « ennemie ». (103)

Comme si le suicide ne suffisait pas, la narratrice veut blesser de son vivant, pour jouir des effets voulus. Elle décide de séduire un jeune homme qui n'est pas son fiancé afin de détruire la perfection de son corps, auquel sa mère tenait tant, puisque dans cette culture, la virginité au mariage est essentielle. Il s'agit d'un acte de violence contre la mère : « *Je m'étais fait déchirer le corps. Maman avait donc pondu un corps qui ne valait plus rien.* » (90) Malheureusement, le désir de détruire sa mère en se détruisant n'a pas l'effet escompté. Devant les cendres de sa fille, la mère déclare : « *Je te préfère ainsi (...) Avec ta mort, tu comptes affoler ta mère, ma pauvre idiote, tu as peut-être raison, mais ton silence suffit pour me calmer maintenant, me sauver du désarroi dans lequel tu as voulu me pousser. Ton ultime insulte se défait avec ton corps. (...) Tu t'es mortellement trompée.* » (127-8)

Le geste posé par la narratrice est donc un acte de révolte contre la discipline imposée aux filles. Comme dans l'histoire précédente, le suicide est entièrement motivé par la relation avec la mère, et se tourne contre elle, que ce soit pour satisfaire son absence de désir d'enfant ou pour la punir du fait d'avoir trop cherché à posséder son enfant. De ces relations inverses ressort la même volonté de fuite vers une mort que les mères ne contrôleront pas. Que les mères soient trop absentes ou trop dominatrices, le résultat semble être le même : l'enfant éprouve des difficultés à établir sa propre identité. Elle cherchera donc des échappatoires, que ce soit la mort, la fuite physique ou imaginaire, ou encore un moyen d'expression tel que l'écriture afin de se recréer.

Ce geste de s'écrire n'est pas nouveau : depuis des siècles, partout sur la Terre où l'on sait écrire, de nombreuses femmes, de tous âges ou classes sociales, tiennent un journal intime. Ce besoin de laisser des traces sur le papier, faute d'accomplir ce qu'on veut dans la vie, est superbement analysé dans *Reading between the lines* de Betty Jane Wylie.

Cependant, dans *L'Excisée* de la romancière libanaise Évelyne Accad [6], nous assistons à un phénomène inverse, un geste de générosité envers l'humanité, qui pourtant est lui aussi ancré dans la révolte contre le sort infligé aux filles.

La narratrice de ce roman, E., est la fille d'une famille chrétienne. Toute son enfance, elle doit subir le cadre imposé par le père. La mère, ici, n'a pour fonction que d'être l'ombre et l'écho du père et aider l'enfant à se repentir. Elle n'a d'autres choix que de courber l'échine elle-même : « *Mère lui demande de faire cela, de s'humilier, d'accepter la croix en silence (…) pour que l'harmonie règne (…) à la maison.* » (46)

L'enfance de E. est un véritable chemin de croix. Son père va jusqu'à clouer des planches sur sa fenêtre et sa porte pour l'empêcher de sortir. Mais elle n'a que liberté et idéalisme en tête : « *Fuir l'hypocrisie et les préjugés, les sourires ambigus et la tyrannie du Père.* » (57) Toute sa jeunesse n'est que désir de fuite : fuir son pays en guerre, sa famille aux valeurs étouffantes. Pour cette jeune fille, l'amour semble la solution pour échapper à ce monde. Elle croit trouver un interlocuteur à son désir d'idéalisme lorsqu'elle tombe amoureuse d'un musulman, T., qui lui demande de partir avec elle en

---

[6] Evelyne Accad, *L'Excisée*, L'Harmattan, Paris, 1982

—

34

Palestine : *« (...) il faudra fuir, il faudra qu'ensemble ils quittent cette ville qui cherche à les exterminer, ces institutions et ces dogmes qui les encerclent de plus en plus pour les étouffer et les anéantir. »* (77)

Pourtant, la jeune femme rencontrée par hasard et à qui E. se confie la met en garde : la vie pour les femmes est pire là où elle veut aller que là d'où elle vient. Si E. est dominée par la loi du père, là où elle veut aller, ce sont les femmes, les mères, qui font souffrir leurs filles en les mutilant. Partageant son expérience, l'étrangère lui parle de son excision, de sa fuite, de ses frères qui la recherchent pour la tuer afin de sauver l'honneur familial : *« Tu as vécu la guerre. Tu as vu l'horreur du sang versé dans les rues, sur la terre, à l'extérieur de toi, mais si tu devais vivre ce sang et cette honte et ces horreurs que tu m'as décrites, les corps mutilés, ces sexes arrachés, ces cadavres violés, si tu devais vivre tout cela à l'intérieur de toi, dans ta chair même, alors que ferais-tu? »* (85-6), Mais E. n'a qu'idéalisme et amour en tête. Elle est sourde à l'avertissement. La rupture de l'espoir ne tardera cependant pas à venir : à peine le couple débarqué en Palestine, T. demande à E. de se voiler.

Pourtant, la douleur et la révolte finale ne viendront pas de la domination des hommes, de l'abnégation totale qu'on lui impose. Ce sont les femmes, les autres femmes, musulmanes, qui viendront pousser E. à bout. Lorsqu'elle assiste à une scène d'excision pratiquée sur de jeunes adolescentes par les femmes du village, E. comprend qu'au lieu de chercher à améliorer leur propre sort, les femmes se vengent de ce qu'on leur a fait en l'infligeant à des innocentes, au nom de la tradition et de la religion. De plus, chrétienne parmi des musulmanes, E. est une étrangère, et les femmes tentent de soulever sa robe pour mettre à jour la honte qu'elle porte. Ce geste est trop pour E. qui se rappelle les paroles de mise en garde de la jeune fuyarde rencontrée des années plus tôt.

Le désir d'avoir un enfant était sincère pour E. : *« Peut-être que lui, peut-être qu'elle arrivera à réaliser ce que j'aurais voulu accomplir, la grande tâche. »* (114) Hélas, il semble que ce soit déjà trop tard, et elle se demande si l'enfant aura la chance, en ces lieux, de changer les choses. De même, elle craint de donner naissance à une fille qui sera mutilée plus tard, comme l'ont été, sous ses yeux, des fillettes du village. Enceinte, elle est hantée: *« Mais elle a peur. Et si l'enfant était une fille ? Et si elle devait passer sous ce couteau qui mutile, qui asservit, qui étouffe. Et si cette vie devait être écrasée avant même d'avoir pu recevoir la rosée des matins et le parfum des nuits. »* (123) Car pour E., il n'y a plus d'ambiguïté quant au sort des filles. Après l'excision, les mères crient : *« Apportez-leur un mari maintenant… Elles sont prêtes. Qu'on leur donne un pénis maintenant, elles sont femmes. »* (126)

E. fuit non pas pour se sauver, ni pour sauver l'enfant qu'elle porte, pour qui il semble être déjà trop tard, mais pour permettre à une fillette du village d'échapper à son sort. E. choisit la petite sœur d'une des victimes de la mutilation, afin que celle-ci ait la chance de ne pas vivre la même chose quand son tour serait venu. L'enfant se nomme Nour, mot qui signifie lumière en arabe. Elle devient donc le symbole de toutes les filles. Elle est celle que E. n'aura pas, mais qu'elle aime comme sa fille. Elle devient symbole d'espoir. E. lui donne tous ses bijoux afin de payer son passage sur un bateau qui se rend en Europe où elle sera libre. Puis ayant accompli sa tâche, elle marche vers la mer et se laisse emporter par les vagues, l'anéantissant avec l'enfant qu'elle porte. E. disparaît après avoir accompli le plus bel acte d'amour maternel qui soit, sauver un enfant, lui donner la vie qu'elle aurait dû avoir.

Nous retrouvons ici le rêve de la jeune fille de *La Voyeuse interdite*, qui souhaite que les mères cessent d'enfermer leurs filles dans des rôles qui les briment jusqu'à leur ôter le goût de vivre. En accomplissant son geste de libération, E. trouve enfin la paix intérieure : « *Elle a avancé dans l'eau qui s'est refermée sur elle. Elle est allée vers le repos. Elle est allée vers le silence.* » (162) En pénétrant dans l'eau, il semble qu'E. ne tente pas de quitter ce monde, mais qu'elle retourne vers les eaux maternelles protectrices qui lui ont manqué, dans l'espoir d'y trouver réconfort, de recommencer une autre existence qui cette fois, s'accomplira dans la douceur d'aimer et d'être aimée. Il ne s'agit pas d'un suicide, mais d'un sacrifice, d'une mort-renaissance.

La fiction a hélas traité de relation mère-fille comme étant plus souvent ratée que positive, mais qui conditionne généralement l'attitude et les décisions de la fille. Lorsque cette relation est traitée de façon plus clinique, il s'agit en général de textes plus proches du documentaire que du roman. C'est le cas des deux œuvres choisies ici, *Une femme* d'Annie Ernaux [7] et *Une mort très douce* de Simone de Beauvoir [8]. Dans les deux cas, les auteures narrent les derniers jours et la perte de leur mère, événement qui leur permet de faire le point sur ce qu'a été la vie de ces femmes qu'elles regardent maintenant non plus avec des yeux d'enfant, mais avec un regard extérieur qu'elles souhaitent neutre, et elles observent ce qu'a été leur relation : l'événement tragique amène en effet inévitablement à un retour sur soi, à une analyse des valeurs, de l'importance de la personne et de la relation interrompue. La perte de la mère porte en soi une menace, puisque la fille est la prochaine sur la liste que la faucheuse viendra chercher. Toutefois, ce n'est pas la préoccupation majeure de ces textes, mais plutôt de savoir si celle qui fut la mère s'est réalisée en tant que femme.

Il semble que dans les deux exemples choisis, les auteures veuillent remettre au monde celles qui ont joué un rôle fondamental pour elles, que ce soit de modèle ou parfois d'anti-modèle. D'une manière ou d'une autre, comme l'écrit Annie Ernaux, perdre sa mère, c'est se détacher soi-même d'une page de son passé :

> « *C'est elle, et ses paroles, ses mains, ses gestes, sa manière de rire et de marcher, qui unissaient la femme que je suis à l'enfant que j'ai été. J'ai perdu le dernier lien avec le monde dont je suis issue.* » (106)

---

[7] Annie Ernaux, *Une femme*, Gallimard, Paris, 1988
[8] Simone de Beauvoir, *Une mort très douce*, Gallimard, Paris, 1964

C'est la mère qui tient ensemble toutes les étapes de la vie de sa fille, mais inversement, il est difficile pour la fille de cerner toutes les facettes de la femme qu'a été sa mère, depuis l'enfant qu'elle a été, la femme qui s'est épanouie, *« la femme qui a existé en dehors de moi, la femme réelle »* (23), puis la vieille personne qui s'est physiquement ou mentalement désintégrée jusqu'à en perdre toute notion d'humanité.

Écrire devient alors une façon de lui donner une certaine éternité : *« Il me semble maintenant que j'écris sur ma mère pour, à mon tour, la mettre au monde. »* (43) Ernaux n'a pas de fille. En écrivant, elle poursuit à sa manière ce qui s'est fait depuis longtemps alors que la connaissance se passait de mère en fille à travers la tradition. Maintenant, en écrivant, elle va rejoindre une audience plus large : *« Ce savoir, transmis de mère en fille pendant des siècles, s'arrête à moi qui n'en suis plus que l'archiviste. »* (26) De même que Cardinal, Ernaux est née après la mort de sa sœur aînée. Cependant, il n'y a pas dans ce cas fixation de la mère sur l'enfant perdue, ni de rejet de culpabilité sur le père pour la mort de l'enfant. Au contraire, dans cette famille, l'auteure dit de son père et elle : *« Nous étions tous les deux amoureux de ma mère. »* (46)

Cependant, comme nous l'avons vu chez la mère de l'héroïne chinoise dans *L'Ingratitude*, la mère a deux visages, l'un public, souriant, pour les clients qui viennent à son magasin, l'autre privé, sévère, pour sa famille. Mais l'auteure implique que sa mère s'est battue toute sa vie pour être quelqu'un de bien, respectée, et il n'est pas facile d'apprendre par soi-même à se comporter comme une personne née dans un milieu social plus élevé, et qui a reçu une éducation en conséquence. Les frustrations qu'elle ne peut manifester en public sont cachées sous le masque qu'elle se fabrique et qui peut tomber en privé : laisser paraître ses humeurs, montrer son vrai visage, ne sont peut-être qu'une marque de confiance et d'amour pour ses proches.

À l'adolescence, cependant, l'auteure se distancie de sa mère. Celle-ci n'aime pas voir grandir sa fille. Contrairement à l'exemple des contes de fées cités plus haut, où le fait de devenir femme consistait en une menace pour la figure maternelle, alors moins belle, moins séduisante, ici la mère s'inquiète du fait que sa fille risque de moins se consacrer aux études si elle s'amuse, car elle risquerait de moins bien réussir dans la vie. Ainsi, « *elle essayait de me conserver enfant* » (61) même si, aussi contradictoire que cela puisse être, « son désir le plus profond était de me donner tout ce qu'elle n'avait pas eu. » (51) Encourager et retenir font partie intégrante des contradictions qui habitent les êtres humains. La mère veut faire de sa fille celle qu'elle aurait voulu être, pourtant, lorsque cela se produit, elle est alors envahie de ressentiment : « *À certains moments, elle avait dans sa fille en face d'elle, une ennemie de classe.* » (65) Cependant, en voulant couver son enfant, la mère joue un rôle dangereux qui rejoint celui joué par la mère musulmane qui surveille la virginité de sa fille comme étant une valeur marchande aussi fondamentale dans cette culture que des études peuvent l'être dans une autre. Dans les deux cas, l'avenir de la fille en dépend économiquement. D'ailleurs, la mère d'Ernaux semble aussi considérer le mariage comme un placement, un emploi dont le mari serait le patron : « *Tâche de bien tenir ton ménage, il ne faudrait pas qu'il te renvoie.* » (71)

En retenant sa fille adolescente à la maison, la mère de la jeune Algérienne de *La Voyeuse interdite* la frustrait dans sa sexualité. Les femmes de *L'Excisée*, en mutilant les jeunes filles, anéantissaient leurs désirs. Ici, en surveillant sa fille pour qu'elle ne sorte pas, la mère prive sa fille d'un épanouissement sexuel normal. Devenue castratrice, elle n'est plus le modèle recherché :

> « *Je suis devenue sensible à l'image féminine que je rencontrais dans L'Écho de la Mode et dont se rapprochaient les mères de mes camarades.* » (63)

La mère, à ce stade, est plus perçue comme adversaire que comme refuge ou source d'inspiration. En conséquence, il se passe dans l'inconscient de la fille une sorte de fixation. L'image de mère est liée aux moments heureux et insouciants de l'enfance, alors que la mère était jeune, et le choc en réalisant la déchéance physique ou mentale de la femme vieillissante est très grand :

> « *Je me suis mise à pleurer parce que c'était ma mère, la même femme que celle de mon enfance. Sa poitrine était couverte de petites veines bleues.* » (96)

Le côté physique de la personne de la mère tend à être occulté jusqu'à ce que celui-ci cède, et l'idée de la déchéance devient alors intolérable. Face à sa mère devenue démente, Ernaux écrit : « *Elle était une petite fille qui ne grandirait pas.* » (101) C'est pourquoi le besoin de faire le point, de recréer celle que la mère a été devient fondamental pour accéder à une meilleure connaissance et compréhension de celle qu'elle fut et de celle que l'on est soi-même.

Dans une situation similaire, Simone de Beauvoir se concentre plus, à première vue, sur les étapes de la maladie et de l'agonie de sa mère, sur sa dégradation physique et mentale, que sur la femme qu'elle a été. Il s'agit en apparence d'une sorte de journal de bord médical dépourvu de sentimentalité. Cependant, elle aussi est à la recherche d'une des femmes que sa mère a été, celle de son enfance, avant la confrontation de l'adolescence. Car à ce moment-là, Beauvoir avait pu discerner chez sa mère les jeux de société auxquels elle se livrait, en particulier en ce qui concerne la religion, véritable centre autour duquel tournaient toutes ses activités et pensées. Malade, agonisante, mais se croyant pourtant en convalescence, la mère de Simone laisse tomber ses masques jusqu'à montrer, en même temps que son masque mortuaire, son véritable visage, celui que sa fille aimait.

En décrivant les dernières semaines de vie de sa mère, l'auteure cherche à retrouver les traits de sa vraie mère, celle de son enfance, et non la femme sociale qu'elle avait tenté d'être et qui les avait séparées. Les rôles sont même inversés, car ici c'est Simone qui console, qui soigne et est bouleversée de voir le corps nu de sa mère :

« *Aucun corps n'existait moins pour moi : ça m'a fait un choc. (...) Enfant, je l'avais chéri; adolescente, il m'avait inspiré* une répulsion inquiète. (…) Je trouvai normal qu'il eût conservé ce double caractère répugnant et sacré : un tabou » (27)

Cette femme mondaine qui avait des préjugés concernant la nudité semble maintenant ne plus s'en préoccuper : « Elle renonçait aux interdits, aux consignes qui l'avaient opprimée pendant toute sa vie. » (27) Enfin, la maladie avançant et la résistance ayant totalement cédé des deux côtés, Simone écrit : « Sa nudité ne me gênait plus : ce n'était plus ma mère, mais un pauvre corps supplicié. » (75)

À première vue, la vie de Madame de Beauvoir a été belle : « Un mariage réussi, deux filles qui la chérissaient, une certaine aisance. » (49) Cependant, victime de préjugés, elle se montre prisonnière de conventions et dominatrice envers ses filles : « Elle aurait voulu nous tenir tout entières dans le creux de sa main. » (54) Ainsi, elle va jusqu'à priver ses filles des activités et des joies les plus banales afin qu'elles ne lui échappent pas. Cette attitude a été analysée abondamment plus tôt : le désir de retenir et d'encourager en même temps, dans toutes ses contradictions. L'auteure reproche à sa mère d'avoir joué un rôle sa vie durant, d'avoir caché ses véritables sentiments. Il faut qu'elle en arrive à l'agonie pour rejeter la religion qui lui a tant dicté ses faits et gestes, il faut qu'elle atteigne le seuil de sa vie pour avoir le courage d'être elle-même. Une seule fois dans sa vie, elle avait osé montrer son vrai visage. Brisée par le chagrin de perdre sa propre mère, Madame de Beauvoir avait craqué et oublié la bienséance : « J'admirais que la violence de ses émotions l'eût emporté sur sa volonté. » (146)

Pendant longtemps, Madame de Beauvoir a traité ses deux filles différemment. Elle respectait et craignait Simone à cause de son intelligence et en conséquence elle avait tendance à la traiter comme un garçon, alors que son autre fille, plus douce, recevait son affection. Avec son veuvage et l'âge, Madame de Beauvoir en vient à dépendre de Simone, qui joue définitivement un rôle masculin au sens traditionnel du terme : « *Elle dépendait matériellement de moi ; elle ne prenait aucune décision pratique sans me consulter ; j'étais le soutien de famille, en quelque sorte son fils.* » (96) Quand elle ne joue pas de rôle considéré comme masculin, Simone devient à son tour la mère, celle qui nourrit, celle dont la vie dépend : « *Puis, cuiller par cuiller, je lui donnais du thé dans lequel j'avais émietté un biscuit.* » (102) Cette scène évoque plus une mère nourrissant son enfant que le contraire.

Au moment ultime où sa mère va s'éteindre et se perdre dans l'oubli, Simone, si elle ne peut lui redonner de souffle vital, désire lui insuffler l'éternité en la faisant revivre dans un livre : à partir du moment où l'on nomme les choses ou les personnes, elles revêtent une certaine forme de réalité et de permanence :

« *'Françoise de Beauvoir' ; ces mots la ressuscitaient, ils totalisaient sa vie, de l'enfance au mariage, au veuvage, au cercueil ; Françoise de Beauvoir : elle devenait un personnage, cette femme effacée, si rarement nommée.* » (144)

Ainsi, grâce à l'écriture de sa fille, la mère passe de la personne au personnage, du mortel à l'immortel. Simone, si elle ne peut recréer la vie de sa mère comme l'a fait Ernaux, la fixe, enfin démasquée, enfin elle-même, dans un espace-temps littéraire non moins valable. Il a fallu l'accident puis la maladie de la mère pour que la fille sache retourner en arrière, retrouver la mère de son enfance :

« *Dotée d'un tempérament robuste et ardent, elle s'était détraquée et rendue incommode par ses renoncements. Alitée, elle avait décidé de vivre pour son compte. (...) Elle s'est débarrassée des poncifs qui masquaient ce qu'il y avait en elle de sincère et d'attachant. Alors j'ai senti la chaleur d'une tendresse que la jalousie avait souvent défigurée et qu'elle avait su si mal exprimer.* » (148-9)

Il est clair que le regret ou parfois la colère sont au centre du traitement de la thématique de la relation mère-fille dans les œuvres présentées ici. Regret d'avoir eu une mère trop possessive, une mère qui ne souhaitait pas l'être, une mère qui n'avait pas eu la chance de vivre sa vie, prisonnière de préjugés sociaux, religieux ou moraux, regret de ne pas avoir vécu une relation épanouie. Malgré la noirceur des situations décrites, il est difficile de jeter le blâme sur qui que ce soit. Peu importe le pays, la culture, l'époque, les personnages se trouvent pris entre des conventions et une tradition à suivre, et un désir de liberté et d'expression de soi. Entre les deux, se dessine difficilement l'identité plus souvent bafouée qu'harmonieuse de femmes assoiffées d'un désir d'expression nouveau. C'est justement parce que la relation avec la mère n'a pas toujours été ce qu'elle aurait pu être, que d'autres relations, avec des hommes entre autres, se retrouveront bancales, et c'est sans doute ce qui va motiver l'éclosion d'autres thématiques telles que l'exploration de soi à travers le voyage ou l'écriture, deux explorations qui permettent une remise à neuf.

Redonner naissance à notre mère en en faisant un personnage archétypal, nous avons été nombreuses à le faire. Ma propre mère, soumise, effacée, traditionnelle, née au mauvais endroit à la mauvaise époque, qui a vécu dans une société misogyne et a courbé le dos devant les classes sociales dominantes, a pu s'épanouir et exprimer tout son potentiel en me servant d'inspiration pour créer le personnage de Cécile dans ma trilogie romanesque, *L'Envol des jours*. [9] (Éditions AfricAvenir international). Pour la première fois, elle a pu jouer un rôle central. Écrire m'a permis de donner un sens à sa vie, et de l'aimer à l'infini.

Sans doute sommes-nous nombreuses à écrire pour reconquérir ce qu'on nous a dérobé : l'amour absent de la mère, que la société ne lui permettait pas d'exprimer, l'amour maternel comme pilier au centre d'une enfance évanouie et/ou un espace-temps qui n'existent tels qu'ils sont qu'à travers l'écriture.

En écrivant, nous redonnons naissance à l'enfant que nous avons été, mais aussi à nos mères qui n'ont pas toujours eu la chance de vivre pleinement. Nous pouvons donner à nos personnages le droit de se révolter contre le monde qu'on leur impose, d'exprimer leur intelligence, de refuser l'aliénation, l'autodestruction ou la solitude, enfin, de jouer un véritable rôle.

---

[9] Martine L. Jacquot, *L'Envol des jours vol 1, 2, 3*, AfricAvenir, Douala/Berlin/Vienne, 2021

Même si, contrairement à certaines dont le pays n'existe plus, celui où nous avons grandi a aussi cessé d'être celui que nous avons connu. Nous avons parfois perdu nos mères ou nous sommes déracinés. Le retour est impossible. L'écriture répond au besoin de ne pas perdre ce qui fut et de nous créer un nouvel espace.

Le romancier marocain Tahar Ben Jelloun résume ce concept dans *Les Yeux baissés* [10]:

« Je pensais que tu étais entre deux cultures, entre deux mondes, en fait tu es dans un troisième lieu qui n'est ni ta terre natale ni ton pays d'adoption. » (295-6)

© Martine L. Jacquot[11]

---

[10] Tahar Ben Jelloun, *Les yeux baissés*, Éditions du Seuil, 1991.

[11] Docteure en lettres, femme de lettres polygraphe prolifique, son œuvre s'inscrit dans la littérature acadienne. Elle est poétesse, romancière, nouvelliste, essayiste et auteure pour la jeunesse. La plupart de ses œuvres se situent à notre époque, mais elle a aussi abordé le roman historique. Elle est titulaire de nombreux prix dont le Prix Européen de l'ADELF (Association des écrivains de langue française) Mention spéciale 2007 avec *Au gré du vent.*

Nébuleuse en bleu

© Sandra Encoua Berrih

Toi qui m'as donné

Mariem Raïss

(Maroc/France)

© Sandra Encoua Berrih, « La magicienne »

On me demande d'écrire sur ma mère. Je ne peux pas. Je ne sais pas.

Trop sacré. Trop intense. Trop incandescent. Retourner la question. Reprendre le sujet. Il n'y a que comme ça que je pourrai écrire sur ma mère. En dessiner, peut-être, les contours insaisissables aux reflets argentés. Le point de départ, ses yeux verts en amande, ses longues mains laquées de rouge Dior, ses cheveux mimosa soyeusement raides, ses jambes interminables, infatigables, sa façon unique de m'appeler Mariem.

Après ça, la bifurcation. Pas évident de savoir, de se voir dans une mère qui ne me ressemble pas. Je te cherche dans le négatif, l'opposition, l'impulsion. En apnée, je pousse le cri qui me fraye un chemin entre mon corps et le tien. Tu es si grande, et pourtant, ils disent que je parle comme toi, que j'ai ta voix. Maman. C'est quoi une voix de Maman ? Ça tourbillonne, ça s'impatiente, ça rit et ça chante. Alors, oui peut-être que je te ressemble un peu.

Efficace, élégante, pressée, c'est ta marque, ton univers, ton ADN. Nos rythmes ne s'accordent pas toujours dans la manière, et pourtant, je suis ton souffle, ta chair, ta matière. Tes doigts courent sur le clavier, plus vite que la musique, plus loin que les mots que tu retiens dans ta mémoire d'argile. Agile. Facile. Dans ma tête, j'essaie de t'imiter, pour ne pas te ressembler. C'est ma marque, mon ADN, ma signature. Couture. Je sais que j'écrirai tes mains, un jour. Tu te souviens ? La fois où tu me lavais les cheveux, j'avais la tête à l'envers, des bulles dans les yeux, des questions plein le cœur. J'ai su, ce jour-là, que tout ce que je voulais écrire, c'était pour toi. Pour moi. Pour toutes les femmes pressées, oppressées, repoussées.

Maman ô Maman, j'ai cinq ans, le soleil percute la grande fenêtre de ma chambre à Rabat, la ville salée. Tu as mis de la musique pour faire danser ton cœur et tes longues jambes pendant que tu t'affaires à faire, tant à faire. Je crie à tue-tête *Maman ô Maman*, en même temps que le jeune garçon sur la pochette du vinyle. Il raconte toutes les mamans du Monde. Mais la plus belle, c'est toi. Je le sais. M A M A N. Mon doigt dessine chaque lettre sur la photo du disque aux fines rayures noires. Maman, la plus belle c'est toi, je le vois dans les yeux des habitants de la ville impériale, bordée de bleu Atlantique. Ils n'en connaissent pas beaucoup de femmes comme toi, la *Françaouïa* aux ongles rouge Dior, à la frange impertinente et la démarche nerveuse.

Papa ne savait pas qu'il ferait autant de jaloux en te ramenant sur sa Terre Rouge. Mais toi, innocente et dévouée, tu n'avais d'yeux que pour lui. Le grand brun, au sourire de feu, qui portait à merveille ses costumes en Prince de Galles. Ta vie c'était lui. C'était nous. C'était la course le matin, pour aller à la maternelle retrouver Madame Martin, et la cour qui sentait la figue et l'hibiscus. Ma main dans la tienne, qui s'accroche de toutes ses forces pour ne pas te perdre. Te perdre ? Le drame. Les mamans, ça ne meurt jamais. Je te raconte mon rêve de la nuit passée. Absente, tu es déjà dans les kilomètres de mots que tu vas taper sous la dictée de Piña, ton patron espagnol et énervé.

J'ai dix ans, on a mis la musique à fond les ballons. Papa n'est pas là, alors les souris dansent. Tu t'agites dans tous les sens pour que tout brille. La ratatouille mijote doucement. Une lessive tangue. Ta vie, c'est nous. Les peupliers nous sourient jusqu'au quatrième étage de l'avenue de Verdun. Sofia se trémousse en chemise de nuit sur le canapé, en hurlant de tout son petit cœur *Je suis une femme amoureuse, et je brûle d'envie de dresser autour de toi, les murs de ma vie…*Mireille Mathieu l'accompagne, *C'est mon droit de t'aimer.* Pistache, notre prince à poils angora, nous regarde lointain et présent. Ses yeux orange, étirés. Tu termines de passer l'aspirateur, avant d'étendre la lessive, je me demande si un jour je saurai faire tout ça comme toi. C'est ça les mamans, on ne peut jamais être aussi grandes qu'elles. Je fourre ma tête dans le ventre doux et chaud de Pistache. Ça sent tellement bon la poussière ! J'ai le temps. Maman, tu es là.

J'ai quinze ans, les angoisses des autres se collent aux miennes. Je n'arrive plus à faire la différence. Je t'appelle, Maman ! La guerre de Sécession a commencé. On ne parle plus du tout la même langue. La vie dans la grande maison de brique rouge, remplie de fantômes et de non-dits, nous heurte de plein fouet. Pressée, compressée, harassée, tu continues ton labeur quotidien. Double shift, double ration, double peine. Au bureau, à la maison, il n'y a pas de temps pour respirer, pas de temps pour s'écouter, pas de temps pour s'apaiser. Je crie. Tu cries. Pistache est mort. *Maman ô Maman, toi qui m'as donné…*

J'ai vingt ans, je me sens laide et grosse. Je te ressemble de moins en moins. Mes cheveux en bougainvilliers me rappellent tous les jours que je viens de l'autre côté de la Méditerranée. C'est sûr, tu m'as adoptée ! Plus tes yeux sont diamants, plus les miens sont marron cochon. Plus tu es efficace, plus je suis lente et maladroite. Rêveuse et improductive. Je n'arriverai jamais à être à la hauteur, Maman. À ta hauteur. Tu te poses trop de questions, ma fille. Moi, je trouve que tu ne t'en poses pas assez, Maman. Bosser dans une tour à La Défense ?! Plutôt mourir. Mais, moi, je l'ai bien fait. Oui, mais toi, c'est toi, et moi, c'est moi. Maman ô Maman.

J'ai trente ans, je rentre de la Isla del Encanto. Loin des tours de La Défense, j'ai cherché d'autres mères dans cette mer. Mais il n'y a que toi, Maman. Ta façon unique de m'appeler Mariem. Tes longues jambes pressées. Tes ongles rouge Dior. Ta frange nerveuse, soucieuse. Pour te ressembler, je n'ai pas trouvé mieux que de devenir mère. Complétement à l'Ouest. J'allaite mon fils pendant trois ans. Je lui parle de la Lune et des étoiles. Je lui donne un prénom Sanskrit. Être Maman, ça ne s'apprend pas. Ça se devient. J'ai rebattu toutes les cartes, pour trouver mon chemin, sur le grand jeu de dames en noir et blanc. Maman - Mariem. Mariem- Maman, toi qui m'as donné le corps et le sang.

J'ai quarante ans, j'essaie d'écrire mon nom en lettres majuscules dans la farandole du monde littéraire.

Un râteau, deux râteaux, trois râteaux. Je veux hurler ma douleur à la face du Monde. Maman ô Maman, berce-moi, s'il-te-plaît. Tu ne comprends toujours pas mes choix, et je la paye cher ma liberté. Pour *être*, je dois m'inviter dans le négatif de ton sillage argenté. L'opposé. Le moins. On s'éloigne de plus en plus. Maman ô Maman, toi qui m'as donné. J'essaie tous les jours d'être mère. Ma vie, c'est lui. Un fils, c'est tellement plus facile. Je ne sais pas comment tu as fait pour me supporter. Dans ton petit mas provençal, tu virevoltes entre les tajines qui roucoulent sur la cuisinière, les tartes au sucre qui ronronnent dans le four et les lauriers roses que tu bichonnes. Ton sacerdoce, c'est nous. Je ne l'avais pas compris avant. Trop occupée à me révolter, me démarquer, me libérer.

J'ai cinquante ans, je ne serai plus Maman. Mais, tu es la plus belle des grands-mamans. Tes longues jambes infatigables, tes ongles rouge Dior et ta frange nerveuse continuent de faire tourner le Monde. Papa n'en revient pas de t'avoir ramenée un jour, dans sa 404 blanche jusque sur sa Terre Rouge. Les eucalyptus de Rabat-Salé s'en rappellent très bien, eux aussi. La *Françaouïa*, au cœur en or, qui déposait sa douceur partout où elle passait. À Noël, le sapin de l'appartement de la rue du Docteur Lalande touchait le plafond. Tu le décorais si bien, mes yeux n'en pouvaient plus de briller. Après les cadeaux, tu allais remercier Dieu à la cathédrale Saint-Pierre, éclaboussée de ciel bleu Atlantique. Maman ô Maman, on ne peut que t'aimer. Toi, tu ne le sais toujours pas. Timide. Attentionnée. Hyper concentrée. Tu nous protèges de tes cheveux mimosas qui flottent dans le Mistral, tes bouquets de lavande qui parfument le linge, et tes bracelets en or ciselés qui gazouillent quand tu repasses les draps. Papa te les a offerts un jour de médina. Des bracelets marocains pour une *Françaouïa*.

On ne pouvait pas rêver mieux comme Maman. À coups de persévérance, tu nous irrigues le sang et le cœur de ta voix en rayon de soleil. Inquiète, tu me rappelles à l'ordre quand je dépasse (encore) les limites. Grâcieuse, tu parfumes mes souvenirs d'enfance, accoudée aux notes de piano qui glissent sous les doigts de ton père. Distinguée, tu me réveilles quand j'ai peur dans la nuit. Je n'aurai jamais fini d'écrire sur toi, Maman.

Maman ô Maman, toi qui m'as donné.

© Mariem Raïss[12]

---

[12] Auteure et narratrice

Lettre à Thyssa, ma mère, ma confidente bien aimée

Michel Lobé Étamé
(France/Cameroun)

© Anne Alexis Michel

Thyssa, t'ai-je assez dit que je t'aime, que nous t'aimons et que tes onze soldats ne jurent que par ton nom et que tu nous manques ?

Je me souviens de cette cour que tu foulais la première, au lever du jour, avant le premier chant du coq. Les petits oiseaux étanchaient leur soif sur l'herbe trempée par la rosée de l'aube. Tu déposais nos tenues du jour sous la véranda, par ordre de naissance, avant la toilette du matin.

À notre réveil, tu nous dirigeais vers le mur de la maison, celui où tu accrochais nos brosses à dents, une tige de bois d'hibiscus que tu avais soigneusement mâchée pour notre hygiène buccale. Et chacun de nous retrouvait sans peine la sienne.

Thyssa, tu étais simplement merveilleuse et je pense à toi.

Te souvient-il du son cadencé du pilon dans le mortier pour écraser les cossettes de manioc qui nous offraient notre plat familier, le foufou ? Il s'accompagnait d'une sauce gluante de gombo. Nos assiettes remplies sous le manguier attendaient nos appétits voraces.

Onze têtes se présentaient à toi dans l'ordre et la discipline. Nos regards se jetaient vers le plat qui avait le plus beau morceau de viande et les murmures fusaient de toutes parts. Chacun de nous avait son jour de gloire et tu ne dérogeais jamais à cette règle car tu nous aimais et tu nous chérissais également.

Le matin, comme de bons petits soldats, tu remettais à chacun de nous une pièce d'un franc pour acheter à l'école les beignets qui constitueraient notre petit déjeuner. Tes onze garnements s'alignaient en ordre comme pour la revue de troupes.

Il y avait Ngondè, Makembè, Priso, Iya et moi qui formions la première garde. Puis suivaient dans l'ordre Jojo, Lobè, Ndomè, Dodo, Djengué et la toute dernière, Etaloba que tu appelais affectueusement onzième. Onze têtes brûlées plongées dans la revendication. Parfois, un cri retentissait dans la cour sous l'effet d'une taloche. Tu apparaissais, on ne sait d'où, pour éteindre l'incendie.

Thyssa, tous les vendredis, je continue à tailler mes ongles des doigts et des orteils. L'hygiène avait un sens pour toi. Et tu ne tolérais aucun manquement à cette discipline.

Thyssa, tu étais simplement merveilleuse et je pense à toi.

Je me souviens de ces nuits agitées où un homme sans visage me poursuivait dans la vallée obscure. Il pointait sur moi un grand couteau. Dans mon sommeil, je poussais un grand cri et t'appelais à mon secours.

Tu étais là et tu me délivrais des griffes de ce grand méchant. J'étais en sueur, mais content de me retrouver à tes côtés. Tu étais toujours là pour moi. Ces cauchemars se poursuivent encore. Mais tu es toujours là pour me protéger et garantir mon sommeil d'ange.

Thyssa, toutes tes têtes étaient réunies autour du manguier, à l'ombre du soleil qui brillait. Nous attendions le plat du soir sous la lumière d'une lampe à huile où les devoirs scolaires étaient suivis par nos aînés. Tu arrivais furtivement dès qu'un cri jaillissait. Et ta présence, seule, suffisait à calmer nos ardeurs.

Thyssa, tu étais simplement merveilleuse et je pense à toi.

La rentrée scolaire approchait avec de nouvelles tenues. Nous t'accompagnions au marché. En toute liberté, nous choisissions nos tenues.

Comme je voudrais te prendre dans mes bras et te réciter mon morceau préféré en langue Douala :
Na salo ; (Je suis petit)
Ndé tétén'am (Mais au fond de moi)
E ben sona ndabo (Il y a une petite case)
O jesè oa (Pour t'abriter).

Thyssa, tu étais simplement merveilleuse et je pense à toi.

Je me souviens des soirées où je rentrais en me faufilant contre les murs. Je cachais mes plaies et mes blessures. Mais tu guettais mon arrivée sous la pénombre et tu jaillissais, tel un félin, devant moi. Tu ne me grondais pas et me soignais en silence.

Chaque enfant avait tes faveurs car le mot priorité n'avait aucun sens pour toi. Tu étais à la tête de onze garnements. C'était la volonté de Dieu, comme tu le disais. Tu veillais sur notre santé et la moindre égratignure retenait ton attention. Tes mots me reviennent à l'esprit, Thyssa. Tu étais la gardienne d'une cour que nul malheur ne pouvait atteindre.

Demain matin, j'irai sur ta tombe déposer un bracelet en feuille de raphia que j'ai confectionné pour toi. J'y ai dessiné onze étoiles d'un vert vif, la couleur de l'espoir, ta couleur préférée.

Tes petits-enfants, Audrey, Vanessa et Jennifer, m'accompagneront. Je leur parle souvent de toi, de tes coups de colère, de ta patience et de ton dévouement. J'aurais tant voulu que tu les connaisses. Tu verras défiler tous tes petits-enfants, comme nous jadis dans la grande cour.

Sur ta pierre tombale, je pousserai onze soupirs pour te rassurer car je sais que tu attends ton bataillon, ton équipe de football comme tu le disais si bien. Ils seront tous là pour te dire en chœur qu'ils t'aiment et que tu es toujours parmi nous.

Je sais aussi que du fond de ta tombe, tu dois nous regarder car c'était bien dans tes habitudes. Tu avais un surnom pour chacun de tes enfants. Tu en riais de bon cœur. Il y aura la vipère, Ngando, Yano, Dikorka, le malin singe, la pie qui jacasse, Mikès et puis tous les autres…

Nous chanterons en cœur « moitié toi, moitié moi ».

Thyssa, tu étais simplement merveilleuse et je pense à toi

Je t'aime.

© Michel Lobé Étamé[13]

---

[13] Auteur, journaliste indépendant et éditorialiste. Il a publié les livres *Cameroun : au chevet d'un régime à l'agonie* (Éditions L'Harmattan), *Sous le regard de Khedy* (Éditions les trois colonnes) et participé à l'ouvrage collectif *Qu'est-ce que l'Afrique ?* (Éditions la Croisée des chemins) et à nos ouvrages collectifs *Marguerite Yourcenar, la première Immortelle* et *Hommage au Petit Prince*.

La mère courage
Bélinda Ibrahim
(Liban)

© Belinda Ibrahim

Elle incarne à elle seule toute l'abnégation du monde. La mère courage a endossé, depuis toute petite, un tas de responsabilités qui l'ont précipitée dans le monde des adultes. Il n'y eut quasiment pas de transition entre l'insouciance à peine vécue de l'adolescence et une vie d'adulte avec ses lourdes contraintes. Cette femme a toujours trouvé des solutions à tout, épaulant ses proches jusqu'à les porter à bout de bras. Véritable mère Teresa en puissance, elle pense toujours aux autres et presque jamais à elle. Que ce soit pour ses propres enfants, sa famille élargie ou les inconnus qu'elle a croisés dans sa vie professionnelle, l'assistanat a toujours été son leitmotiv. Veiller au confort et au bien-être des autres, les soulager – autant que possible – de leurs soucis, a toujours été son credo.

La mère courage ne laisse jamais tomber une cause pour laquelle elle lutte. Elle mobilisera tout ce qui est en son pouvoir pour que cette cause soit entendue et soutenue. Et pourtant, elle se bat avec pour seules armes son grand cœur, son amour débordant pour autrui, sa générosité sans faille et son incroyable capacité à faciliter la vie de ceux qu'elle aime. Sa famille de cœur est vaste, et comment pourrait-on la quantifier quand ses protégés continuent de s'accroître ? La mère courage est si sereine qu'on peine à imaginer que la vie l'a durement éprouvée en lui arrachant le fruit de ses entrailles, gravement blessé dans un accident de la route et emporté vers des cieux plus cléments après trois ans et demi de coma. Plutôt que de sombrer dans sa douleur, elle a transcendé son chagrin en venant en aide à tous ceux qui s'étaient occupés de sa précieuse fille durant ces années sombres. Elle est tout simplement faite de don de soi et possède une exceptionnelle propension à être à l'écoute des autres.

Quelle que soit sa situation ou son état d'esprit, elle demeure attentive aux besoins extérieurs, offrant sans cesse son aide et ses conseils.

La mère courage vous a bercée de son affection et de sa tendresse depuis votre naissance. Elle vous a dorlotée, nourrie et choyée à l'excès. Après tout, vous étiez sa première-née, celle qui l'a faite mère et qui l'a comblée d'une joie immense. Et aujourd'hui, même en étant quatre fois grand-mère, ses instincts maternels demeurent intacts : elle demeure à l'affût du moindre signe d'émotion dans votre voix, vous concocte vos mets favoris avec amour pour que vous les emportiez chez vous, s'inquiète sans cesse de votre bien-être face aux intempéries, et vous offre ses précieux conseils forgés par une vie riche d'expériences. Elle a su affronter les tempêtes existentielles avec une résilience inébranlable. Son amour pour la vie est débordant, ce qui l'aide à tenir, à surmonter le deuil d'un enfant puis celui d'un compagnon de vie disparu il y a quatorze ans, la laissant continuer le périple seule. Ils étaient deux à braver les aléas de l'existence, ses moments de joie comme ses épreuves, et elle continue à lutter seule, refusant de se laisser envahir par la solitude d'un nid qui a longtemps abrité une famille unie.

Leur demeure n'a jamais connu d'éclats de voix ou de disputes. À tel point que leurs enfants les ont plus tard interpellés sur cette harmonie presque suspecte : « Faisiez-vous semblant de vous entendre aussi bien ? » La mère courage répondit alors qu'il n'y avait jamais eu de faux-semblants, mais plutôt une grande dose de respect, renforcé avec le temps, les préservant des conflits que beaucoup connaissent. Ils ont ainsi pu vivre en paix, entourant leurs enfants de leur amour incommensurable. De ce duo parental qui a bercé votre existence, il vous reste la mère courage, ses yeux pétillants, son sourire chaleureux et sa présence inestimable qui éclaire vos jours.

Votre maman adorée depuis toujours. Et pour l'éternité. Que c'est doux de vous laisser envelopper, comme lorsque vous étiez enfant, par l'amour de ces bras-là !

© Belinda Ibrahim[14]

---

14 Cheffe du service culturel Ici Beyrouth. Éditrice, Journaliste, Auteure et Peintre. Ambassadrice de Rencontre des Auteurs Francophones au Liban.

Mère-fille pour elles, c'est fini…

Nathalie Sennegon-Nataf
(États-Unis)

© Nathalie Sennegon-Nataf

Lorsque l'on m'a proposé de participer à ce livre collectif, j'ai immédiatement pensé à ces filles et à ces mères séparées par l'horreur depuis le 7 octobre 2023 [15]. Comment pourrait-il en être autrement ?

Toutes ces femmes tuées, massacrées, kidnappées, les filles et les mères de ces mortes, les filles et les mères de ces otages de l'épouvante. Toutes ces femmes mortes ou peut-être encore vivantes, mais déchirées.

Moi-même, qui suis à la fois une fille et une mère, je n'ai pas pu me concentrer sur une autre pensée. Comment faire autrement? Le rapport mère-fille est l'un des plus beaux rapports humains qui soit au monde et voilà soudain qu'il est devenu le pire des effrois pour nos semblables, des femmes, des filles des mères, comme nous, dans toutes ces familles foudroyées et endeuillées par la terreur de ce samedi à l'aube. Et j'ai alors pensé en particulier à deux d'entre elles....

Vendredi 6 octobre 2023, quinze heures

— Ima, je suis passée cinq minutes prendre quelques affaires et …t'embrasser bien sûr ! Mais qu'est-ce que ça sent bon ! Tu choisis pile le jour où je ne dîne pas là pour faire un plat de folie ?!

— Mais enfin Noa, tu es vraiment sûre que tu veux y aller ce soir à ce concert? C'est franchement primordial ? C'est si important pour toi ?

---

[15] Les faits relatés sont ceux de l'attaque du 7 octobre 2023 à Re'im, mais les identités sont fictives.

— Je te l'ai dit cent fois, oui, oui et oui ! Ce n'est pas un concert, c'est un Festival de Musique, ça va être incroyable, tu ne te rends pas compte.

— Non, je ne me rends pas compte, moi, la musique électronique, ce n'est pas trop mon truc, tu le sais bien.

— Ah oui, mais là, ça va être exceptionnel, ça s'appelle *Supernova Rave* ! Tous mes amis seront là ! Je ne vois pas pourquoi je n'irais pas, on a pris nos tickets depuis trois mois ! C'est simple, parmi tous mes copains, je ne connais personne qui n'y sera pas. Ils attendent au moins trois mille personnes, tu ne te rends pas compte, je ne vois vraiment pas pourquoi je louperais ça !

— Tout simplement parce que ce soir… c'est Shabbat !

— Maman, s'il te plaît…pour une fois….

— En plus, c'est loin ! Comment vous y allez là-bas, en plein Néguev ? À quelle heure vous allez rentrer? Soyez prudents, hein !

— Maman, arrête s'il te plaît, arrête de t'inquiéter pour rien, c'est juste à côté du Kibboutz Re'im. Tu sais combien je l'adore, ce kibboutz ! Je suis tellement contente d'y aller! Je dormirai là-bas, je te l'ai déjà dit, la tante de Noa y habite, elle nous attend après la Rave party ! Ça va être tout simplement génial, j'en suis sûre!

— Ok, ok, je ne veux pas t'embêter, puisque ça te fait tant plaisir, c'est le principal ! Passe une bonne soirée, ma chérie, je t'aime !

— Moi aussi, Ima ! Et dis à Papa que je passerai demain soir pour vous raconter, il m'en voudra moins comme ça !

Et voilà, c'étaient les derniers échanges que j'avais eus, avant l'horreur, avec la femme de ma vie, ma mère.

J'avais descendu les escaliers de chez mes parents à toute vitesse, sachant que Tal, Noam et Yossi m'attendaient en bas. Cette soirée, ce Festival de musique, nous l'attendions tous. Ça faisait des semaines et des semaines que nous en parlions, que nous en rêvions. Si seulement nous avions pu imaginer un seul instant que cette nuit tant rêvée se révélerait cauchemardesque. Si seulement j'avais su que cet échange avec ma mère serait le dernier…

Je savais qu'elle ne voulait pas nous voir sortir le vendredi soir. Non pas qu'elle n'aimait pas que nous sortions nous amuser, boire ou danser. Pas du tout, ma mère, c'est la joie personnifiée ! Mais simplement parce que, comme elle avait manqué de réunions et d'union familiale dans son enfance, elle aimait tant nous voir tous réunis à sa table, le vendredi soir. C'était son but, sa récompense hebdomadaire, son meilleur moment de la semaine, comme elle nous le disait depuis toujours.

Pourtant nous n'étions pas vraiment religieux dans la famille, mais nous avions cette coutume hebdomadaire, ce dîner du Shabbat qui nous rassemblait et qui nous permettait d'échanger sur nos activités respectives de la semaine, avec ma mère, mon père, mon frère et moi.

Avec mon frère Dov, nous prenions soin de ne jamais manquer ce rendez-vous. Surtout pour faire plaisir à notre mère. Son sourire était pour nous tous, encore plus délicieux que ses bons petits plats.

Mais il est vrai qu'il y a des soirées qui ne se loupent pas…

Et ce soir-là, ce Festival, il n'était pas question de ne pas y aller. Avec mes amis, nous y pensions depuis des semaines et, dès que nous sommes partis, dans la voiture de Noam, la musique à fond, c'était déjà la fête qui commençait et qui annonçait une nuit endiablée.

Samedi 7 octobre 2023, six heures du matin.

Trou noir, cris, pleurs, hurlements, coups de feu, fuite impossible, on a vécu l'inimaginable, l'indescriptible en une demi-heure, une heure, un cauchemar indéfinissable. L'horreur s'est écroulée sur notre Festival et le sang a jailli au milieu de nos souffles coupés.

Avec Noam, on a sauté dans une caravane et on s'est couché au sol. Tal nous suivait en courant et nous avons entendu ses cris, puis, son silence insoutenable. Nous n'avons pas trouvé Yossi. En quelques secondes des corps étaient allongés, gisant sur le sol, je pense qu'il était l'un d'entre eux, son sac était au sol...

On est restés là, collés au sol, écrasés sans bouger. On a pleuré en silence en entendant des cris d'horreur, de menace, d'agonie et de mort.

Puis ils nous ont trouvé peu de temps après et nous sommes sortis tirés par les cheveux, Noam et moi, jetés tous les deux dans une voiture, écrasés l'un sur l'autre avec deux autres personnes plus âgées que nous, un couple visiblement. Le mari saignait de la tête et la femme était à moitié dévêtue.

Ils sont descendus de la voiture avec eux cent mètres plus loin et nous ont fait changer de voiture. Ils ont demandé à Noam s'il me connaissait , je ne sais pas pourquoi il a répondu non, ce qui fait sûrement qu'ils nous ont laissé ensemble.

Je veux que tu saches que c'est à toi, et à toi seule, que j'ai pensé à chaque instant de cette tragédie. Toi à qui j'ai refusé ce dernier rendez-vous. Toi qui désormais ne vivra plus qu'à moitié, je le sais, car nous étions si liées.

Je suis ta fille aînée et, comme tu me l'as toujours dit en riant, ta meilleure ennemie ! Tu ne pensais pas si bien dire. Désormais, c'est à cause de moi que ta vie va basculer à tout jamais. Pardon maman.

Je n'aurais jamais pensé que je bouleverserais ta vie, celle de papa et de Dov, j'espère que vous me pardonnerez, même si je me demande comment vous allez faire… après.

Depuis que je suis enfermée ici, je ne sais même pas où, je ne tiens qu'en pensant à tout ce que je veux te dire, Ima. Je pense surtout à tout ce que je n'ai pas eu le temps de te dire. Pire, je pense à ce que, malheureusement, je ne pourrais plus jamais te dire.

Comme si le temps m'était décompté, chaque seconde, je cherche dans mon esprit à utiliser le peu de temps qu'il me reste pour te parler. Je suis désolée d'avoir déserté notre dîner hebdomadaire, mais plus encore, je suis profondément désolée pour tous les moments que je vais manquer à tes côtés.

Je voudrais qu'il soit possible en un instant de revivre tous ces moments de mon enfance durant lesquels j'ai été aimée, protégée, cajolée, choyée, encouragée, éduquée, soutenue, gâtée par toi et par papa, mais ça n'est pas possible. Tout ça ne sera plus possible. Notre complicité de chaque instant, nos fous rires, nos merveilleux souvenirs du temps passé ensemble me sautent constamment aux yeux depuis que j'ai compris que c'est fini.

Je vais te faire une confidence, une dernière : quand je ne pense pas à toi , à vous, je prie pour mourir vite car je suis effrayée d'être dans les mains de ces meurtriers. Maman, je suis morte d'inquiétude à l'intérieur de moi-même. J'espère seulement qu'ils me tueront vite.

Si seulement je pouvais remonter le temps un petit peu, si seulement je pouvais me retrouver assise près de toi et te regarder te maquiller devant ton miroir blanc.

Tu as toujours été pour moi la plus belle. Mon modèle, celle à laquelle je voulais ressembler, plus que cela celle que je voulais rendre fière de moi. Pour cela je me voulais plus belle que toi pour que tu m'admires. J'ai voulu faire des études pour que tu me trouves mieux que toi , car pour moi il n'y a personne de mieux que toi-même. Tu es la bonté et la beauté à mes yeux. Tu ne peux pas savoir combien j'ai aimé être ta fille, même si je ne te l'ai pas assez dit. Pardon. Même ton ombre, tes silences, me manquent aujourd'hui, tes pas silencieux, ta façon de fredonner timidement lorsque tu cuisines pour nous.

Merci Ima, de m'avoir fait ta fille. Merci pour toutes ces heures, ces jours et ces nuits que tu as passées à te soucier de moi, à me bercer, me nourrir, me soigner, me coiffer, me chérir , me protéger et m'aimer, m'aimer et m'aimer encore. Merci de m'avoir écoutée te raconter toutes mes bêtises, me plaindre de mes devoirs, de mon frère de mes copines de mes profs, de mes kilos en trop et tant de choses encore…

Et toi toujours à l'écoute, toujours disponible. Je te revois assise au bord de mon lit, à l'heure où tu méritais tant d'aller te reposer. À l'heure tardive où je décidais si souvent d'engager la conversation, pour égoïstement te garder disponible encore un peu, rien que pour moi. Je savais que dans ces instants ou je te parlais longuement, tu manquais sûrement à mon père ou à mon frère, mais je m'en contre fichais. Je te voulais pour moi et chaque minute écoulée me faisait jubiler de cette exclusivité que tu me donnais, que je te prenais.

Comment imaginer que je ne sentirai plus ton odeur, que je ne toucherai plus tes cheveux que je n'entendrai plus ta voix, tes mots, tes rires…Tes larmes, en revanche, je les entends si fort, elles coulent dans mes oreilles, elles percent mon cœur et me rendent tellement coupables. J'ai compris que j'ai gâché ta vie, à la seconde même où j'ai vu s'envoler la mienne. Je sais que je viens de mettre un terme à notre vie tous ensemble.

J'aurais tellement voulu que tu me voies devenir femme, épouse, mère. Malheureusement, je n'aurai pas eu le temps de vivre tous ces moments imaginés. Ma vie va prendre fin, sans toutes ces joies que je ne t'offrirai pas. Moi qui te rêvais fière de moi dans chacun de mes actes, voilà que je vais détruire ta vie sans le vouloir et sans pouvoir agir.

Je voudrais mourir avant qu'ils ne me tuent, pour ne plus souffrir de voir mourir tous mes espoirs. Pardon maman de n'avoir pu te rendre tout ce que tu m'as donné. Je suis désespérée de ton désespoir. Heureusement, je ne te verrai pas souffrir. C'est mon dernier acte de lâcheté, mais, celui-là, je le revendique car je ne peux même pas l'imaginer.

J'espère que tu te souviendras de nous. Mais que tu repenseras à nos joies aussi, pas seulement à ce drame. J'espère que tu auras la force et que tu garderas ta foi en la vie. La vie qui est belle comme tu me l'as toujours dit, la vie qui est un miracle, une richesse.

Maman, s'il te plait, ne reste pas traumatisée, vis, ris, profites, tu es si belle quand tu es heureuse. Tu es si belle quand tu chantes, quand tu ris, quand tu pries.

Alors, s'il te plait, Ima chérie, continue ! Car de là ou je serai, si j'arrive quelque part, je chercherai à te revoir aussi merveilleuse que tu es. Je sais que même au-delà de la vie, chaque jour, comme hier ou demain, du fond de l'horreur dans laquelle je suis aujourd'hui, je rêve et je rêverai toujours de te revoir et de t'aimer aussi fort que tu m'as fait aimer la vie.

Lehitraot Ima, un jour nous nous retrouverons.

© Nathalie Sennegon-Nataf[16]

[16] Florida Supreme court Family Mediator. Avocate honoraire du Barreau de Paris et Médiatrice Familiale. Auteure, Consultante et Conférencière. Nathalie Sennegon-Nataf met son expertise acquise depuis plus de 30 ans du métier d'avocat, puis de médiatrice, au service des familles entre les États-Unis et la France. Elle est l'auteure de plusieurs livres à l'usage des adultes et des enfants dont le dernier sorti en français *P'tit Ben et Lola, le divorce dit par les enfants* et en anglais *Little Ben & Lola, A Teen's Journey through divorce*. Elle a collaboré à trois ouvrages *Family Conflict during a Pandemic, Grief & Fatigue: Families & the Pandemic*, et également à l'ouvrage collectif *Hommage au Petit Prince* avec Rencontre des Auteurs Francophones. www.sennegon-nataf.com

Hanan

Nour Cadour
(France/Syrie)

© Nour Cadour

À ma mère Hanan.

Je veux remonter le temps pour être à tes côtés,
t'observer, quand tu étais enfant;

Je veux remonter le temps pour être à tes côtés,
t'observer, quand pour la première fois tu as pouffé,
avec les poussières du soleil,
et je veux savoir de quoi tu riais ce jour-là,
avant que moi, je ne sois là.

Je veux être assise et être à tes côtés,
dans des champs entiers de coquelicots fleurissant
sous le bruissement de nos cantates ;

Je veux être assise et être à tes côtés, dans l'iris subtile
de ton sourire,
qui pose son oiseau sur la bouche du ciel.

Je veux devenir la joue qui trône dans l'ombre de tes
fossettes,
Je veux devenir le khôl noir qui caresse tes paupières
parfumées de jasmin,
Je veux devenir la rose que tu cueilles à l'aube des
matins baignés d'espoir,
Je veux devenir la farine que tu masses délicatement
avec tes doigts enchantés,
Je veux devenir l'eau du thé blanc qui traverse ta gorge
au crépuscule,
Je veux devenir la voix qui murmure sur tes lèvres.

———

Car toi et moi ne sommes qu'une,
à jamais,
reliées par un fil de soie baptisé de rosée,
et que tu as sacrifié tes rêves,
pour que je puisse rêver.

© Nour Cadour[17]

---

[17] Peintre, romancière et poétesse franco-syrienne, Nour CADOUR est née en 1990 en Lozère et réside à Montpellier. Son premier roman « *L'âme du luthier* » est publié chez Hello Éditions en février 2022 et son premier recueil de poèmes « *Larmes de lune* » (lauréat du prix Jacques Raphaël-Leygues de la Société des Poètes Français en 2021 et de la fondation Saint-John Perse en 2022) chez L'Appeau'Strophe Éditions en septembre 2022. Un second recueil « *Le silence pour son* » est paru en janvier 2023 aux éditions « L'échappée belle ».

Un goût à mère
Bou Bounoider
(Belgique)

© Anna Alexis Michel

Rêve

Encore dans mon dernier sommeil, je sentais le soleil illuminer la pièce et sa chaleur me picorant la peau. Quel délice d'émerger de cette léthargie dans de telles conditions de bien-être ! La cerise sur le gâteau, c'était lorsque maman venait me réveiller !

– Bonjour mon « cœur » !

Je me réveillais.

– As-tu bien dormi ?

– Bonjour maman !

Clémence me faisait toujours une batterie de douceurs et de câlins au réveil et j'adorais ces moments privilégiés de tendresse. Elle m'enlaçait de ses tendres bras. Sa longue chevelure blonde se posait sur moi, tel un plumeau, pour prendre le relais de la couette. Nos longues vacances permettaient ces réveils affectueux et nous prenions un petit-déjeuner avec papa et mes frères déjà en train de nous attendre sur la terrasse. Tous les trois, déjà assis à table, j'arrivais comme un prince dans les bras de notre reine, sous leurs yeux et leurs sourires nous invitant à nous joindre à eux. Nos chiens, de magnifiques golden Retrievers, profitaient des premiers rayons de soleil. Leur queue battait en signe de contentement à nous voir tous réunis. La piscine, devant nous, scintillait sous le soleil et attendait nos plongeons et nos jeux aquatiques. Encore une journée agréable à passer en famille et avec des amis dans les rires et la bonne humeur. Une vie agréable où le bonheur était fait de petites choses quotidiennes retrouvées dans l'amour de mes proches.

Je me réveillais sur ce rêve de bonheur inaccessible pour le petit bonhomme que j'étais. Je ne m'appelais pas mon cœur. Les chiens n'étaient qu'illusions, comme tout le reste du rêve. À la place de la piscine étincelante, il y avait juste des marais sombres et périlleux à traverser, une vie à la constante recherche du bonheur.

Bonheur

Qu'est-ce donc le bonheur ?

Je m'appelle Sacha.

Je suis né à l'issue d'un voyage. Celui d'une pièce importée. Importée, tel un supplément de bagages dans le ventre de ma mère. Un périple vécu de l'intérieur comme un passager clandestin. Privé du soleil tant réclamé par la couleur de ma peau. La magie énigmatique de la génétique. Tout le monde a la peau blanche dans la famille. Sauf moi !

Ce voyage était lié à une vague fuite. Une fuite vers l'Europe. Une Europe prometteuse. Prometteuse de rêves. De richesses. Pour l'Europe, oui. Elle accueille une main-d'œuvre rêvée. Une main-d'œuvre supplémentaire pour son économie en pleine expansion.

Un périple vers un Eldorado. Tant espéré. Tant imaginé. Tant planifié. Voyage vers les mille et une richesses. Voyage vers les mille et un délices.

Orpheline

Orpheline. Ma mère vivait dans une famille aimante.

Une famille vivant dans les monts rocailleux généreusement chauffés par le soleil africain. Son nom brillait dans la bouche de tous ceux qui le prononçait. Amira. Il signifie princesse. Amira avait l'étoffe d'une vraie princesse.

En y repensant, elle avait bien une allure de princesse. Elle qui ne disait jamais rien. Ne racontait jamais rien. Quand elle prenait la parole, c'était rapide, bref, efficace. Et nul ne pouvait s'opposer à la parole d'Amira. Elle était forte, combative, résistante et courageuse. Il ne lui manquait qu'un royaume et un prince charmant.

Puis un jour... Le prince charmant apparut. Il était une fois, un inconnu... « qui vous apporte des fleurs »... Lui avait-il seulement offert des fleurs ?

Elle abandonna sa famille d'adoption et peut-être son royaume. Elle renonça aux hauts plateaux ensoleillés.

Amira et son amant disparurent mystérieusement pendant quatre années et donnèrent naissance à deux bambins. Puis, pris par une envie d'un monde meilleur, ils prirent la direction de cet Eldorado tant prometteur.

Un saut gigantesque sans savoir que j'avais intégré le voyage sans m'annoncer.

Naissance

Et moi ? Savaient-ils que j'étais avec eux ? Depuis quand baignai-je dans ce marais amniotique ?

Ma mère baignait sous une pluie battante. L'eau engorgeait depuis des heures les ruelles de la ville. Bloquée sous un abri de fortune attendant une accalmie, Amira restait figée sous un abribus.

Pas de carrosse pour la princesse.

Des douleurs au ventre la tiraillaient déjà depuis longtemps. Était-ce la pluie ou les douleurs qui l'empêchaient de continuer son chemin ? Elle qui ne laissait jamais rien paraître de ses émotions. Amira n'était pas du genre à s'arrêter à cause de simples douleurs. Ça ne lui ressemblait pas. Elle allait toujours de l'avant.

Depuis combien de temps était-elle enceinte ? Elle ne le savait pas exactement. Ce qui était une certitude, elle attendait un enfant et elle était seule.

Ha ! Mais où était donc passé son prince charmant ? Au fur et à mesure que le diamètre d'un ventre grossissait, l'homme se sentait de plus en plus à l'étroit. Il n'avait plus assez de place pour exprimer toute sa masculinité. Le prince charmant s'était fait la belle. Au propre comme au figuré.

Ça ne pouvait pas être pour maintenant. Elle avait bien supporté le vol avec ce fœtus qui se développait en elle. Déjà, elle avait senti des changements sans trop y croire. Son corps l'avertissait. Aux premiers vertiges, elle en était certaine.

Amira se sentait encore capable de réaliser quelques efforts. Quelques jours de plus. Elle avait le temps d'accoucher. En tout cas pas sous cette pluie battante. Le vent chassait l'eau sur cette future mère. Elle grelottait et laissait s'échapper un discret claquement de dents. Soudain, prise d'un malaise, elle se laissa glisser contre la vitre de son abri de fortune. Le travail avait déjà commencé et les contractions se faisaient de plus en plus rapprochées. Contrastant avec le froid humide, un liquide chaud coulait entre ses cuisses. Se mélangeant à l'eau inondant le trottoir, un filet de sang s'échappait de sa robe et suivait la courbure de ses jambes pour rejoindre la rigole. Entre sang et eau, le ruissellement n'exprimait aucune souffrance.

Amira contrôlait ses spasmes dans une sérénité absolue. Son corps se déchirait. Des sensations nouvelles. C'était ça, être mère. Tomber. Se relever. Tomber à nouveau. Tomber amoureuse. Tomber enceinte. Puis, il l'avait laisser tomber. Tout n'était que chute dans cette vie.

Comme muni d'une fermeture éclair, son corps s'ouvrait. Inutile de combattre. Amira accompagnait son corps qui n'était plus seul. Son monde intérieur avait rendez-vous avec ce qu'elle pensait être l'Eldorado. Le contact d'une tête progressant entre ses cuisses à peine entrouvertes. Rendue à l'évidence de devenir une mère, elle adopta une position plus adéquate qui ne la mettait plus à l'abri de la pluie.

Le ruissellement sanguin éclaboussé par la pluie formait une espèce d'eau d'artifice tant le rouge se déclinait en différentes teintes.

Attiré par de discrets gémissements, un vieillard se dirigea vers l'abribus. Il s'arrêta. Il découvrit ce qui pour lui devait être la magie de la vie. Un événement incroyable. Un miracle. Une naissance.

Il imaginait la scène reportée dans la presse. À la Une. Le vieil homme et la mère.

Le vieillard porta secours à cette mise au monde anonyme. Sans perdre son calme, il s'appuya sur sa canne pour s'asseoir entre les jambes de la malheureuse. Ignorant la pluie qui tombait de plus belle, il prit son manteau et le posa au sol pour réceptionner le petit ange de la pluie. D'un geste assuré, il réconforta la femme et l'encouragea dans ses mouvements.

Le nouveau-né se trouvait entre les mains de la providence même. Les yeux d'Amira et ceux de l'homme communiquaient. Le travail n'était pas fini. Le bébé déposé sur le ventre de sa mère, les mains âgées se laissaient guider par le mystère de la nature. Dans un dernier effort, la nouvelle mère expira de l'intérieur, le nouveau-né inspira l'air extérieur, le grand-père soupira de bonheur. Alertés des petits cris, des passants s'arrêtèrent et appelèrent les secours. Le bébé et la maman étaient sauvés grâce à ce grand-père providentiel.

Par cet accouchement imprévu, je franchissais enfin une ligne d'arrivée qui n'était que le début d'un long voyage.

1968

Je suis né dans les bras inexpérimentés d'un vieil homme, un beau jour pluvieux de l'année 1968.

Cette année baignait aussi sous les pavés des étudiants révoltés, un peu partout dans le monde. L'île Maurice devenait indépendante. Martin Luther King avait fait un rêve pour la dernière fois. Les Vietnamiens étaient massacrés par centaines. L'Europe était divisée par un rideau de fer et novembre m'accueillait après un printemps situé plutôt à Prague que sous les fleurs et le soleil. Tous ces événements visaient un seul et même but, la liberté, signe sous lequel j'avais inspiré ces premières bouffées d'oxygène.

Nous vivions d'appartement en appartement. Que dis-je, nous voyagions d'appartement en appartement. Chaque départ nous rappelait que nous n'étions pas chez nous. Être mère célibataire rimait avec véritable galère. Pas de temps pour se créer des souvenirs. Les seuls sont ceux de la solitude. De l'éloignement. Entre ma mère et moi, il y avait un rideau de fer. Une frontière infranchissable.

Pas de contrôle. Pas d'amour déclaré. Pas de contact. Pas de complicité.

Amira était tout simplement absente. Elle travaillait. Toujours à la construction de son Eldorado. Je restais clandestin à sa vie.

Pascal. Pour son âge était encore très actif. Il me gardait pendant les longues absences d'Amira. Une sorte de mère de substitution.

La vie de famille

Et quelle famille ?

Un papa inexistant. Absent. Inconnu. Un homme dont je ne connaissais rien. Je n'avais pas de modèle de père. J'aurais aimé avoir un père sévère. Un papa gaga. Un papounet aux secrets échangés. Un paternel éternel. Mon papa à moi avait disparu.

Mais ma mère valait tous les pères du monde. Elle en avait la sévérité. La poigne. Et elle ne laissait rien passer. Il lui manquait toutefois cette douceur maternelle qui inondait mes rêves.

Ce père fantôme ne fut pas remplacé par un autre homme, mais par deux autres qui ponctuaient cette vie orientée au féminin.

Le premier ami de la famille s'appelait Michel. Maman était sa confidente et il partageait avec elle tous ses secrets d'homme marié. D'amant. De faiseur de torts. Il était le père d'une charmante petite fille et le joli cœur d'une maîtresse importée du Danemark.

L'ami suivant était mon sauveur. Le vieux Pascal. D'origine italienne. Je le soupçonnais d'être amoureux d'Amira. Son âge très avancé faisait de lui notre grand-père adoptif. Rien d'autre…

Il m'avait évité, comme un pavé, de tomber dans la mare, le jour de ma naissance. Il avait sûrement évité bien d'autres soucis de santé à ma mère. Pascal venait souvent terminer le dimanche à la maison. Comme Michel, d'ailleurs.

Ces deux hommes prenaient une importance majeure dans ma vie de lionceau.

Amira avait encore des amies partagées entre trois familles où les visites de courtoisie ponctuaient mon quotidien souvent bousculé. Régulièrement, nous participions à des expériences assez spéciales. Extraordinaires ! Je ne sais pas si le mot est approprié. Paranormales ? Extralucides ? Des moments hors du temps. Entre voyance, magie, superstition et sorcellerie.

Ma mère baignait dans cela. Elle avait besoin de savoir le passé, le présent et l'avenir. Elle voulait éloigner les mauvais sorts. Elle construisait des carapaces de protections faites de mots pieux, de louages. Elle concoctait des boissons purificatrices. Elle invoquait les anges. Elle chassait les démons.

Je n'étais pas un enfant comme les autres. J'étais témoin passif de tout ce spectacle.

Ma carapace était mienne et non ensorcelée. Puissante, elle était invisible. Inébranlable. Elle me protégeait de cette famille décousue. J'étais né sans venir agrandir une famille. J'accompagnais ma mère dans ses douleurs. Dans son silence. Sentait-elle que je me protégeais d'elle ?

Avec ma protection invisible, j'avais la capacité de me réfugier dans mon propre monde. Un monde où tous mes rêves, mes envies et mes projets étaient cachés avec le désir de les réaliser un jour.

Mes mésaventures n'y entraient guère. Mes déceptions, je ne les partageais pas. Je les extériorisais. Comment ? En courant. En ville. Dans ma ville. Mon terrain de jeu. Mon royaume. Et cette ville, je la connaissais dans ses moindres détails. Ses parcs. Ses différents quartiers. Ses maisons. Ses façades. Ses magasins. Ses vitrines. Aucun endroit ne m'était inconnu. Mes connaissances géographiques s'étendaient à chaque sortie. De plus en plus. Au-delà des frontières et j'aurais pu aller jusqu'à l'infini. J'étendais mon territoire à chaque sortie. Je le parcourais dans tous les sens. Et toujours en courant. Il fallait aller vite. Je courais. Je sprintais. Je sautais. Je galopais. Je volais. Je fendais les airs. À perdre haleine.

Je cavalais. Je bondissais de trottoir en trottoir. De rue en rue. De passage pour piétons en rails de tram. De feux de signalisation en passages cloutés.

Ce domaine, mon domaine, mon champ de courses m'appartenait. J'étais rapide comme Nathaniel. J'étais le dernier des Mohicans. J'étais l'unique Indien dans cette ville courant sur les chemins de la liberté. Mes rochers étaient pavés. Mes pentes dévalées étaient les escaliers du métro. Les rivières étaient les flaques d'eau. Comme Nathaniel, j'étais rapide ; comme lui, je rattrapais le temps ; comme lui, j'étais libre de courir après la liberté. Ma recherche de bonheur éphémère résidait dans mes courses urbaines. Pour profiter d'un maximum de bonheur en un minimum de temps, je courais.

Souvenir « a-mère »

Le souvenir le plus lointain me conduit à l'école. Un chemin avec ma mère. Main dans la main. Le rare contact entre mère et fils. Un lien fort. Sans doute pour que je ne m'échappasse pas. Ce premier souvenir s'était donc construit sur cette chaussée nous conduisant à ma première école.

Encore aujourd'hui je n'ai aucun souvenir antérieur à ce moment. Cette première photographie qui sort de ma mémoire comme un Polaroïd. Et cette main qui serrait la mienne. Au bout de cette main. Ma mère. Une mère absente pour la plupart du temps. Mais bien présente ce matin-là.

Un château. Mon château. Mon nouveau royaume. Mon antre.

Arrivé devant cette immense bâtisse, j'étais comme un aventurier découvrant un temple oublié. Ma taille se réduisait devant cette grandeur. Ce majestueux bâtiment se dressait sur sa place comme une forteresse fièrement dressée sur sa roche. Une forteresse infranchissable.

La présence de ma mère facilitait l'ouverture de son immense et lourde porte.

À l'intérieur de ce bastion, il y avait une belle et vaste cour. En son centre trônait une tour géante en briques rouges. Elle transperçait les nuages. Je m'imaginais en trouver l'ouverture et serpenter en grimpant toutes les marches pour arriver en son sommet et y respirer les nuages. Ne trouvant pas de porte pour y pénétrer, j'escaladais la façade arrondie en introduisant chaque doigt et chaque orteil dans les joints vieillis par le temps. J'ambitionnais de flotter. Mais la chute fut brutale. J'appris avec beaucoup de déception qu'il ne s'agissait que d'une ancienne cheminée. Un incinérateur faisant partie du passé depuis bien longtemps. De peur de me brûler les ailes et mes rêves, je n'allais plus jamais m'approcher de cet endroit.

Lorsque la main de ma mère lâcha la mienne, la rupture fut consommée.

Lâché, je me sentais libre dans ce qui allait m'activer. De grands espaces. D'énormes escaliers. Des rampes de lancement. Mon nouveau terrain de jeu. L'abandon était bel et bien un abandon.

Abandon

Abandon rimait avec d'autres abandons. Chaque matin. Chacun des départs de ma mère me donnait libre cours à mon imagination. Les abandons se révélaient être mes espaces de liberté. Cela sonnait comme un constat. Un état de fait. Une évidence. Amira partait l'esprit tranquille. Sa main ne se fonderait plus jamais à la mienne.

Marie

Marie me donna sa main que je ne voulus lâcher pour rien au monde. Elle était mon guide à l'école. Je n'avais pas besoin de lui demander sa main, je l'avais. Ma maîtresse... s'appelait Marie. Je répétais son nom. Marie. Marie. Marie. Indéfiniment. Ce mot résonnait en moi comme les battements dans la poitrine. Percussion incontrôlable. Un cœur qui battait la chamade. Elle était belle. J'étais tombé amoureux. M'aimait-elle comme je l'aimais ?

En classe, je regardais la cour. Elle m'attirait. Dans la cour, je ne voulais plus retourner en classe.

Cet espace garni de deux rangées d'arbres formant une haie d'honneur pour saluer mes joyeuses entrées. Très vite, je m'y habituais. Je m'y sentais chez moi. Je me laissais gagner par cette énergie venue de la nature. Cette nature saluait mes relais héroïques. Je courais entre ces deux rangées majestueuses. Je ne courais pas. Ça courait en moi. Ça explosait. Ça bouillonnait. Ça pétillait. Je vivais. Je virevoltais.

À la maison, j'étais calme, trop calme, taciturne et toujours tapi le plus possible dans ma chambre. Invisible avec ma carapace. J'étais en asphyxie familiale.

À l'école, je reprenais ma respiration. Cet énorme bol d'air devait être si intense et tellement euphorique qu'il provoquait en moi des réactions incontrôlées. J'étais comme poussé à réaliser tous mes faits et gestes de manière excessive.

Je respirais Marie. Je parlais Marie. Je vivais Marie. J'aimais Marie. J'avais deux mères et toujours pas de papa.

Papa

Un soir, un homme entra dans l'appartement, s'enferma avec Amira et réapparut le matin. Ensuite, il disparut comme il avait surgi, sans dire un mot, sans s'arrêter, sans me regarder. C'était la première fois que je fus confronté à mon père. Mon père ! J'avais un père ! Absent ! Les nombreuses photos qu'on me présentait le montraient en uniforme. Au bord d'une piscine. En équilibre sur les mains. Au terminus d'un bus.

J'avais un père ! Je ne m'en étais encore jamais rendu compte. Et depuis sa visite, il était présent sur de simples photographies.

Un père argentique. Je n'eus pas le plaisir de monter sur les épaules de mon père. Encore moins sur celles de ma mère. Plus tard mes enfants profiteront des miennes.

Où étaient les épaules paternelles auxquelles j'aurais dû avoir droit ? J'aurais pu grandir plus vite grâce à elles. Prendre de la hauteur. Noyer mes cheveux bouclés dans les nuages.

Ses épaules devaient être sans doute tenues par une autre femme que la sienne. Un père en photo, c'était bien fragile quand le papier jaunissait. Un père écorné sur les coins. Un père déchiré sur les bords.

Même si ses épaules paternelles me manquaient. Lui, il ne me manquait pas. Il n'avait pas laissé vraiment de vide. Papa, c'était Maman. Amira était à la fois, le père et la mère. Et puis j'avais aussi Marie.

Amira

Dans cette dualité parentale, il y avait un bémol. Amira était seulement une mère. Une mère absente. Une femme seule. Une dame. Un quidam. Une personne en détresse. Une note tronquée. Une phrase blessée. Cette Amira-là me faisait de la peine.

Tous les jours, elle partait travailler pour payer les frais de sa situation de femme esseulée. J'avais très vite compris quel était le prix à payer. Le prix d'un père absent. L'ancien prince charmant.

La princesse s'était transformée en ombre.
Une ombre courageuse.

Une ombre au goût amer.

© Bou Bounoider[18]

---

[18] Maître-Assistant HE2B & ULB ; Auteur (spectacles : Il était une fois de trop - C'était pour rire) ; Directeur Librairie du Tienne ; Conférencier (Thèmes : Bonheur/Harcèlement scolaire) Créateur, réalisateur, producteur Escapades Littéraires ; Chroniqueur littéraire BXFM-Vivacité-RCF ; Animateur Les Belles Lettres Belges - RCF Bruxelles et Passion Littéraire - Passion FM

La gardienne silencieuse

Adama Sissoko
(France/Suède)

« Ba ». La mère en Bambara. « Ba », la mer en Bambara. Celle qui donne tout, celle qui reprend tout.

À l'âge de cinq ans, sur le chemin de retour de la maternelle, je faisais toujours un bout de chemin avec Guillaume et sa maman. Ensuite, je rejoignais ma grande sœur pour rentrer dans notre petite cité miteuse de Nanterre. J'appréciais beaucoup Guillaume, avec sa petite tête blonde et ses grands yeux bleus émerveillés. Il possédait cette douce innocence qui me manquait. Cela m'intriguait. Il me parlait de choses que l'on n'abordait jamais à la maison, comme le père Noël.

Un jour, à la maison, j'ai demandé :
— Maman, c'est quoi le père Noël ?
— Tu veux dire « c'est qui » ?
— Oui, Guillaume m'a dit qu'il mettait des cadeaux sous le sapin la nuit.
— Ah oui, c'est ce que les Blancs racontent à leurs enfants, mais il n'existe pas.
— D'accord !

Cependant, nous fêtions Noël. Chaque 24 décembre, mon père et ma mère passaient la journée à la cuisine à préparer une multitude de plats que nous mangions pendant une semaine. Parfois, mon père achetait une poule vivante au marché du centre-ville. Il l'égorgeait dans la baignoire de la salle de bain, et nous, les enfants, étions chargés de la plumer dans un bac d'eau chaude. Ma grande sœur ne supportait pas cette activité, cela lui donnait des haut-le- cœur. Moi, j'y étais complétement insensible.

Noël était joyeux, même sans le grand barbu vêtu de rouge. Papa nous emmenait choisir nos cadeaux au magasin deux semaines à l'avance, et maman les cachait dans l'appartement. C'était comme une chasse aux trésors et nous tentions en vain de deviner la cachette. Il fallait attendre le matin du 25 décembre pour découvrir nos présents sous le sapin. À la fin des vacances, nous échangions nos récits de réveillon avec Guillaume. Je gardais le secret sur la provenance de mes cadeaux.

Un jour, en rentrant de l'école, Guillaume était de mauvaise humeur. Il pleurnichait en demandant à sa maman un câlin. Je ne connaissais pas ce mot. Il insistait devant sa mère, qui pressait le pas, impassible. Je me demandais ce qu'était un câlin. S'agissait-il d'un chocolat, d'un bonbon ou d'une sorte de gâteau ? J'ai demandé :

— Guillaume, c'est quoi un câlin ?

— Tu plaisantes ?

— Non, si je te le demande, c'est que je ne sais pas !

— Ta mère ne te prend pas dans ses bras...je ne sais pas...pour te montrer qu'elle t'aime ?

— Non.

La conversation s'était arrêtée là, avec Guillaume interloqué et moi plongée dans la réflexion. J'étais bien consciente que nous ne vivions pas dans le même monde. Cependant, je savais que ma mère m'aimait énormément ; je le ressentais intensément. Son amour transparaissait dans tout ce qu'elle faisait. Son objectif ultime était de protéger sa progéniture et de nous armer pour affronter les défis de la vie. Elle était ma gardienne silencieuse de l'amour.

Fine conteuse, ma mère cachait une passion insoupçonnée pour les mots. À l'école, sa matière préférée était le français. Il n'était donc pas surprenant qu'elle ait entrepris d'apprendre à lire et à écrire à ses enfants avant même l'entrée en primaire.

© Anna Alexis Michel

Nos vacances scolaires étaient rythmées par des dictées, des œuvres de Marcel Pagnol ou des pièces de Molière. Elle nous enseignait : « Les mots sont des trésors. Apprenez à les manier avec soin, ils vous porteront loin.»

Après avoir bien travaillé, place aux histoires. Elle nous racontait volontiers son enfance à Camp Navétane, un quartier de Tambacounda au Sénégal. Entre traditions et savane, misère et mysticisme, joies et mutilations, elle avait traversé des tempêtes et s'était toujours relevée avec force. Elle nous transmettait les leçons de la vie à travers des récits captivants, qu'elle répétait comme des mantras jusqu'à ce qu'elle soit certaine que nous ayons compris.

Au fil des années, les histoires ancrées dans la réalité ont cédé la place aux légendes. J'étais particulièrement friande de ces récits. Elle alternait entre légendes bambaras, contes européens et mythologie grecque, créant ainsi un lien invisible entre deux mondes. Il me paraît donc naturel de vous partager l'une de ces fables bambaras.

Kaly

Il était une fois une jeune fille qui vivait seule avec sa mère dans un village au cœur de la savane. Leur petite maison était éloignée des autres habitations, si bien qu'elles devaient subvenir à leurs besoins par elles-mêmes. La fille était aussi douce et aimable que sa mère était dure et acariâtre. Elle faisait travailler sa fille sans relâche jusqu'à l'épuisement. Du matin jusqu'au soir, elle devait s'occuper du ménage, de la cuisine, aller chercher de l'eau au puits, ramasser du bois en forêt, travailler au village pour gagner de l'argent et accomplir toutes les tâches exigées par sa mère. Cette dernière passait ses journées à se prélasser dans son hamac, tout en criant sur sa fille.

Pourtant, la jeune fille ne se plaignait jamais. Un jour, la fille tomba gravement malade. Elle était à l'agonie, et pour la première fois, sa mère montra un peu de compassion. Elle se mit à pleurer :

— Kaly, réveille-toi, lève-toi, je t'en prie !

Mais Kaly ne bougeait presque pas et gémissait. La mère ne voulait pas quitter son chevet et se mit à implorer le ciel. Un soir, une tourterelle entendit les plaintes de la femme et vint se poser près d'elle :

— Je peux t'aider, tu sais ?

— Je ferai tout ce que tu veux si tu guéris ma fille.

— Je vous observe depuis longtemps. Tu n'es pas juste avec ta fille, tu es méchante et paresseuse, c'est pour cela qu'elle est gravement malade. Si tu promets de mieux la traiter, elle guérira.

— Je le promets, je la chérirai et m'occuperai de toutes les tâches à la maison. Je le jure !

Le lendemain matin, Kaly était en parfaite santé. Sa mère, heureuse, la prit dans ses bras en promettant de prendre soin d'elle.

Dans les jours qui suivirent, la mère et la fille vivaient en harmonie. La mère avait repris toutes les tâches qu'elle faisait exécuter à Kaly auparavant. Cependant, la jeune fille, magnanime, proposa son aide et insista pour un partage équitable des responsabilités. Cela convenait parfaitement à la mère, mais avec le temps, elle se mit à délaisser de plus en plus le travail à la maison, passant de plus en plus de temps à se prélasser dans son hamac. Kaly ne dit rien, et bientôt tout redevint comme avant. La jeune fille retomba gravement malade. Sa mère fit appel à la tourterelle à nouveau, mais cette fois-ci, l'oiseau ne vint pas à son secours. La tourterelle observa de loin sans intervenir, et Kaly finit par rendre son dernier souffle devant sa mère inconsolable. La tourterelle secoua la tête et dit :

— Ah, ces humains, ils ne respectent jamais leur parole.

Je trouvais la fable de Kaly brutale étant jeune, pourtant, elle me rappelait de manière limpide et sans concession la valeur de la parole donnée et du respect des promesses.

Ainsi, ma mère m'a légué bien plus que des mots et des histoires. Elle m'a transmis l'amour pour les récits, pour les mots qui portent l'histoire de notre famille. Je repense à ces moments passés autour du feu au Sénégal, à écouter les histoires de ma grand-mère, qui ont été le berceau de ma passion pour l'écriture.

Grâce à elles, j'essaie de devenir à mon tour une gardienne des mots, perpétuant cette tradition qui relie les générations. © Adama Sissoko[19]

---

[19] Adama Sissoko est née à Nanterre (France) en 1986. Après ses études en école de commerce, elle entame une carrière dans l'hôtellerie de luxe aux États-Unis et en France. Par la suite, elle devient autrice, conférencière et intervenante à l'université Princeton. Aujourd'hui, elle poursuit ses activités depuis la Suède.

Pour toi, Maman

Jean K. Saintfort
(France)

© David Kessel, « La mère de Proust »

Quelques heures pour écrire sur toi...

J'ai manqué l'information et l'échéance de l'appel à texte. Tu n'en seras pas étonnée. Tu me connais. Alors mes mots, sûrement, seront maladroits. Mais, d'avance, je sais ton pardon.

Tes petits-enfants t'appellent Mamie. Tu es la grand-mère souriante qui les gâte, fantasque, rêveuse, avec ta canne et tes rides profondes comme la fosse des Mariannes. Toute menue, toute cassée tant tu as collectionné de chutes et d'accidents.... La fillette qui courait la campagne pose désormais ses pas avec les précautions d'un chat. Bien sûr, tu esquives le sujet de ta santé, c'est toujours pour nous que tu t'inquiètes.

Ils croient te connaître à travers les photos figées des albums de famille. Ils ne savent pas. Comment le pourraient-ils ? Moi je me souviens de la jolie jeune femme et si belle et magnifique maman que tu étais. J'ignore à quoi se mesure le bonheur, mais je sais que ce fut ton cadeau.

Tu nous l'as offert lorsque, enfants, tu nous conduisais en voiture sur le chemin de l'école. Tu chantais à tue-tête, effaçant notre appréhension de nous retrouver enfermés dans une salle de classe. Que chantais-tu déjà ? « Ils étaient trois garçons », « Aux marches du palais, y a une tant belle fille » ... Tes 33 tours fleuraient Marie Laforêt, Barbara, Anne Sylvestre, Richard Anthony... Je me souviens que lors des rares moments où tu te posais pour écouter de la musique, tu soulevais le bras du tourne-disque avec délicatesse. Je penchais alors ma tête pour observer ce diamant qui, paraît-il, lisait les microsillons.

Mes moments préférés étaient le soir, lorsque tu nous contais des histoires. Tu n'avais nul besoin de livres même s'ils peuplaient la maison. Elles étaient dans ta tête. Tu leur donnais vie à l'aune de nos regards émerveillés. Pourquoi celle-ci me revient-elle ? « Il était une fois une maison dans laquelle se cachaient trois secrets ». Je l'ai oubliée. Ce n'est pas grave, ce sera à mon tour de l'écrire.

Ta créativité à inventer des jeux était sans fin. Tu voulais nous ouvrir le monde et tu nous inscrivais à la musique, aux sports, aux langues, aux activités de découverte de tout ce qui était imaginable. Tu nous emmenais partout … Nous avons appris à ne pas craindre d'aller voir « ce qui se trouvait derrière la montagne » ; nous te savions présente, fidèle, à nous attendre.

Tu ne transigeais pas non plus sur les principes. Je devais d'ailleurs être bien sage et obéissant pour accepter de faire la sieste jusqu'à mes quatorze ans.

Tu as été une maman merveilleuse. Tu étais magicienne, tu étais fée, tu étais tout.

Sais-tu que, longtemps, j'ai lu dans tes pensées, devinant tes mots avant que tu ne les prononces, sachant tes idées, tes intentions, avant que tu ne les formules ?

Seulement, il y a la vie. La vie avec ses coups durs, la vie comme on peut, pas toujours comme on aurait voulu. Et puis ces déménagements répétés, incessants, à tout recommencer, rebâtir, retrouver des amis, des engagements… Tu étais pourtant toujours là, courageuse, obstinée.

Je me souviens de ce jour où, nageant parmi les roseaux d'un lac, j'ai suivi, curieux, une loutre jusqu'à oser la saisir. La pauvre bête m'a bien évidemment mordu le doigt. Tu as ce jour, je crois, battu tous les records de vitesse en voiture pour m'amener chez le médecin. Même les gendarmes inconscients qui avaient osé t'arrêter se sont effacés devant tes arguments affolés et déterminés. Une belle aventure pour moi. Je n'ai su que des années plus tard cette glissade dans l'escalier, qui, dans ton urgence à me secourir, t'avait fait perdre la promesse de vie que tu portais.

Tu avais aussi tes valeurs, tes batailles, tes cris, tes indignations. Tu ressentais dans ta tête, dans ton ventre et dans ton cœur, le mal fait aux femmes et aux opprimés de la Terre entière. Non, tu ne le ressentais pas, tu étais elles, tu étais eux. Nous étions fiers de toi, fiers de tes combats.

Puis, tu as commencé à nous les renvoyer à la figure. De plus en plus souvent. Nous ne comprenions pas, nous ne comprenions pas pourquoi. Il t'arrivait d'aller loin, trop loin, d'estomper les frontières du réel.

Sommes-nous si ignorants pour que, quand l'esprit se détraque, nous restions si désarmés ? Progressivement, tu es partie dans un ailleurs, portant et prenant pour toi les malheurs du monde, épuisant ton esprit en de vaines contradictions, te désespérant des questions sans réponse. Tant de violence. Alors, épuisés de tes disques rayés, impuissants à t'aider, nous avons fini par te détester de nous montrer tes fêlures, briser notre bonheur, rejeter notre soutien, nous faire découvrir que les êtres aimés pouvaient aussi nous faire du mal.

Tu as eu, nous avons eu, des années noires, sombre écho à ton enfance bousculée. Tu me l'as si souvent racontée...

Qui peut savoir ce qui se cache dans la tête d'une petite fille, étrangère, ne parlant pas le français, des années au fond d'une classe parce que, forcément, la maîtresse la considère comme stupide ? Qui peut comprendre la force des rêves qui t'ont fait tenir quand les autres enfants te malmenaient et te montraient du doigt ?

Qui peut connaître aussi la joie de ton éveil parce que, un jour, une institutrice remplaçante a juste pris la peine de regarder les mots parfaitement écrits sur ton ardoise ? Qui peut partager ta fierté de lui montrer que tu avais appris toute seule, en écoutant, et que personne ne savait que tu parlais le français parce que, plus jamais, la maîtresse ne t'avait interrogée ? Qui peut s'étonner qu'après des tests, de doctes spécialistes aient découvert stupéfaits ton intelligence aiguë, si loin, si loin de tous ceux de ton entourage et leur décision de te faire sauter plusieurs classes ?

Et toi, sans rancune pour tes anciens oppresseurs, qui décidais de devenir leur Chevalier Bayard, toujours prête à te cabrer et à pourfendre les injustices…

Les tourments ne te furent pas épargnés, mais ta résilience fut belle et tu construisis ta vie de jeune fille, de femme, d'épouse, de maman.

Saura-t-on jamais pourquoi les choses dérapent parfois ? Est-ce à cause de ce que les femmes disent, qu'elles sont seules à savoir, parce qu'elles seules, au contraire des hommes, le vivent dans leur chair… Ces délivrances attendues, mais répétées, ces surprises non désirées dont il faut se débarrasser, et tous ces essais infructueux qui épuisent les corps, les esprits, l'espoir…

Le bonheur a quitté la maison comme une saison qui s'achève. Pour ne pas te haïr, j'ai cherché à éteindre mon ressentiment et, tant qu'à faire, toute haine, choisissant de préserver mon regard innocent et de porter une infinie tendresse sur ce monde si difficile à comprendre. Je suis sans doute devenu plus sensible face à la méchanceté d'autrui, plus démuni, trop enclin à lui chercher des excuses. Ou peut-être plus distant. Je ne sais. J'ai, nous avons, continué à grandir, sans boussole, guettant des signes, courant des ailleurs improbables, cherchant nos repères dans les auspices du ciel. Nous avons fait nos choix, commis des erreurs.

En dépit de tes errances, tu restais de bon conseil, mais nous ne t'écoutions déjà plus. Sans doute est-ce aussi la loi de la vie. Toutes ces années, tant libres que prisonniers d'un indissoluble lien, incapables de partir, incapables de rester. Quelle difficile leçon de comprendre que parfois l'amour ne suffit pas, que même lui ne peut pas tout.

Malgré tout, j'ai fait, nous avons fait, nos vies, accompagnant de loin ta fragmentation.

Comme nous avons, un jour, observé ta reconstruction.

Car tu as recommencé à regarder le soleil, à poser des questions sans réponse, à chercher l'ultime équation d'un dieu incompréhensible, à t'occuper de ta personne, à sourire. Pourquoi le vent a-t-il changé de direction ? Le saurons-nous jamais ?

Tu es peu à peu revenue, aérienne, fleur fragile, éperdue d'amour envers tes enfants, emplie de rêves et de prières, à nouveau prête à te battre contre les injustices du monde, des hommes, du siècle. Malgré le poids des années et les malheurs. Toujours prête aussi à nous soutenir et à nous aider à trouver le bonheur, tels que nous sommes, sans a priori ni jugement.

J'ignore ce que nous transmettons à nos enfants. Sont-ce nos attitudes autant que nos mots ? Nos souvenirs heureux autant que nos blessures ?

De toi, j'ai hérité ces réactions instinctives aux préjugés, aux iniquités, aux partialités et aux mensonges, ma préférence envers ceux qui s'écartent du chemin… même si ces particularités compliquent ma vie. Si l'émotion se transmet par héritage, alors tu me l'as également partagée. Quel est encore ton legs entre mon inconscience dans l'engagement et ma conviction qu'au fond rien n'est impossible ?

Peut-être faut-il avoir goûté au bonheur pour savoir combien il est fragile. Peut-être faut-il connaître les épreuves pour apprendre la bienveillance et l'humilité. Certains s'endurcissent, durcissent leur cœur. Pas toi. Pas moi. Nous sommes si infiniment forts et si infiniment frêles. Et, pourtant, toujours présents, disponibles à ceux que nous aimons.

Alors, pour ta joie et tes élans, tes tristesses et tes fatigues, pour ton regard toujours émerveillé, ton innocence, tes questions et tes poèmes, tes pensées et tes méditations, pour ton amour inconditionnel envers tes enfants, pour la vie que tu m'as offerte, je te salue, Maman.

Et je t'aime.

© Jean K. Saintfort[20]

---

[20] Jean K Saintfort est un auteur secret. Se considérant comme novice, toujours en apprentissage dans l'écriture, il essaie d'exprimer à travers les mots sa passion de la compréhension du monde et sa recherche du bonheur.

Les fables de ma Mère

Jean-Michel Guiart
(Nouvelle-Calédonie)

© Jean-Michel Guiart

Les livres qui nous tiennent à cœur, ma mère et moi, sont des contes pour enfants.

Il était une fois, un petit garçon qui avait du mal à dormir, semble-t-il animé d'une curiosité sans faille. Tout comme chaque enfant s'émeut d'aventures rocambolesques. C'est ainsi que des fables furent susurrées chaque soir à mon chevet. Elles m'ont nourri d'ébouriffantes couleurs et de joies incontestables. Sans oublier ces moutons s'invitant en pagaille dans mon esprit et, par un saut, paraissant décidés à braver l'interdit. Pour mieux m'envoler vers un ailleurs fait d'insaisissables et célestes secrets, le visage de ma mère, ce bouclier conjurant le sort de mes peurs les plus profondes, tel le diable sous mon lit qui se plaît de patience.

Je souhaite revivre parfois des moments d'insouciances, revivre mon enfance. Lorsqu'on s'anime de courage pour braver la peur du noir absolu. Quand la lumière s'éteint, s'étend l'imagination, bonne ou mauvaise. Les paroles d'une mère surgissent alors : « bonne nuit ». Ce vœu résonne tel un voyage nous offrant la clé d'un imaginaire palpitant, à portée de beautés picturales et onomatopées. Sur mon oreiller, je buvais des mots échappés d'une voix aussi envoûtante qu'enchanteresse. Celle mimant la délicatesse du cygne quand ces plumes me caressaient le visage. Je m'endormais le sourire aux lèvres, bercé par le chant d'une sirène. Sa voix jalonna des imaginaires faits d'amabilités bucoliques. Ce que les dessins animés avec les effets d'animations que nous leur connaissons ne sauront égaler. Une adaptation personnelle et intime qui est interprétée par une lectrice, aux aimables syllabes. Qui, par son amour, vous souhaite ce qu'il y a de mieux en ce monde. Ces instants sont emblématiques d'une transmission, sans égale magie d'où exulte la bienveillance, ponctués d'un baiser, aussi doux qu'un nuage posé sur mon front. Ces chaleureux instants me soufflent la valeur d'un feu que je ne souhaite, pour rien au monde, éteindre.

Quand on me demande si j'ai lu le Petit Prince, je réponds que c'est ma mère qui me l'a lu. Ainsi, j'aime à croire qu'il n'y a plus belles phrases que celles qu'on ne lit pas, mais qui nous lient. Un jour, peut-être, ce sera à mon tour de lire des contes à ma mère, moi qui, à mon adolescence déjà, lui ait raconté bien des histoires, pour ne pas dire des sornettes…

Le moment venu, j'espère avoir ce grain dans la voix car la littérature n'est pas morte : elle attend patiemment des musiciens en devenir.

© Jean-Michel Guiart[21]

---

[21] Auteur et poète kanak.

Le fils (caché) de Mona Lisa, c'est moi !

Jean Jauniaux
(Belgique)

À Jacques De Decker, in memoriam,
Pour tout ce qu'il aurait apporté au
Réseau des écrivains francophones.

La mort de ma mère bouleversa à ce point mon père qu'il l'escamota littéralement de notre existence.

Disparurent toutes traces de leur vie commune, « pourtant heureuse » m'avouera-t-il bien des années plus tard.

Aucune photo au mur ou déposée sur un meuble, aucun objet lui ayant appartenu, aucun vêtement non plus ne pouvait laisser deviner que Claire avait, pendant une dizaine d'années, partagé la vie d'André. Au fil des années, j'ai reconstitué quelques étapes de ce fragment de vie conjugale qui s'acheva dans une poignante agonie. Je venais d'avoir quatre ans.

Cette année-là, 1958, le monde entier s'était donné rendez-vous en Belgique pour célébrer plus d'une décennie de paix et de prospérité, mais surtout pour anticiper au pied de l'Atomium, les bienfaits du nucléaire. Des avancées fulgurantes allaient accélérer aussi bien la conquête de l'espace que la recherche scientifique dans tous les domaines, notamment les soins à prodiguer aux malheureux atteints de cancers jusqu'alors incurables.

Claire n'eut pas le temps d'en bénéficier. Son cancer à elle, détecté trop tard, développait des tumeurs qui ne figuraient pas encore dans la liste de celles qu'un rayon pouvait balayer, alors que cette technologie si prometteuse avait déjà à son actif l'anéantissement de deux villes au Japon, l'une recevant en une fraction de seconde l'équivalent de quinze mille tonnes de TNT, l'autre, trois jours plus tard, anéantie avec encore plus de puissance dévastatrice.

Voilà ce que le monde essayait d'oublier dans les allées joyeuses et gourmandes de l'Expo Universelle de 1958. Même si les journaux publiaient de bien mauvaises nouvelles en provenance du Sud-Est asiatique l'heure était aux promesses de paix. L' « Expo » fut inaugurée le 17 avril 1958 en grande pompe. « La technique ne suffit pas à créer une civilisation. Pour qu'elle soit un élément de progrès , elle exige un développement parallèle de nos conceptions morales, de notre volonté de réaliser ensemble un effort constructif », s'exalte le jeune et timide Roi Baudouin dans un discours qu'il lit dans les deux langues du pays.

Le même jour, Claire disparut corps et âme, emportant avec elle toute trace de ce qui l'avait constituée et dont je ne saurai rien pendant des dizaines d'année. Elle laissa dans le sillage du cortège funèbre un veuf mutique tenant par la main un petit garçon qui était en train de le devenir.

Il fallut quelques semaines encore pour que s'évanouisse le souvenir le plus volatile de la jeune femme allègre qu'elle avait été : son parfum. Celui-là, frais et léger, aux senteurs de cèdre et de jasmin, s'était finalement lui aussi estompé. À la mort de mon père, j'en retrouvai un flacon qui avait été dissimulé entre des rouleaux de gaze inutilisés et une pochette en cuir où gisaient encore une seringue et des ampoules de morphine.

Dans la maison, plus aucune présence féminine ne pouvait dorénavant altérer l'austérité sévère et triste dont irradiait la mélancolie profonde et muette d'André. La mort était devenue disparition pure et simple de « maman ». Je mets le mot entre guillemets, car, même lui, le mot, avait disparu de notre vie. Je ne l'ai jamais utilisé pour désigner Claire. Je redoutais tellement de réveiller le chagrin de mon père que je choisis, comme lui, de faire comme si elle n'avait jamais existé. Cette résolution enfantine allait me conduire, irréductiblement, à la pratique systématique du mensonge par omission, par substitution ou du mensonge tout court.

Aujourd'hui, j'appelle « invention » cette pratique de la contre-vérité, que je mets en œuvre dans les histoires que j'invente et écris sous forme de nouvelles, de romans, de scénarios. La « fiction » était entrée dans ma vie le jour de la disparition de Claire.

On oublie combien la vie sociale d'un enfant est intense et cruelle. Ainsi, je conserve le souvenir angoissé de ce qui survint lorsque, pour la première fois, je fus interrogé sur la composition de ma « famille ». Je fournis concernant mon père tous les renseignements demandés : professeur de latin, n'a ni frère ni sœur, ses parents sont décédés etc… Lorsque je dus répondre aux mêmes questions concernant Claire, je rassemblai tout ce que j'aurais aimé qu'elle fut : musicienne, souvent en concert à l'étranger, pianiste virtuose…Parfois, elle devenait artiste peintre dont on pouvait voir les œuvres accrochées dans les plus grands musées, en particulier aux États-Unis où le public est friand de ses natures mortes. Une fois, je la transformai en « grand reporter », une profession idéale pour m'éviter d'expliquer pourquoi personne ne l'avait jamais rencontrée à la sortie des classes ou à la cérémonie de remise des prix de fin d'année.

Je faillis être piégé dans mes mensonges (mes inventions) lorsque l'institutrice me demanda d'en dessiner le portrait.

Ce jour-là, je devins le fils (caché) de Mona Lisa !

Bien sûr, je ne savais pas alors – après tout je n'étais qu'un élève de l'enseignement primaire - le nom de la jeune femme souriante qui posait sur une affiche punaisée dans le bureau de mon père, annonçant les dates d'une exposition au musée du Louvre consacrée à Leonardo da Vinci. Elle était devenue la seule figure féminine de la maison.

Lorsque je frappais à la porte du bureau de mon père et qu'il m'autorisait à entrer, je la voyais d'abord elle, qui me suivait des yeux lorsque je me dirigeais vers la table où André préparait les cours de latin qu'il donnerait le lendemain. Notre rituel nocturne était rôdé. Avant d'aller me coucher, j'allais saluer mon père.

— Il est l'heure déjà, Jeannot ?

— ...

— Bonne nuit.

— ...

— N'oublie pas, Jeannot, « *Labor omnia vincit improbus* »

— ...

— Cela veut dire : « Un travail opiniâtre vient à bout de tout ». Bonne nuit, mon garçon. À demain.

Le lendemain, en classe, on célébrait la fête des mères. L'institutrice avait proposé que chacun d'entre nous dessine le portrait de sa « maman » pour le lui offrir ce dimanche…Elle distribua les feuilles blanches à dessin et nous donna une heure de liberté pour gribouiller le plus beau portrait. Chacun se pencha avec application sur sa feuille. Je voyais mes camarades à l'œuvre avec une délectation que je leur enviais. Je ne voulais pas perdre la face et dire « Je n'ai pas de Ma… », ou « Ma … est morte » : j'étais incapable à l'époque de prononcer le mot « maman ».

Je me suis donc incliné vers la feuille et ai commencé à tracer, en guise de portrait de Claire, celui de La Joconde. L'institutrice était enchantée.

— Elle est bien belle et souriante ta maman, Jeannot. Elle sera heureuse de son cadeau dimanche ! Bravo.

— ...

Sur le chemin du retour, je déchirai le dessin et le jetai dans un buisson.

— Cela s'est bien passé à l'école ? Me lança mon père depuis la cuisine où il réchauffait son plat préféré, des conserves de ravioli, que nous mangions en silence, l'un en face de l'autre, de part et d'autre de la table éclairée au néon.

— ...

— *Carpe diem,* conclut-il, habitué de mes silences, en guise de réponse à ses questions de routine.

Bien des années plus tard, je racontai cet épisode à mes propres enfants, lors d'une visite au musée du Louvre. Nous sommes allés bien sûr dans la « salle des États », où le célèbre tableau de Leonardo Da Vinci fait face aux *Noces de Cana*.

Par jeu, je leur dis :
— Voici le portrait de votre grand-mère !
— Mais papa, c'est ta maman alors ?
— ...

Le mutisme était revenu avec la même violence que celle qui me sidérait, enfant... Derrière la vitre blindée qui protégeait son sourire, Mona Lisa, « Maman » semblait ne regarder que moi avec une tendresse qui me bouleversa.

Nous quittâmes la Salle des États pour regagner la sortie. Mon regard fut attiré par une exposition temporaire consacrée à la Renaissance. J'y emmenai les enfants. Je voulais leur montrer le portrait de celui qui ressemblait à leur grand-père, André, qu'ils n'avaient pas connu non plus.

Le tableau que j'espérais était là. « Peint par Quentin Metsys en 1517 » indiquait le cartel placé sous le portrait d'Érasme de Rotterdam. Je reconnaissais dans le regard mélancolique du philosophe, cette espèce de bonté qu'André avait tant de mal à exprimer et qu'il dissimulait sous des adages souvent empruntés à l'œuvre qui l'aidait à survivre.

Sur son lit de mort, il me demanda : « N'oublie pas Érasme, Jeannot. »

Il enchaîna, en français pour être sûr que je le comprenne : « Plus l'amour est parfait, plus la folie est grande et le bonheur sensible. »

Dans la salle qui se vidait, je me retrouvai seul avec mes enfants face à Érasme.

© Anna Alexis Michel

J'avais enfin compris son dernier message dans ce lieu où il retrouvait, à quelques mètres de lui, Claire sous les traits de Mona Lisa. J'avais réuni ici deux visages, deux bontés.

Jean Jauniaux[22]
Saint Idesbald , octobre 2023.

---

[22] Écrivain et journaliste culturel, Jean JAUNIAUX est l'auteur de romans, poésie, théâtre et nouvelles (« Short stories »). Ces dernières ont été traduites et publiées en plusieurs langues (ukrainien, italien, roumain, japonais et, bientôt, en chinois). Certaines ont été adaptées au cinéma ou au théâtre. Il collabore à des journaux et revues (notamment « Le Monde »). Président honoraire de PEN Club en Belgique francophone, il a été le rédacteur en chef de la revue MARGINALES pendant de nombreuses années sous la direction de Jacques De Decker et assume aujourd'hui la présidence de la Fondation Maurice Carême.

Le souffle d'une mère
Cathy Galière
(France)

© Anna Alexis Michel

D'aussi loin qu'il s'en souvienne, il l'avait toujours appelée par son prénom, comme si parfois elle était quelqu'un d'autre que sa mère. Il la vouvoyait aussi, tel un être suprême, intouchable, impalpable. Une distance invisible les séparait et, en même temps, les confondait. Deux êtres unis par le même sang, le même ADN, tels deux astres uniques, comme leurs prénoms, Rigel et Stella.

Elle l'avait prénommé d'après une étoile, car, elle en était certaine, il était particulier. C'était son enfant, sa lumière qui éclairerait l'obscurité de ses nuits sombres et dissiperait les ténèbres des longs chemins sinueux.

Le jour où Rigel vint au monde fut le plus beau jour d'une nouvelle vie. La souffrance des couches fut rapidement balayée par les cris incessants du petit être. Bien entendu, elle savait grâce à ses amies que la venue d'un enfant était synonyme d'un bonheur inexplicable. Elle s'attendait à une déferlante de sentiments qui lui ferait exploser le cœur d'un amour inconditionnel. Mais quelle ne fut pas sa surprise lorsqu'elle prit son bébé encore satiné d'humidité dans ses bras. À ce moment-là, elle ressentit une indéfinissable vague de bonheur inouï. Cet être, qui avait grandi dans ses entrailles, la regardait à présent, d'un air curieux, comme si le monde lui appartenait déjà. Neuf mois à se demander, à se questionner, parfois même à se torturer l'esprit à l'idée de ce petit ange qui crierait dès ses premiers instants à l'air libre. Il était là, enfin.

Plus tard, elle lui raconta souvent sa naissance : la douceur de cette journée hivernale inondée d'un soleil blanc, la cime des sapins se penchant pour l'accueillir, la chaleur de son petit corps gigotant, et l'immensité d'un amour naissant. Bien qu'il ne puisse tout comprendre, Rigel aimait entendre l'intonation de ses douces paroles. Elle la lui racontait à voix basse, comme un trésor caché qu'elle partageait avec lui et rien qu'avec lui. Ces chuchotements semblaient être un secret, celui de l'amour, celui du bonheur.

Ce qu'il aimait le plus, c'était son odeur de rose pâle évoquant le miel d'un amour immense, sa voix céleste, dont la pureté semblait être de l'eau de roche et surtout ses mains discrètes presque silencieuses. Lorsque ses doigts fins et longs caressaient ses joues mouillées par l'amertume ou la colère, ses larmes séchaient instantanément. Rigel aimait ses grands yeux chargés de secrets dont la couleur ineffable le calmait instantanément.

Hélas, il ne la voyait que très peu. Elle ne lui appartenait pas. Lui, n'avait eu droit qu'au sein gros de sa nourrice et au bac à sable d'un grand jardin, arboré par des cyprès immenses, attenant à la maison où il avait fait ses premiers pas, le nez coulant et un sourire vainqueur aux lèvres.

Rigel avait un air d'ange perdu. Pourtant, dans cette demeure immense, il ne s'était jamais senti esseulé, puisque sa mère était là, puisque son socle était solide. Un bouclier inconscient auquel il ne prêtait pas attention.

Plus tard, sa mère lui apprit tout ce qu'un homme devait savoir sur la vie, l'amour, la musique, les dangers, mais surtout la quête du bonheur.

Rigel l'écoutait d'une oreille lointaine, en répondant simplement « oui, Stella », puis il allait jouer insoucieux de ses paroles. Après tout, cette femme, sa mère, qu'il appelait « Stella », n'apparaissait que le temps d'une caresse, d'une parole douce, le temps d'accrocher quelques baisers à ses joues d'enfant. Même si ses absences paraissaient interminables, il savait qu'à chaque fois que ses genoux encore potelés, portaient la moindre égratignure, elle apparaissait comme par enchantement, souriante, rassurante, apposant une caresse sur ses blessures.

Un matin inondé d'un soleil blanc, au gré des notes du grand piano à queue du séjour, Stella s'envola, emportée par un tourbillon de pétales de rose.

Le silence prit place longtemps. Les larmes se tarirent jusqu'à ne plus en verser. Plus le temps passait, plus le vide s'approfondissait et plus son regard se durcissait. D'une certaine manière, Rigel la vénérait autant qu'il la détestait. Elle l'avait quitté, sans se préoccuper de son avenir.

Le temps passa, chargé de lourdeur et d'amertume, mais aussi de rires niais, de batailles de polochons, de filles, de livres et de gammes à n'en plus finir.

À présent, Rigel n'était plus un enfant. Depuis très longtemps, il avait laissé son air d'ange perdu quelque part dans la poussière d'étoiles. L'innocence envolée, son visage durci par l'absence et les années, il l'avait oubliée. Elle, sa mère, n'était plus qu'une chimère.

Un matin, alors que quelques rayons blancs éclairaient les premières feuilles rougeâtres d'un automne prématuré, Rigel sentit un souffle de roses caresser ses épaules. Il leva la tête, un peu effrayé, ferma la fenêtre et aperçut les cimes des sapins se pencher. Au loin, quelques nuages formaient un visage... c'était celui de sa mère. Ému, quelques larmes coulèrent jusqu'à sa barbe naissante. Un halo blanc l'entoura soudain, et il ressentit un apaisement inexpliqué. Le soir même ses doigts dansèrent, agiles, sûrs, appuyant délicatement sur les touches d'un piano à queue devant une salle comble. Lorsqu'à la fin du concert, le public se leva pour l'acclamer, il crut voir, assise au premier rang, sa mère. Il leva la main pour lui faire signe, mais la seconde d'après, les projecteurs balayèrent la salle de leurs lumières blanches.

À l'affût, il la chercha du regard et lorsque les applaudissements se fondirent enfin en silence pour écouter le « bis », il s'installa sur son tabouret noir en cuir, fixant intensément le siège de velours rouge au milieu du premier rang. Mais, il était vide, elle avait disparu… alors ses doigts dansèrent à nouveau sur les touches de l'imposant instrument, et il sourit.

Lorsque cette nuit-là, il s'endormit bercé par le son doux des notes de musique et des applaudissements, une perle fine coula au coin de ses yeux, et pour la première fois de sa vie, il murmura :

« *Merci Maman* ».

Il savait que leurs âmes n'en formaient désormais plus qu'une.

© Cathy Galière[23]

---

23. Cathy Galiere est une ancienne sportive de haut niveau dans le domaine du patinage artistique, elle est coach et chorégraphe. Elle dirige une école de roller en ligne artistique à Montpellier.
Depuis 2019, elle a déployé ses ailes d'écrivaine et nous offre des polars captivants, empreints de mystère et d'émotions. Ses polars sont édités par la maison d'édition « Des Mots Qui Trottent » située dans les Haut de France. Son dernier roman, *Le Mystère d'Armance*, rencontre un franc succès et s'est vu décerner le Prix de la Francophonie Stelio Farandjis 2023, lors du salon d'un salon littéraire dans le Lot.

Si ma mère était un bonbon

Valérie Chèze-Masgrangeas
(France)

© Anna Alexis Michel

Si ma mère était un bonbon,
Elle serait un petit bonbon marron,
Tout au fond d'une boîte multicolore,
Cachée sous des douceurs inodores.

Il nous faudrait un moment pour la dénicher,
Attirés par tous les autres d'emblée,
Attirants et éclatant de rires en cascade,
Tapageurs et criards, mais insipides et fades.

On la découvrirait tout à la fin,
Curieux de croquer dans ce petit écrin,
Qu'on découvrirait vert à l'intérieur,
D'un goût suave et doux pour les connaisseurs.

Vert comme ses yeux émeraude et clairs,
On penserait qu'elle se donne des airs,
Alors qu'elle est tout simplement timide,
Et en même temps si solide.

Certains la croient bêcheuse,
Alors qu'elle n'est pas gouailleuse,
Elle observe, elle écoute et elle parle peu,
Et être sa fille est toujours merveilleux.

La regarder apaise et l'écouter repose,
Si elle a manqué de confiance, elle m'a toujours dit
« ose »,
Sa compagnie toujours nous adoucit,
Si elle manque encore d'assurance, je lui dis « vas-y ».

Elle n'aime pas le monde, la foule,
Les gens qui se massent, se pressent et roucoulent,
Elle préfère les gens discrets et tendres,
Tout comme son goût subtil de pâte d'amande.

Elle reste une amoureuse d'un amour éternel,
Michelle et Jean-Louis ou Jean-Louis et Michelle,
Duo pour la vie puis quand il est parti,
Elle en a perdu ses ailes.

Si ma mère était un bonbon,
C'est sans aucune hésitation,
Que j'en achèterais une boîte entière,
Et j'en serais très fière.

Si ma mère était un bonbon,
Je ferais des dégustations,
Et tout le monde saurait enfin,
Combien il est divin.

© Valérie Chèze-Masgrangeas [24]

---

[24] Après un parcours professionnel dans le transit maritime et aérien puis dans l'enseignement du transport international, Valérie Chèze Masgrangeas a été expatriée à Moscou de 2013 à 2022. Animée depuis toujours par la passion de l'écriture, elle a fondé sa société *Le temps d'écrire* en 2019 (https://letempsdecrire.com), exerçant comme rédactrice, correctrice, traductrice et animant des ateliers d'écriture. Rentrée en France au printemps 2022, elle travaille aujourd'hui comme assistante de Direction dans une PME corrézienne, tout en poursuivant son activité de rédactrice. Elle a publié trois ouvrages, *Je m'appelle Fantine*, *L'épicerie d'Antoinette* et *L'échappée*, tous parus aux éditions BoD.

Tes mots en héritage

Patricia Raccah

(France)

Ainsi, maman, il aura fallu une sollicitation extérieure pour que je vienne te revisiter, pour que j'aie à nouveau envie de replonger dans cette enfance qui fut la mienne, et réaliser aussi que quelques pages ne suffiraient pas pour te raconter.

Parler de toi, maman, c'est évoquer toute une époque révolue. Celle que tu m'as à maintes reprises contée. Celle où la famille occupait une place essentielle. Où chaque journée suivait le cycle préalablement défini par la communauté à laquelle on appartenait. Une vie ponctuée par les fêtes, les cérémonies, les mets qu'on y associait.

Cela fait maintenant sept années que tu nous as quittés, me laissant, moi, dans un grand désarroi, ne sachant comment interpréter cette petite phrase de mon frère au téléphone : « *Maman est décédée* ».

C'était un samedi matin. Je n'étais pas encore totalement réveillée. Et il m'a fallu du temps pour comprendre, pour réaliser. Ne m'étais-je pas montrée, à maintes reprises, un peu indifférente à tes plaintes, présumant une démonstration exagérée de tes souffrances dans le but d'attirer notre attention ?

Mais peut-être est-il impossible d'envisager ce qu'on ne peut encore admettre. Alors, pas plus l'évidence de la maladie que la dégradation physique ne permettent d'envisager, de se représenter l'absence définitive, celle venant nous priver de ce qui représentait pour nous une mémoire vivante.

Jusqu'au jour où l'on parvient à réaliser que le vide n'est plus vraiment un vide et que l'absence s'est transformée en présence améliorée, dépouillée de ce qui alourdissait ou faisait obstacle.

Je reviens vers toi. Et retrouve ton visage, ton sourire, ta malice sur ces petites vidéos faites par ma fille. Elle avait eu la présence d'esprit de te filmer à plusieurs reprises avec son portable. Et je suis troublée de constater ton expression de joie à l'évocation de tes souvenirs, toi qui pouvais te montrer, en d'autres circonstances, têtue, intolérante, capable de tenir tête à tout ce qui ne te convenait pas, quel qu'en soit le prix, quelles qu'en soient les conséquences.

Fortunée, c'est le prénom que mes grands-parents t'avaient donné, à toi, cette petite fille née un 4 mai 1932 à Tunis, en Tunisie, pays alors sous Protectorat français. Ta naissance survenait après la perte de deux petits garçons, derniers-nés de la famille.

À l'âge de vingt ans, tu avais épousé mon père qui en avait quarante-quatre de plus que toi. Mariage décidé pour de multiples raisons : personnelle, il te plaisait et tu aimais ses yeux bleus ; familiale : ton père venait de décéder et son absence était pesante pour toi ; professionnelle : il était architecte et tu étais sa jeune secrétaire ; sociale : tu n'avais pas de dot à offrir.

Mais ce mariage fut sans doute trop précoce pour la jeune fille que tu étais et la présence de mon père, ton mari, ne fit que renforcer une séparation parentale insuffisamment acceptée. La place occupée par tes parents resta prépondérante, et tu n'avais de cesse de nous conter le bonheur de ton enfance à leurs côtés.

© Archives de famille

Ce qui peut expliquer ton souhait, durant les dernières années de ta vie, de retracer l'histoire de ta famille, celle que tu voulais nous transmettre, à nous, tes trois enfants, mais aussi à tes cinq petits-enfants.

Je devins donc à mon tour ta secrétaire et, puisque la distance nous séparait, je pris l'habitude de te téléphoner chaque dimanche pour que tu me lises les pages que tu m'avais préalablement envoyées.

J'ai ainsi passé des heures, le dimanche, à saisir sur mon ordinateur les mots des différents feuillets, soucieuse de ne pas les retranscrire de façon erronée. Je n'avais de cesse de t'encourager à poursuivre ce travail qui, au-delà de ton histoire personnelle et de celle de la famille, évoquait un temps révolu, celui de la vie des communautés juive et musulmane en Tunisie durant le Protectorat français, pendant la période beylicale.

Pour évoquer notre famille, je ne peux aujourd'hui qu'emprunter tes propres mots en ne cessant d'être admirative face à ta capacité à te souvenir de chaque nom, de chaque personne, de chaque détail. Et cette exploration rendue possible de mes racines m'a permis de trouver un ancrage dans notre lignée et d'y creuser mon sillon.

Grand-père maternel, Moïse Nataf, était issu d'une famille notoirement connue et respectée. Il était le petit-fils du grand rabbin « Borgel Eliahou » qui fut à l'origine de la création du cimetière « Borgel » de Tunis .

Moïse et son frère Elie avaient un métier de prestige. Ils étaient artisans-commerçants en bijouterie. Mais grand-père décéda prématurément vers 1906 à la suite d'une agression de malfaiteurs lui ayant provoqué une double blessure au cou.

L' « incident » se déroula un jour d'été, au moment où il quittait le palais beylical situé à Kherreddine (plage de Tunis). Accompagné de son frère, ils venaient de terminer leur

démonstration de bijoux auprès de la famille princière.
Elie perdit la vue rapidement, mais il survécut à sa blessure.

Grand-mère Hannah Nina Chemla, épouse Nataf,
décéda deux années avant ma naissance. Ses funérailles en février
1930 coïncidèrent avec ceux d'une grande artiste comédienne et
chanteuse de renom, « Habiba Messica ».

La sœur de Hannah, la grande tante Reghighla que j'ai
connue, mourut peu de temps après. Issue d'une famille originaire
de Turquie, grand-mère naquit à Smyrne, lors d'un second
mariage de sa mère. La famille émigra de la Turquie natale vers
l'Égypte puis se stabilisa en Tunisie. Le frère cadet de grand-
mère, l'oncle « Chemla », connut la prospérité en créant de grands
établissements de commerce au Caire et à Alexandrie, puis, par
la suite, à Tunis.

L'oncle Joseph, unique enfant masculin, vit le jour
vraisemblablement aux environs de 1888. Adolescent, il apprécia
le « Bel Canto » et les chants lyriques d'opéra. Il possédait une
magnifique voix de « ténor », doublée d'une mémoire infaillible
pour les lectures liturgiques et la Thora. La mère, devenue veuve,
s'opposa au départ du fils vers des pays étrangers. De plus, elle
désapprouva un projet de carrière dans le chant. Son refus se
justifiait par les propositions qui lui étaient faites de débuter dans
des spectacles de variété de type « café-concert », qui excluaient le
chant classique et les airs lyriques.

Sur plusieurs pages, l'histoire se construit de
façon structurée, me permettant de mieux comprendre
cette époque que je n'ai pas connue, mais dont ta
description m'apporte un éclairage nouveau sur ce qui
a constitué les prémices de ma propre existence.

L'épisode suivant est emblématique du
mouvement à la fois géographique (de Tunis à Paris) et

professionnel (de l'univers des brodeuses et des couturiers à celui du prêt-à-porter) qui n'a fait que se développer au sein de la communauté juive durant le vingtième siècle :

Quant au grand-oncle Mardochée, ses soucis constants d'argent et sa situation médiocre étaient connus de tous. Cependant, avant sa mort, ce grand-oncle avait inculqué à ses enfants son art de compter. Cela fut bénéfique à l'un de ses fils et à ses descendants. En effet, ils se révélèrent être de bons gestionnaires et ils le prouvèrent en créant des magasins de confection dans Paris dont l'appellation « TATI » a représenté le prénom de leur mère Tita. Cette amie de ma grand-mère, tante Tita, était native de Constantine. Elle se disait être une musicienne aimant le chant et sachant jouer du luth et de la guitare. Elle avait l'art d'une conteuse et savait vanter avec talent la qualité supérieure des produits maraîchers que l'on trouvait dans son pays natal. Elle vivait dans le quartier de la Hara.

Et plus loin, tu expliques l'origine du mot « Hara » :

L'histoire ancienne raconte qu'un grand mufti de mosquée, Sidi Mahrès, avait, semble-t-il, jeté son bâton du haut de son minaret pour désigner l'emplacement d'un quartier juif à édifier à l'orée de la Médina (quartier arabe). Le Mufti employa le terme « Hara » (quatre) pour dénombrer les juifs qui résidaient à Tunis.

Ta mère, ma grand-mère, enseignait la couture et la broderie à des jeunes filles musulmanes *nées de parents bourgeois plus ou moins aisés, qui désiraient apprendre à manier l'aiguille pour broder leurs ouvrages devant constituer leur futur trousseau de mariage. Les adolescentes ne sortaient presque jamais du domicile mais s'occupaient journellement des tâches ménagères et aidaient aux cuisines. N'étant pas scolarisées, elles consacraient leur temps de loisir à la couture ou à faire de la « Chebka » (ouvrage en fil blanc à motifs de dentelle). Il s'agissait parfois de décalquer sur la toile les motifs de bouquets fleuris qui enjoliveraient les ourlets ajourés d'une parure de lit. Le dessin achevé, il ne restait plus pour l'élève qu'à combler de fil blanc ou de couleur l'ouvrage.*

Tes visites aux côtés de ta mère brodeuse ont sans doute eu un impact considérable sur l'enfant attentive et curieuse que tu étais. Tu m'avais raconté ta visite avec elle dans la famille d'une des jeunes filles qui étudiait la musique et le « Malouf » (air classique arabo-andalou). Grâce à son père, maître au conservatoire, elle jouait merveilleusement du violon. Tu me racontas comment, un jour, les sons qui te parvinrent de la pièce voisine te firent pleurer d'émotion. Tu n'avais alors que six ans. Ton goût pour la musique classique n'a fait que s'accentuer par la suite, alors que ta mère, pensant que tu avais été irritée par le son de l'instrument, préféra poursuivre seule ses visites dans cette famille.

Je poursuis le récit, continuant à feuilleter les pages autrefois retranscrites, étonnée de relire cela avec un regard neuf, comme si cette histoire m'était à nouveau offerte.

Et je me plonge avec délectation dans ta description des petits métiers de l'artisanat local, récit que tu agrémentes par une précision stupéfiante de détails concernant chaque secret de fabrication.

Il est intéressant de citer d'autres activités qui se pratiquaient rarement à domicile. Il s'agit de la confection d'une « Chéchia rouge », couvre-chef traditionnel chez les musulmans de Tunisie. Plusieurs étapes sont nécessaires pour fabriquer ce chapeau masculin jusqu'à sa dernière finition.

Des petits bonnets en coton blanc écru, préalablement tricotés d'une maille serrée à l'aide de plusieurs aiguilles, étaient enfilés sur des moules cylindriques en bois. Au fil des jours, ces bonnets devaient être cardés jusqu'à l'obtention d'une forme et d'un velouté convenables. La « chechia » était ensuite plongée dans un bain de teinture rouge, puis de nouveau placée sur son moulage initial. Il ne restait alors plus que son temps de séchage suivi du rangement dans l'attente de sa commercialisation.

Plus loin, tu décris aussi le costume traditionnel :

Un artisan maître coupeur confectionnait des costumes et gilets traditionnels juifs ornés de passementeries et de broderies en fil doré et argenté.

Et également le travail des maroquiniers :

Je me rappelle avoir vu manipuler du cuir pour la fabrication dans diverses peausseries d'articles de maroquinerie tels que : ceintures, porte-monnaie, bourses. Posés plus loin, sur une table de travail, des peaux uniformément découpées et entassées par superposition se prêtaient au montage des paires de « Belgha » (pantoufles orientales pour hommes).

Et je m'immerge dans les souvenirs d'antan, dans les décors d'avant, dans ce Tunis que j'ai oublié, dans ces rues qui furent celles de mon enfance, mais qui restèrent tes seuls repères, même après ton départ de Tunis et ton installation si précaire à Paris.

La boulangerie Boubli était proche de la rue « Sidi El Bayen ». Cette rue se prolongeait et donnait accès, quelques mètres plus loin, au grand « souk de la Mosquée Sidi Mahrès » avec ses nombreuses boutiques richement achalandées où se mêlaient toutes sortes de couleurs chatoyantes et de parfums orientaux. Le souk aboutissait à la « Place Halfaouine », quartier musulman de la Médina, et son imposant « Boulevard Bab-Benat » jalonné de ses nombreuses administrations tunisiennes.

À une centaine de mètres de chez moi circulait un petit tramway à traction unique que le traminot dirigeait à la manivelle pour effectuer son circuit périphérique. Le parcours était jalonné par les places Bab-Carthagène et Bab-Souika ainsi que la place Halfaouine, le Boulevard Bab Benat et la Kasbah.

© Archives de famille

Et moi qui ai tellement cherché d'autres points de chutes et d'autres repères, je parcours en pensée ces rues et ces quartiers, me remémorant par moments quelques noms oubliés.

À certains moments, tes souvenirs viennent croiser les miens. Et c'est tout un pan de mon enfance qui ressurgit alors, lorsque, par exemple, tu évoques le magicien « Ribibi » qui, dis-tu, te faisait peur avec sa mystérieuse valise.

S'il est peu question de ta vie avec mon père dans ton récit, ton travail à ses côtés t'a fait acquérir de solides connaissances dans le domaine de l'architecture, et je suis à nouveau époustouflée par l'exactitude et par la précision de ton vocabulaire pour décrire les différents lieux que tu découvrais lorsque tu accompagnais ta mère à ses leçons de broderie.

La maison la plus cossue appartenait à un haut fonctionnaire de l'administration tunisienne. Un jour, sur invitation de la maîtresse des lieux, nous avions accédé à une grande salle qui n'avait rien à envier aux salons de réception des palais beylicaux tels que savait les décrire ma grand-mère en se souvenant de son père lorsqu'il y accédait en qualité de bijoutier de la famille princière.

Et un peu plus loin, elle complète :

Le carrelage recouvert de tapis persan et kairouanais s'agrémentait d'une éclatante cheminée en marbre blanc. Au-dessus de l'ouvrage artistiquement sculpté était posé sur un socle verni une cloche ovale en verre transparent. L'intérieur de cette cloche renfermait les sculptures en bronze de trois petites horloges presque identiques, à l'exception de celle du centre, plus grande.

Dans ce lieu magique, sous un plafond somptueusement décoré de stuc, trônait un ensemble de fauteuils et canapé de style Louis XV, en apparence. Le tout recouvert de housses blanches de protection. Un splendide lustre vénitien à pendeloques de cristal complétait ce décor.

Une autre description permet de se représenter l'aspect des maisons plus ordinaires.

D'autres lieux plus modestes nous étaient ouverts avec simplicité et gentillesse. Les maisons de style arabe « standard » avaient une large porte cochère dont le bois massif s'ajustait sous une arcade bâtie en pierres de taille. Son double vantail se bloquait à l'intérieur par deux grosses barres de fer et leurs crochets. À ce portail peint en clair s'ajoutaient un cloutage métallique parsemé en quinconce et deux heurtoirs façonnés en lourds anneaux noirs forgés du même matériau....

... Ces maisons se composaient de quatre à six pièces. Portes et fenêtres s'ouvraient sur une cour carrée dans laquelle on voyait parfois arcades et colonnades. Le petit accès de l'entrée aboutissait à l'étage par un étroit escalier. Là, dans des chambres spacieuses mais peu éclairées, la lumière filtrait à travers de petites ouvertures lourdement chargées d'une ferronnerie dont les grilles ventrues dessinaient des motifs mauresques en forme de « clé de sol ». À ces fenêtres s'ajoutait la menuiserie d'un cadre ajouré formé de croisillons dit « Moucharabieh » permettant à la gent féminine de voir sans être vue.

Et me voici à nouveau époustouflée par la beauté de ces lignes qui s'opposent si cruellement à la dure réalité et à la très grande précarité de ta dernière période à Tunis. Celle où ton propriétaire, voulant te déloger pour construire un immeuble plus rentable, ne trouva pas d'autre recours que de te couper l'eau durant plusieurs années.

Je réussis à te faire venir à Paris. Mais le traumatisme resta toujours présent, de sorte que tu économisais l'eau de façon maladive, ne tolérant aucun abus, même lorsque nous venions chez toi et devions l'utiliser.

Tu n'aimas pas ta nouvelle vie. Tu ne parvins pas à t'y habituer. Les derniers temps, tu restais dans le noir, allongée sur ton lit, n'ayant plus la force de tourner la manivelle un peu grippée permettant d'ouvrir le volet de ta chambre.

Lorsque mes enfants et moi-même te rendions visite, tu étais heureuse, je crois. La lumière entrait dans ta chambre, et la maison s'égayait un peu, le temps de notre présence à tes côtés. Lorsque nous repartions, je te revois nous raccompagner le long du couloir, puis jusqu'à la porte d'entrée de ton immeuble. Parfois, tu ne pouvais cacher tes larmes : *C'est toujours très joyeux lorsque vous arrivez, mais tellement triste lorsque vous partez ! La maison va être bien vide sans vous.*

Et puis il y a eu cette dernière fois où je t'ai vue, encore plus voûtée, encore plus fatiguée. J'ignorais bien sûr qu'il s'agissait de la dernière fois. Ne pas savoir, c'est plutôt mieux. Mais cela implique une attention constante pour ceux qu'on aime. On devrait privilégier une vigilance excessive aux regrets posthumes.

Nous avons dû vider la maison à ton décès. Il fallait faire vite pour rendre l'appartement.

Dans la confusion générale, j'ai pu cependant retrouver un petit paquet de lettres, échanges épistolaires entre papa et toi durant les premières années de votre mariage.

J'ai longtemps hésité avant de les lire, mais une lettre a attiré mon attention.

Tu lui disais ceci :

Mon bien cher architecte,

Aujourd'hui, je voudrais te parler de quelque chose d'important et je voudrais bien avoir ton avis sur la question. Par un paradoxe assez étrange, depuis des temps immémoriaux, ce sont les hommes qui construisent les maisons et les femmes qui les habitent...

...Mais il faudrait raisonner non seulement en fonction de l'esthétique, mais dans un esprit pratique...

Et il s'ensuit tout un argumentaire sur plusieurs pages sous forme de réflexion et de conseils plaidant pour la fonctionnalité d'une maison au regard des contraintes féminines.

Cette lettre, la tienne, raconte à elle seule l'espoir que tu as pu entrevoir d'une vie où tu aurais pu t'épanouir en agissant sur ton environnement et sur le monde ; et cela avec le soutien d'un homme, mon père, qui t'aurait prouvé son amour en t'offrant considération et place réelle.

J'imagine que ce qu'il t'a donné n'était pas à la hauteur de tes attentes.

La vie n'a pas su reconnaître les multiples talents que tu possédais et qui, exploités, auraient fait de toi une femme heureuse.

Aujourd'hui, le moment pour moi est venu de t'accorder cet hommage. Et je suis heureuse et fière de pouvoir offrir tes mots, pour que leur force te sorte de l'ombre et répare un peu tes rêves brisés.

Patricia Raccah [25]- 25 octobre 2023

---

[25] Écrire, c'est rejoindre l'autre dans un acte solitaire. Mon métier de professeure auprès d'enfants en situation de handicap m'a appris l'altérité, la générosité et le partage et a affiné ma façon de percevoir le monde. J'écris pour ne pas passer à côté de moi-même. J'écris aussi pour ne rien perdre de la richesse humaine qui m'entoure.

À partir d'elle

Carole Naggar

(France/États-Unis)

© André Naggar - Portrait de Denise Myriam Naggar circa 1950

1. Mère

À une absente.

Nue, démunie, baignée de larmes qui n'apaisent pas,
de larmes-couteaux qui déchirent
l'âme, s'endormir enfin, bercée par l'amertume et le
sel, dans la terreur de la solitude non choisie, dans
l'abandon dans la chambre obscure, dans l'oubli de
toute lumière, dans l'éternité de l'attente, dans
l'ignorance que le jour succède à la nuit.

Sans mots ma mère je crie vers toi
Ma peau brûle de ton absence
J'étreins le noir de mes deux mains
C'est un lait d'encre que je bois

Je savais le sable non cette
Neuve neige crue où ma bouche
Ne trouve que cendres et flocons
(Et ma peau arrachée au métal de ce froid.)

Muette ma mère j'attends
Depuis le fin-fonds de l'enfance que tu
Reviennes. Entends. Je bois l'écho de mon cri.
(Le ciel, comme un tissu déchiré entre nous.)

*

Saignante sous le bât tristesse trébuchante,
Écorchée, et qui rôde, aveugle mendiante
Tantôt quêtant une monnaie tiédie aux paumes
Tantôt vulnérable et raidie sous le heaume

Fermé, l'armure de larmes. Ô blessures
Anciennes reblessées, souvenir de fruits sûrs
Ombres prises à l'ambre ancienne, enclaves
Ressassements que l'aujourd'hui jamais ne lave

L'âme encore engorge de colères d'enfance
S'épuise tourne et bat et revit ses naissances
Avec un placenta de peur collant ses ailes
Nostalgique et folle qui danse au bout du ciel.

J'ai nagé par les lourdes eaux de l'avant-naître
J'ai su le vaste corps de fourrure et de lait.
Je suis étoile d'un trou noir, absence sans reflet,
L'odeur de ma perte en secret mêlée à l'être.

2. L'Attendu

Pour Ariel, Ezra

Deux cœurs battent dans mon corps
Étonnée, je te touche
À travers ma peau.

Toi l'attendu
Silencieux nageur
Aux profondes grottes
Nourri
De placenta et d'air

Si loin si près du monde
Quels rêves rêves-tu, dis,
Quelles lumières quelles ombres
Alternent sur tes paupières ?

Sous les fruits des seins tu danses
Sous la fenêtre du nombril
Et mon corps se déploie
Par le vol de tes ailes.

*

Tu déplies tes membres tu es prêt
Tu glisses
À l'air libre
Tu te fraies
Un étroit chemin vers la vie,
Tu te glisses dans ton nom.

La première fois
Qu'un grand froid nommé air
Passe par tes poumons
La première
Fois de ta voix pour un cri.

3. Haiku de nuit

À elle

Pluie pluie
Riz âcre coulant
Du ciel sac déchiré

La peau blanche comme un os
Le sourire n'appartient pas
À mon visage

Tu entends enfin mes larmes
Vois mon cœur devenu trop grand
Pour le paysage

Mais il est tard le vide creusé
Par ton absence ancienne
Toi
Même ne peux plus l'emplir

Toute chose m'assaille
Piqûre de guêpe par-
Dessus

Les peines.
Je convoque un vol
De hérons blancs, leurs ailes bruissent
Douce soie déroulée

Ma mère absentée
Derrière des yeux opaques
Je fais le deuil
De ce qui ne fut pas

Trébuche
Accrochée aux mots
Des autres
Tournique répète renonce

Accrochée à ses placards,
Encore un petit tailleur de printemps
Désespoir de frivolité fière
Khôl tremblé aux paupières
Livres ouverts clés perdues

Je marche, le vent
Me jette au visage
Des paquets de nuit

Musée fermé
Dans le grand jardin
Les Nymphéas dorment
Pourquoi cette foule aux portes

Paris troué d'absence
Tous les matins
Je parle à mes morts.

1989-2010 © Carole Naggar[26]

---

[26] Née en Égypte, vivant entre Paris et New York, Carole Naggar est poète et historienne de la photographie, auteure entre autres de la biographie *Searching for the Light : David Seymour Chim 1911-1956*.
https://www.degruyter.com/document/doi/10.1515/9783110706345/html?lang=en
Elle vient de publier *Un Mur*, avec une photographie de Saravejo de Sophie Ristelhueber .
https://www.lespetitesallees.fr/les-petites-allees/tous-les-livres/a-propos-d-un-mur/.   Son recueil de poèmes *Exils* a été finaliste du Prix Apollinaire Découverte 2022. **https://www.dechargelarevue.com/Polder-192.html**. Son nouveau recueil, *Claire-Obscure,* cherche sa place.

Maman

Frann Bokertoff
(France)

© Frann Bokertoff

Miroir, dis-moi, méchant miroir
Lorsqu'en dépit du temps qui passe
J'ose me regarder en face
Pourquoi me revient en mémoire
Le souvenir de ma maman

Qui se demandait bien comment
Une femme aussi jolie qu'elle
Avait eu fille aussi peu belle
Chère maman au prénom si joli
D'héroïne romantique et fidèle !
Je croyais que tu étais immortelle
Pourtant

Depuis que tu as disparu
Dans ton vieux miroir dépoli
Maman
Je te ressemble de plus en plus.

Elle est née en janvier mille neuf cent vingt-trois
Dans une masure sombre où il faisait très froid
C'était une vraie rescapée de la misère
Elle n'a pas connu assez longtemps son père
Mort des suites de la bataille au fort de Vaux.
Sa mère, fille de ferme usée par les travaux
L'emportait enveloppée dans un grand mouchoir
Pour travailler aux champs du matin jusqu'au soir.
Elle a connu la peur, la faim et la souffrance
Elle pesait un kilo cinq à la naissance
Une livre et demie, pauvre petite chose
Son frère aîné était mort de tuberculose
Son cadet élevé à la va-comme-j'te-pousse
À l'âge de onze ans s'engagea comme mousse
Sa demi-sœur Ginette bossait en usine
Ils habitaient ensemble une maison en ruines.
Vu que maman était la petite dernière
Sa propre mère aurait pu être sa grand-mère
Maman en avait honte et voulait se cacher

Lorsque la pauvre femme venait la chercher
Au sortir de l'école ; elle apprit de bonne heure
À rentrer seule à pied en surmontant sa peur.

Devenue grande, elle aurait pu être modèle
Tout le monde l'admirait tant elle était belle
Avec sa taille haute, sa silhouette élancée
Sa démarche altière mais elle a renoncé
À son travail chez le grand couturier Lanvin
Où elle fit ses débuts comme petite main
Car en quarante-deux elle rencontra mon père.
Il était Résistant et juif et réfractaire
Après avoir travaillé comme bûcheron
Il était employé comme simple tâcheron
Par un brave fermier de Saint-Christophe-des-Bois.
C'est en quarante-deux qu'il fit la connaissance
De la jeune Gisèle qui passait ses vacances
Auprès de ses cousines Colette et Jeanine
Chez leur grand-tante au doux prénom de Joséphine.
Maman dévalait une pente à bicyclette
Elle n'avait pas de freins et criait à tue-tête :
Au secours ! Je ne peux pas m'arrêter !
Papa, qui poussait une charretée
De foin, se mit en travers du chemin
Et c'est ainsi que la petite main
Atterrit entre les bras de mon père.
Ils se marièrent à la fin de la guerre :
En ce samedi vingt-six décembre
Il avait gelé à pierre fendre
Maman portait une robe, un turban
Dans les cheveux et un boléro, blancs
Que les couturières de chez Lanvin

Avaient cousus et brodés à la main.
Papa en uniforme militaire
Marchait à son bras d'un pas volontaire.
Chaque vingt-six décembre on célébrait
Ce grand événement et l'on sabrait
Le champagne. Mon frère et moi étions
Allés chez le fleuriste et nous mettions
Un bouquet au centre de la table
Sur la nappe blanche inimitable
Avec ces deux initiales brodées :
B.B. en souriant à la dérobée
C'était un rare moment de bonheur
Car nous savions au fond de notre cœur
Que leur union n'était pas harmonieuse.
Nous voyions que maman était soucieuse
Papa travaillait trop et rentrait tard
Sa présence était de plus en plus rare.
Bien qu'elle fût une fée du logis
Maman était sujette à nostalgie
Avec le charme de ses yeux noisette
Et sa chevelure aux reflets auburn
Elle avait tout de Katharine Hepburn
Mais elle avait fini par renoncer
À son rêve censément insensé
D'être une vedette du grand écran
C'était impossible en se consacrant
Aux soins des enfants et de la maison.
Méticuleuse plus que de raison
Elle nous interdisait de recevoir
Des amis. Il fallait pour nous asseoir
Faire inspecter notre fond de culotte
Donc impossible d'inviter des potes

Il n'était même pas question bien sûr
D'entrer sans avoir ôté ses chaussures
Et pris des patins pour ne pas salir
Le vieux parquet astiqué à la cire.
Papa était le plus souvent parti
À une réunion de son Parti
Mon frère et moi nous faisions nos devoirs
Nous ne le voyions ni matin ni soir
Maman avait fréquemment le cafard
Ses rêves finissaient en cauchemars
Et l'ascension sociale de papa
De moins en moins présent ne parvint pas
À la tirer de sa mélancolie.
Ses absences étaient devenues casus belli.
Notre mère cousait et brodait à la perfection.
S'attachant à soigner la moindre finition
Refaisant un ourlet, ajoutant une pince
Nous étions habillés toujours comme des princes
Les meubles astiqués brillaient comme à Versailles
Tout était ordre et propreté vaille que vaille
Je crois deviner d'où venait son obsession
Dont elle ne connut aucune rémission.
Elle était si fragile avec les migraines
Qui l'assaillaient chaque fin de semaine !
Il se pourrait qu'enfant elle ait été victime
Ou le témoin muet d'une agression intime
Cela faisait partie des sujets interdits
Comme tant d'autres qui restèrent des non-dits.
Maman n'était pas scrupuleuse mais maniaque
Est-ce pour ça que ma vie est partie en vrac ?
À quatre-vingt-dix ans elle n'avait pas de ride
Son immense regard se noyait dans le vide

Déclinant peu à peu comme un soleil couchant
La mémoire de ma mère sombrait dans le néant
Alzheimer lui épargna le deuil de mon frère
C'était sans doute mieux que de vivre un enfer
Elle dit seulement : « Il était bien malade. »
Et peu de temps après partit dans un ehpad
De ses derniers moments je ne parlerai pas.
Je fis dire une messe la veille de son trépas
Maman était catholique, elle avait la foi
Sur son cercueil tout blanc je fis mettre une croix

Ma mère à la beauté auguste
Si fragile et si téméraire
Qui sauva la vie de mon père
Cette année aurait eu cent ans.

C'était une Juste,
Maman.

© Frann Bokertoff[27],

le 03 octobre 2023 (Jour de mon anniversaire.)

---

[27] Présidente du jury du concours de Poésie sous l'égide de *STOP A L'ISOLEMENT,* Frann BOKERTOFF, romancière, nouvelliste et poétesse**,** est certifiée de Lettres Modernes, membre de la *Société des Gens de Lettres,* de la *Société des Poètes Français,* de l'*Association des Écrivains Combattants,* et du *Verbe Poaimer* dirigée par Laurent Desvoux D'Yrek. Lauréate d'un prix des nouvelles et de plusieurs prix de poésie, **e**lle vient de publier son dixième roman aux éditions *Unicité.*

My mother

Isabelle Antoine
(Belgique)

© The Meringue Project – Anna Alexis Michel & JmVoge

Maman est brune aux yeux bleus, je suis blonde aux yeux bruns.

Enfant, je suis sa poupée, habillée de rose et de dentelle. Parfois nous nous habillons de la même manière, nous portons les mêmes robes. Je l'accompagne partout, chez le coiffeur, à l'institut de beauté, chez ses amies, chez les médecins. Je suis son ombre, je me sais différente et je n'ose pas m'affirmer.

Enfant, je la vois comme un modèle, la femme par excellence, la féminité à l'état pur. Elle fait fantasmer, elle a créé un personnage qui n'existe pas, elle ne se connaît pas, tout n'est qu'apparences, rien de profond.

Ma mère a eu une drôle d'enfance, d'abord élevée seule par sa mère avant d'être envoyée à l'internat à cinq ans, quand son père revient d'Allemagne où il a été prisonnier.

Éduquée dans un couvent par des religieuses qui lui avaient inculqué que le corps est un péché. Elle s'est lavée en petite culotte pour ne pas choquer l'œil de Dieu. Elle a fait ses prières tous les matins et tous les soirs et avant chaque repas le bénédicité.

Elle avait le droit d'un week-end en famille toutes les six semaines, si son comportement avait été irréprochable. Les religieuses sont dures et sans pitié. Pas de place pour la tendresse. Elle apprend la rigueur, l'exigence, comment devenir une bonne épouse. Pas de place pour le dialogue, sauf les confessions avec son directeur de conscience. Éduquée dans un esprit rigide, où la tolérance n'est pas admise.

Les retours en famille ne sont pas idylliques, enfant d'avant la guerre, coincée entre un père qui a été prisonnier en Allemagne, au tempérament déprimé, et une mère dépassée. Deux frères d'après-guerre, comment va-t-elle trouver sa place ? Elle est l'aînée. La seule qui vit en dehors de la famille. Elle n'a que dix-huit ans d'écart avec sa mère.

Sa mère, qui n'a pas eu de jeunesse, enceinte à dix-sept ans. La mère de ma mère est fragile, elle n'a rien de rassurant, change d'humeur trop facilement, une personnalité où l'on ne peut pas trouver la sécurité, ni le réconfort, ni la force pour grandir et se construire. Des enfants devenus adultes sans modèle, personne à imiter, personne à admirer. Bâtir sa personnalité au hasard des rencontres. Pas de cadre rassurant, pas de ligne de conduite. Trouver la force au fond de soi-même, se construire une armure, apprendre à croire en soi.

Être femme, de mère en fille, à travers les temps, les époques, les modes. Qui sont nos aïeules ? Quel héritage, quel fardeau, quel cadeau ? Les histoires de famille avec des secrets qui étouffent des générations entières. Les souvenirs transformés que personne ne peut répéter. Un héritage qui abîme, qui blesse, qui handicape. Une envie de vivre et de mourir à la fois.

Ne vouloir n'être qu'un avec toutes ces femmes, nos mères, nos grands-mères. Le même sang coule dans nos veines et pourtant l'amour absolu n'est pas au rendez-vous. Pourquoi cette indifférence, ce mépris ? L'amour devrait être une fatalité, un réflexe, un échange instinctif, animal.

Qu'on le veuille ou non, on est le fruit de ses entrailles, cette femme qui nous a porté et qui aurait dû nous aimer. De quel amour s'agit-il ? Quel lien doit-on ressentir ? Aimer sa peau, son être ? Comment ne pas haïr celle qui nous a enfanté ?

Ce mal-être partagé, hérité. J'ai mal, envie d'étouffer, de m'étouffer, de l'étouffer.

My *mother*, ma mère, ma génitrice, celle que je n'arrive pas à appeler maman.

© Isabelle Antoine[28]

---

[28] Comédienne et professeure de diction pour la Radio Télévision Belge Francophone (R.T.B.F) et en Haute École. Isabelle Antoine vient d'ajouter une corde à son arc : l'écriture. Elle livre au travers du texte *My Mother*, une version condensée de son « seule en scène ». Le spectacle est actuellement proposé à travers toute la Belgique avant d'autres pays francophones.

Léa, de fille à mère

Ingrid Recompsat
(Canada)

© Sandrine Mehrez-Kukurudz

La mère, un thème magnifique et universel qui influence toute la littérature. Et nous qui sommes à la fois femmes et auteures, il nous arrive parfois d'être d'abord identifiées comme « FILLE de… » avant de devenir quelques années plus tard, « la MÈRE de… ».

Pour vous en parler, j'ai décidé de vous raconter une histoire... mais *toute ressemblance avec des personnages ayant réellement existé serait purement fortuite*, évidemment.

C'est une histoire – celle de Léa - que toute femme peut vivre dans sa vie de « FILLE de..., devenue MÈRE de... ». Peut-être vous reconnaîtrez-vous, ou pas, dans l'histoire de Léa ?

Tout commence par une grosse crise physique et morale pour notre Léa. En effet, elle craque complétement au travail et, vu son état d'épuisement, elle doit se mettre en arrêt maladie. Son docteur pose le diagnostic, point de départ du plus grand changement de sa vie :

– Léa, vous faites *un burn-out*, lui explique son médecin. Je vous mets en arrêt pour deux mois afin de vous reposer et de travailler sur les causes de cet épuisement. Un *burn-out* n'est pas seulement physique : il y a un problème plus profond. Votre corps vous envoie un signal d'alarme pour vous dire qu'il est temps de creuser au fond de votre esprit pour régler ce qui ne va pas.

– D'accord docteur, répond Léa, un peu sous le choc de cette annonce. Elle, faire un *burn-out*... N'importe quoi : ce n'est pas possible !

Son docteur lui donne la carte d'une consœur psychiatre, qui serait à même de l'aider, selon lui !

De retour à la maison, avec son diagnostic et cette carte de visite, Léa en parle à son mari et y réfléchit : est-il vraiment nécessaire d'aller voir cette psy ? Son mari, lui suggère de prendre un premier rendez-vous car, comme il dit :

— Ça ne coûte pas grand-chose d'aller consulter et de se faire son idée sur la personne. En plus, si elle ne te plaît pas, tu n'as aucune obligation d'y retourner ! ».

Soutenue par son mari, Léa se décide et prend le fameux rendez-vous : que va-t-il se passer lors de cette séance ? Elle est un peu fébrile à l'idée de parler de sa vie personnelle à une inconnue...

Le jour J arrive et c'est avec un peu d'appréhension que Léa franchit la porte du cabinet de cette psychiatre.

L'endroit est comme elle se l'était imaginé : des sièges confortables avec de beaux coussins moelleux, des magazines de psychologie à disposition et sur les murs des citations intéressantes comme celle de Jacque Salomé disant : « *On court vers quelque chose, on trouve autre chose... On court vers quelqu'un, on trouve soi !»* ...

La psychiatre arrive pour l'accompagner dans son bureau. Son visage rassurant et accueillant aide Léa à se sentir un peu plus à l'aise. Après les politesses d'usage, elle entre dans le vif du sujet :

— Léa, pourquoi êtes-vous là, aujourd'hui ?

— Mon médecin m'a conseillé de travailler sur moi pour aller mieux et m'a donné votre carte de visite ! lui répond Léa. Je ne suis pas très à l'aise de parler de moi, je n'ai jamais aimé ça ... Mais je sens que mon esprit en a besoin, poursuit-elle.

-Ne vous inquiétez pas, Léa, nous allons prendre notre temps et avancer à votre rythme : c'est vous qui détenez les clés de votre changement. Je ne suis là que pour vous guider vers les portes que vous avez besoin d'ouvrir. Ça sera à vous de le faire quand vous vous sentirez prête ! la rassure la psychiatre. De quoi souhaitez-vous parler aujourd'hui, Léa ? Poursuit-elle sur un ton chaleureux qui met en confiance la jeune femme.

Alors, Léa commence par parler de son enfance : de ses parents qui ont divorcé, de la guerre entre eux pour sa garde, des souvenirs douloureux de cette période, du mensonge sur ses origines, des difficultés relationnelles avec son père, de son adolescence somme toute assez tranquille, ...

Après cette première séance, Léa se sent plus légère, comme si partager son histoire avec quelqu'un lui avait enlevé un poids... Elle décide donc de poursuivre ses séances avec cette psychiatre qui a réussi à « l'apprivoiser ».

Séance après séance, Léa comprend beaucoup de choses sur son passé, sur sa relation avec son père et surtout avec sa mère : comment cette relation a joué sur la femme qu'elle était devenue.

En effet, Léa était quelqu'un de très timide et introverti, qui n'avait aucune confiance en elle : le moindre changement lui faisait peur ! Et, elle avait aussi développé une faible confiance envers les hommes et une grande peur de l'abandon, compliquant ses relations avec les autres car elle s'était sentie abandonnée par son père (mais ça Léa n'en avait aucune conscience avant sa thérapie).

Elle comprend également, en travaillant avec la psychiatre que cela vient aussi du fait que sa mère lui a raconté des mensonges sur son père et ses origines : que son père était violent, qu'elle l'avait quitté. Mais Léa avait découvert, en tombant par hasard sur les papiers d'adoption, qu'elle avait été adoptée.

Et cette faible confiance en elle n'avait d'autre origine que le fait que sa mère l'avait modelée pour qu'elle soit la petite fille dont elle rêvait, sans la laisser s'affirmer.

Au fil de cette thérapie, Léa réalise petit à petit qu'elle n'a pas vraiment de personnalité, qu'elle ne sait pas ce qu'elle aime, ce qu'elle déteste...

Et qu'en plus, pour être aimée des autres – au premier rang desquels il y a sa mère -, elle se camoufle souvent derrière la personnalité qui plaît le plus à ses amoureux, à ses amis... : qu'elle est devenue un vrai petit caméléon !

Mais pas avec son conjoint, et ses enfants : avec eux, elle est elle-même !

Au fil du temps, avec l'amour et le soutien de son entourage, Léa va trouver sa voie et découvrir qui elle est au fond d'elle : une petite fille joyeuse, rêveuse et créative qui aime les autres tels qu'ils sont.

Elle évolue et grandit, jusqu'à devenir la jeune femme qu'elle désirait être. Et ce en dépit de la toxicité de cette mère, perverse narcissique qui, pour satisfaire ses propres besoins et névroses, l'avait étouffée dans une personnalité qui n'était pas la sienne. Sa psychiatre lui a expliqué qu'une personne perverse narcissique est capable de vous faire vous sentir responsable de sa souffrance, de son mal-être, alors que c'est elle qui les crée et qui en est à l'origine, tout en vous faisant toujours douter, et vous laisser avec un sentiment d'insécurité.

Pendant les années qui suivent, Léa continue son chemin, plus alerte et consciente de sa relation avec sa mère.

D'abord, elle se marie, ce qui n'est pas du goût de sa mère qui essaie de l'en dissuader par peur de perdre le contrôle qu'elle a sur sa fille ! Puis, Léa part vivre très loin de sa mère : sa psychiatre lui avait dit que ça serait salvateur pour elle de mettre de la distance avec son étouffante mère !

Mais ses vieux démons - y compris sa mère ! - resurgissent presque au moment où Léa s'apprête à endosser un nouveau rôle: celui de « MÈRE de... » !

Passé le bonheur de cette magnifique nouvelle, les angoisses de Léa reviennent, car cette maternité fait écho à sa propre histoire. Comment ne pas reproduire le schéma auquel elle a, elle-même, échappé ? Sera-t-elle la même mère que la sienne ? Va-t-elle être une bonne mère après avoir eu une enfance compliquée et une relation toxique avec sa mère ?

Alors, Léa fait appel à une autre thérapeute, qui travaille dans le cabinet de sa sage-femme, pour l'aider dans le nouveau rôle de sa vie. Qui plus est, la naissance de son premier enfant est compliquée, ce qui rend plus difficile la mise en place de ce lien spécial avec ce petit être si magnifique !

Mais avec le temps, avec l'aide de cette psy, avec l'amour de son mari et celui qu'elle avait pour ce petit trésor, Léa réussit pas à pas à se faire confiance et à laisser l'amour et la bienveillance veiller sur cette nouvelle relation mère-enfant. En plus de tout ce soutien, elle a pu trouver, en la meilleure amie de sa mère, une figure maternelle, une mère de substitution bienveillante et aimante, qui lui servira de modèle pour son propre rôle de « MÈRE de... ».

Et le miracle se produit. Quelques années plus tard, à l'arrivée de son deuxième enfant, pourtant tout aussi intense et compliquée à gérer, Léa se sent plus en confiance dans son rôle de mère : elle a déjà « réussi » avec son premier enfant, elle connaît les soins, les besoins d'un nouveau-né. Elle se fait confiance.

En travaillant sur son passé de « FILLE d'une mère toxique », elle a pu évoluer en une « MÈRE de deux magnifiques trésors » et construire avec eux une relation totalement différente de celle qu'elle avait eu et qu'elle a encore avec sa propre mère. Peu importe finalement que sa propre mère n'évolue pas, ne change pas, Léa, devenue maman de deux belles princesses, a changé et elle n'est plus sous l'emprise de cette relation toxique.

Et elle gardera à l'esprit, pour le rôle de toute une vie, ce que lui avait dit la psychologue du cabinet de sa sage-femme :

-Vous savez, Léa, ne vous mettez pas la pression car il n'y a pas de parent parfait. Vous mettrez des casseroles à vos filles, mais si vous avez compris vos traumatismes d'enfance et que vous faites preuve d'une grande bienveillance envers elles, que vous les entourez d'un amour pur et inconditionnel, elles grandiront de la plus belle des façons et seront armées pour travailler sur elles aussi lorsqu'elles deviendront MÈRES de... après avoir été FILLES de... »

Pour conclure la petite histoire de Léa, je vous dirai que la Léa d'aujourd'hui n'en serait sans doute pas là où elle est, si elle n'avait pas eu cette relation complexe et compliquée avec sa mère : c'est ce chemin qui lui a permis de découvrir qui elle était et ce qu'elle voulait faire de sa vie. Elle a aujourd'hui la vie qu'elle a choisi d'avoir et qui la rend heureuse : elle profite de ses deux magnifiques princesses, de son mari et de son atelier de couture dans lequel elle reçoit chaque semaine d'autres mères pour échanger et savourer ses délicieuses pâtisseries maison.

Voilà, l'histoire finit bien ! J'espère que vous avez passé un bon moment en compagnie de Léa, cette jeune femme, « FILLE de mère toxique » devenue une « MÈRE bienveillante et aimante de deux magnifiques princesses » !

Alors, avant de vous quitter, qu'il me soit permis de vous donner un conseil, ou deux : je vous dirais, tout d'abord, de comprendre votre passé ; de faire la paix avec celui-ci ; de passer outre ces relations toxiques, car souvent ces mères n'ont même pas conscience de leur toxicité car elles n'ont jamais travaillé sur leur propre histoire. Et en plus, ce genre de personnalité vit avec des angoisses, de la colère, de la haine en permanence et passe à côté de sa vie : finalement, celle qui est le plus à plaindre dans cette histoire, c'est la mère de Léa

Et deuxième et dernier conseil : ne vous oubliez pas dans votre rôle de « FILLE de… ou MÈRE de… »

Soyez vous-même et épanouissez-vous car ce sera le meilleur exemple de mère que vous pourrez donner à vos enfants : celui d'une mère aimante qui réalise ses rêves !

© Ingrid Recompsat[29]

---

[29] Maman de deux enfants atypiques, elle a créé son blog après le diagnostic de sa fille car elle avait besoin de partager avec d'autres parents d'enfants différents. Écrire sur ce blog lui a permis de découvrir sa voie : L'écriture !

Les leçons de ma mère

Meziane Mahmoudia
(Algérie)

Que mon conte soit beau et long tel un ruisseau
Puisse-t-il avoir sur vos ouïes l'effet d'un fil de soie
Et qu'éphèbe connaisse frissons et soubresauts
Celui qui m'interrompt pour quel que motif qui soit.

Dès cette première strophe susurrée tout se tut ;
Et tous faisions mine d'écouter la grêle sur le toit
Patientant que débutassent les leçons de vertu
Que ma mère eut coutume de donner avec joie.

Nous eûmes cet usage pour ébaucher nos soirs,
Après de rudes journées à faire de durs labeurs,
Casser les mottes, biner, couper au sarcloir
Et battre à la serfouette la terre avec ardeur.

On se réunissait le soir autour d'un feu de bois
Et attendions que mère trouvasse en sa mémoire
Dans cette aire de répit, ses contes de bons alois
Qu'elle puisait d'on ne sut qu'elle sorte de grimoire.

© Meziane Mahmoudia[30]

---

[30] Poète, né à Tamassit en Kabylie et vivant à Alger, féru de poésie classique, auteur du recueil *Le Protagoniste de la vie ou un périple dans la pensée d'un Antagoniste*. Membre assidu de Rencontre des Auteurs Francophones, il a participé à tous nos ouvrages collectifs.

Shalimar

Michel Tessier
(États-Unis d'Amérique)

© Portrait d'Anna –Michel Tessier

Je m'appelle Michel et je suis le fils d'Anna. Une femme incroyable, une force de la nature. Dans mon esprit, ma mère a toujours été entourée d'une aura particulière, et cette aura avait un nom : Shalimar.

Comme si le parfum avait été créé pour elle, et elle pour lui.

Je me rappelle des matins où elle se préparait pour aller travailler.

— Michel, tu es prêt ?" demandait-elle, apparaissant dans le cadre de la porte de ma chambre.

Elle portait un tailleur élégant, parfait pour une femme d'affaires, celle qui dirigeait avec mon père plusieurs grands magasins de vêtements. Mais ce qui frappait le plus, c'était cette odeur envoûtante qui remplissait l'air autour d'elle.

— Maman, tu sens bon, lui disai-je, fasciné par cette fragrance.

— Ah, mon chéri, c'est mon armure. Le Shalimar, c'est un peu de magie en bouteille.

Je l'accompagnais souvent au magasin. Elle était partout, vérifiant les stocks, discutant avec les employés, souriant aux clients. Et partout où elle allait, elle laissait derrière elle un sillage de Shalimar.

— Madame Anna, la nouvelle collection est arrivée, disait Clara, la manager du magasin.

— Parfait, mettons en avant les pièces phares, et n'oublions pas de donner à chaque espace une touche personnelle, répondait ma mère, toute concentrée.

— Maman, pourquoi ce parfum ? Il y en a tant d'autres, lui demandai-je un jour.

— Michel, le Shalimar, c'est moi. Il a de la profondeur, de la chaleur, un peu comme un mariage. Tu comprendras quand tu seras plus grand.

« Si je pouvais te parler depuis là où je suis, mon fils, je te dirais que tout va bien », voilà ce que je l'imagine me dire à chaque bouffée de ce parfum. « Je suis là, dans ces notes de bergamote, de jasmin, et de vanille. Je suis là, et je veille sur toi. »

— Je sais, maman, je sais, je me murmure à moi-même, un sourire triste aux lèvres.

Shalimar n'est pas juste un parfum. C'est un lien, une connexion indéfectible entre ma mère et moi. C'est la mémoire olfactive d'une femme extraordinaire, une mère aimante, une entrepreneure hors pair. Et tant que ce parfum existe, elle demeurera toujours dans ma vie, dans mon cœur, dans mon âme.

Moi Michel, fils d'Anna, la reine du Shalimar. Oui, « Reine », car dans le royaume de mon enfance, ce parfum n'était pas qu'une simple fragrance. C'était un portail vers un autre monde, une dimension parallèle où les souvenirs prenaient vie.

— Maman, tu as vu mon camion de pompier ? lui demandais-je alors que nous étions tous les deux dans le salon. Elle était assise sur le canapé, consultait des papiers, mais elle portait ce parfum qui semblait comme un halo autour d'elle.

— Michel, regarde bien. Il est là, dans le sillage de Shalimar, répondait-elle en souriant.

Je levais les yeux et, incroyablement, dans le nuage parfumé qui l'entourait, je voyais mon jouet préféré se matérialiser, comme une vision sortie d'un rêve.

Au magasin, le sillage de Shalimar n'était pas seulement un parfum ; c'était une force vitale qui animait tout. Les mannequins semblaient prendre vie, leurs visages de plastique s'éclairaient d'un sourire lorsque ma mère passait à côté d'eux.

— Madame Anna, tout semble différent quand vous êtes là, remarquait Clara la manager du magasin.

— Le Shalimar a ses propres règles. Il change la réalité, il donne vie à l'inanimé, répondait ma mère.

Dix ans après son départ, je sens parfois une bouffée de Shalimar dans les moments les plus inattendus. Et chaque fois, c'est comme si une porte s'ouvrait entre les mondes.

— Michel, n'oublie jamais que l'amour est éternel. Je suis toujours là, dans le souffle du vent, dans le chant des oiseaux, et surtout dans ce parfum, je l'entends murmurer dans un souffle parfumé qui semble surgir de nulle part.

— Je le sais, maman. Tu es là, dans cette dimension que seul le Shalimar peut ouvrir, je réponds, mes yeux humides, mais mon cœur plein d'espoir.

Dans ce monde surréaliste que Shalimar a créé, Anna est plus qu'une mémoire, plus qu'un simple passé. Elle est une présence constante, une énergie qui transcende le temps et l'espace. Chaque effluve est une étreinte, chaque note olfactive un baiser, chaque sillage un « je t'aime » chuchoté depuis l'au-delà. Le parfum est notre lien éternel, une passerelle entre deux mondes, rendant l'absence un peu plus supportable.

Dans une arrière-salle de l'un de nos magasins, caché derrière les rayonnages de costumes et de robes, il y avait ce que j'aimais appeler le « Musée du Shalimar ». Des flacons de différentes tailles et formes étaient alignés comme des soldats. Ma mère disait que chaque flacon contenait une histoire différente, un fragment de notre vie familiale.

— Michel, viens ici, disait-elle en me tirant doucement par la manche de mon pull. Elle prenait un flacon et en vaporisait un peu dans l'air. Que vois-tu ?

Les volutes de parfum se transformaient devant mes yeux, créant des tableaux vivants : un pique-nique dans un parc, un Noël en famille, ma première bicyclette. C'était comme si le Shalimar avait le pouvoir de matérialiser nos souvenirs.

— Maman, ma Maman … C'est magique !
— Oui, mon fils. Et cette magie, elle est en nous, dans ces moments que nous avons partagés.

Le temps a passé, les magasins ont été vendus, mais le Shalimar est resté. Parfois, lorsque je suis seul chez moi, j'ouvre un flacon, et je me laisse envahir par cette magie. Et alors, dans ces moments de solitude, j'entends la voix de ma mère.

— Michel, la vie est un tourbillon, mais n'oublie jamais d'où tu viens. N'oublie jamais cette magie.
— Je ne l'oublierai jamais, maman. Tu es avec moi, dans chaque souffle de ce parfum, dans chaque moment de ma vie.

Le Shalimar est mon héritage, ma mémoire olfactive, ma boussole émotionnelle. Anna n'est plus là, mais elle survit dans chaque flacon, dans chaque éclat de verre, dans chaque note parfumée.

— Si je devais te dire une dernière chose, mon fils, je l'imagine dire en un murmure évanescent, ce serait que l'amour, comme le Shalimar, est éternel. Il ne meurt jamais. Il change simplement de forme.

Et je souris, enveloppé dans cette fragrance, dans cette illusion que le temps peut être arrêté, que l'amour peut être éternel, que ma mère, par la grâce du Shalimar, est toujours à mes côtés, Shalimar n'est pas seulement un parfum, c'est une métaphore du temps, de l'amour et de la mémoire. Il est le fil conducteur qui me relie à Anna, un pont entre le passé et le présent, une échelle vers une éternité où elle vit toujours, aussi vivante que dans mes souvenirs les plus précieux.

Un soir de pleine lune, alors que le ciel était strié d'éclats d'argent, j'ai compris que le Shalimar n'était pas qu'un parfum. Il était un grimoire, une formule alchimique scellée dans un flacon de verre. Anna le savait, et peut-être était-ce pour cela qu'elle ne partageait jamais le secret de son aura envoûtante.

— Michel, la vie est pleine de mystères que l'on ne comprend que lorsque le voile du quotidien est levé, me dit-elle dans une vision aussi réelle qu'un mirage.

Devant moi, les volutes de Shalimar formaient un pentagramme dans l'air. Des symboles ésotériques et des lettres hébraïques dansaient au centre, comme dictés par une main invisible.

— Maman, c'est fascinant, mais je ne comprends pas, avouais-je, hypnotisé.

— Tu n'as pas besoin de comprendre, mon fils. Tu as simplement besoin de ressentir. Le Shalimar est un langage, une incantation qui parle directement à l'âme.

Anna m'avait toujours dit que le Shalimar était connecté à quelque chose de plus grand, quelque chose d'indéfinissable que l'on pourrait appeler Dieu, le Cosmos ou l'Infini. Et ce soir-là, sous la pleine lune, je le sentis plus que jamais.

Les contours du pentagramme s'élargirent, englobant la pièce entière, et pour un instant, je fus transporté. Non pas dans un lieu, mais dans un état d'être. Tout était lumière, amour et connaissance. Anna était là, non pas comme une figure maternelle, mais comme une entité divine, englobant tout ce qui était et sera jamais.

— Tu vois, mon fils, le Shalimar n'est pas que notre lien, il est notre transcendance, notre chemin vers l'éternité.

Anna peut avoir quitté ce plan physique, mais elle a laissé derrière elle un héritage bien plus précieux que de simples souvenirs. Le Shalimar est notre codex familial, notre talisman sacré. C'est la clé qui ouvre les portes entre les mondes, un lexique ésotérique qui parle le langage de l'au-delà.

— Chaque fois que tu te sens perdu, chaque fois que tu as besoin de moi, ouvre simplement ce flacon, Michel, je l'entends dire, sa voix comme un écho d'argent.

Et je le fais. Chaque fois que le monde devient trop lourd, chaque fois que l'absence devient insoutenable, je me tourne vers ce flacon mystique. Et chaque fois, je trouve ma mère. Pas comme une ombre du passé, mais comme une lumière dans l'éternité, guidant mon chemin à travers le labyrinthe de la vie.

Le Shalimar n'est pas un simple parfum ; c'est une ouverture sur l'ineffable, une clé vers des dimensions cachées. Grâce à lui, nous demeurons liés, non seulement par le sang et la mémoire mais par quelque chose de bien plus vaste, de bien plus mystérieux. C'est notre héritage ésotérique, notre fil d'Ariane dans le labyrinthe cosmique de l'existence.

Le Shalimar, dans toute sa splendeur ésotérique, est aussi le miroir de cet amour intense, viscéral, qui défie toutes les lois de la physique et de la raison. L'amour entre ma mère et moi est une lumière qui brûle avec une incandescence indescriptible, même dans l'obscurité de la séparation.

— Tu te souviens, Michel, de la première fois que tu as réalisé combien on s'aimait ? murmure-t-elle, sa voix filtrée à travers les dimensions, aussi tangible que le vent sur ma peau.

Comment pourrais-je oublier ? J'étais un enfant alors, et elle avait été hospitalisée pour une raison que je ne comprenais pas à l'époque. L'hôpital avait cette odeur stérile qui contrastait si violemment avec le

Shalimar. Quand je suis entré dans sa chambre et que j'ai vu son visage éclairé par le soleil couchant, j'ai ressenti un amour si écrasant, si absolu, que mon jeune cœur avait failli en éclater.

— Je me souviens, maman. C'était comme si l'univers entier s'était condensé en un seul point. C'était toi.

— Ton amour, Michel, c'est mon élixir d'immortalité. C'est ce qui me garde vivante dans le flux du temps, c'est ce qui transforme le Shalimar en une potion d'éternité, dit-elle, ses mots vibrant dans les atomes même de l'air.

Je prends le flacon de Shalimar et je pulvérise un nuage devant moi. Il se métamorphose en un tableau vibrant, comme une peinture impressionniste. Je vois Anna et moi, main dans la main, traversant un champ de lavande sous un ciel étoilé. La scène est intemporelle, comme si elle avait existé, existe, et existera à jamais.

— Tu vois, mon fils, notre amour est si intense qu'il transcende les limites de la mortalité. Il transforme chaque instant en une éternité, chaque lieu en un sanctuaire. Par cet amour, par ce Shalimar, nous sommes invincibles, immortels.

Cet amour n'est pas simplement un sentiment ; c'est une force cosmique, une énergie qui anime chaque fibre de notre être, qui insuffle la vie dans chaque note du Shalimar. C'est un amour si pur, si profond qu'il transcende même la notion de la mort. Et grâce à cet amour, ma mère et moi sommes toujours unis, dans cette vie et au-delà, dans un ballet cosmique orchestré par la fragrance sacrée du Shalimar.

Dans la pénombre de ma chambre, le flacon de Shalimar se transforme. Ses parois de verre se ramollissent, se contorsionnent, et prennent la forme d'un insecte gigantesque, aux ailes étincelantes d'or. La créature vole dans la pièce, émettant une mélodie étrange, une mélopée qui semble provenir des profondeurs du temps.

— Michel, suis-moi, dit la voix d'Anna, qui semble sortir de la bouche de l'insecte. Viens dans le monde où les rêves sont la réalité, et la réalité n'est qu'un rêve.

Je me lève, hypnotisé, et suis l'insecte à travers une porte que je n'avais jamais remarquée auparavant dans ma chambre. La porte s'ouvre sur un paysage onirique, où le ciel est un océan en mouvement, et les étoiles sont des poissons d'argent qui nagent dans l'azur.

Me voilà devant un tribunal composé d'horloges anthropomorphes, leurs aiguilles oscillantes frénétiquement. Anna est là aussi, transformée en une reine majestueuse, sa couronne faite de cristaux de Shalimar.

— Michel, te voilà devant le Tribunal du Temps. Ici, nous jugeons la valeur de chaque moment vécu, la qualité de chaque amour ressenti, annonce Anna, sa voix résonnant comme un gong.

— Maman, suis-je ici pour être jugé ? dis-je déconcerté.

— Non, tu es ici pour comprendre que notre amour n'a pas de jugement, pas de fin, pas de limite. Il est la matière même de l'univers.

Soudain, les horloges se mettent à fondre, comme dans un tableau de Dalí. Le paysage onirique se dissout, et je me retrouve de nouveau dans ma chambre. L'insecte s'est transformé de nouveau en flacon de Shalimar. Mais quelque chose a changé.
Je sens que le parfum n'est plus une substance mais une essence, un souffle divin qui imprègne tout.
— Tu es libre maintenant, Michel. Libre d'aimer sans entrave, libre de vivre chaque moment comme une éternité, murmure Anna, sa voix se dissipant dans le vent du crépuscule.

Je prends une profonde inspiration, et tout ce que je peux sentir, c'est l'amour. Un amour qui n'a ni forme ni dimension, ni début ni fin. Qui défie toutes les lois de la nature et de la logique.

Et voilà, nous nous trouvons là, Anna et moi, non plus comme mère et fils, mais comme deux entités dans un univers kafkaïen, liées par une fragrance qui est aussi complexe et mystérieuse que l'amour lui-même. Le Shalimar n'est pas un parfum ; c'est une cosmologie, une mythologie, une métamorphose. Et c'est là, dans ce lieu indéfinissable entre le rêve et la réalité, que notre amour trouve son éternité.

L'instant d'après, je me retrouve dans une forêt où chaque arbre est une bibliothèque et chaque feuille un livre. Les branches s'entrelacent pour former des mots, des phrases, des histoires qui dansent dans la lumière déclinante du soir. Et là, au cœur de cette forêt, je vois ma mère assise, comme une déesse antique, son aura se fondant avec l'air parfumé de Shalimar.

– Michel, nous voici dans la Forêt des Souvenirs, où chaque moment que nous avons partagé prend vie. Choisis-en un et revivons-le, dit-elle, son regard intense comme un puits sans fond.

Je m'approche d'un arbre, et un livre se détache de lui-même pour venir se poser dans mes mains. Il s'ouvre à une page qui décrit un Noël de mon enfance, où Anna et moi avons construit un bonhomme de neige ensemble. L'instant d'après, la forêt disparaît, et nous sommes transportés dans ce moment précis, notre rire remplissant l'air frais d'hiver.

Une fois de retour dans la Forêt des Souvenirs, Anna me guide vers un miroir suspendu à un arbre d'argent. Le miroir est encadré de pierres précieuses qui reflètent des lueurs multicolores. « Regarde », dit-elle.

Je regarde dans le miroir et y vois, non pas mon reflet, mais un kaléidoscope d'émotions, d'expériences, et d'identités, tous enchevêtrés en une tapisserie complexe. « C'est nous, mon fils Chaque couleur, chaque forme, c'est un fragment de notre amour. »

Je me rends compte alors que notre amour n'est pas seulement une émotion, mais une entité vivante, évolutive, une matière cosmique qui résonne à travers les dimensions et les réalités multiples.

– Tu comprends maintenant, mon fils ?

Notre amour n'est pas une chose qui peut être définie ou limitée. Il est à la fois minuscule comme un atome et vaste comme l'univers," dit Anna, alors que le monde autour de nous commence à se fragmenter, à se dissoudre dans un maelström d'éclats de lumière.

Et puis tout s'arrête. Le temps, l'espace, la réalité même semblent suspendre leur souffle. Tout ce qui reste, c'est Anna et moi, flottant dans un néant lumineux, nos âmes fusionnant en une seule entité, une seule voix, un seul amour.

— Je t'aime, maman. Et je sais que tu m'aimeras toujours, où que tu sois, où que je sois, je dis, et ces mots sont comme un écho éternel, résonnant à travers le fini et l'infini, le possible et l'impossible.

Anna sourit, et ce sourire est comme une étoile, illuminant le noir absolu autour de nous.

— Et je t'aimerai toujours, mon fils. Dans ce monde et tous les autres.

Le Shalimar flotte dans l'air, une note finale, une ponctuation, scellant notre amour dans un instant qui n'est ni passé, ni présent, ni futur, mais tout cela à la fois, un instant qui est une éternité.

Et dans cet espace hors du temps, dans cette dimension indescriptible, je sais que l'amour d'Anna et de moi, son fils Michel, continuera à briller comme une lumière inextinguible, guidée et protégée par la mystérieuse et envoûtante essence du Shalimar.

L'éclat de notre amour se fond dans le cosmos, et nous revenons à notre réalité. La chambre est là, le flacon de Shalimar trônant sur la table de chevet, plus qu'un objet, désormais un symbole. Je sais que ce flacon ne sera jamais vide. Il est, comme notre amour, inépuisable.

Je m'assieds sur le lit, tenant dans mes mains le flacon de Shalimar. Je le porte à mon nez et inspire profondément. Le parfum m'enveloppe, et à travers lui, je sens la présence d'Anna, à la fois lointaine et si proche. Ce n'est pas un adieu, car il n'y a pas de fin à notre amour. Elle n'est pas une étoile qui s'est éteinte, mais une constellation qui a pris forme dans l'obscurité, guidant mon chemin, éclairant mes nuits.

— Maman, où que tu sois, je sais que tu es avec moi, je murmure, les larmes aux yeux mais le cœur plein. Et comme le Shalimar, notre amour ne disparaîtra jamais. Il est éternel.

Je replace délicatement le flacon sur la table de chevet et m'allonge, plongé dans une quiétude profonde. Le parfum d'Anna, le Shalimar, flotte dans l'air comme une berceuse. Je ferme les yeux et, en cet instant, je sens son amour me transporter vers des rêves d'une douceur infinie, vers des mondes où la réalité est faite de la substance des rêves, et où les rêves sont la réalité même.

Là, dans le sanctuaire de ces rêves, dans l'écrin de cette nuit parfumée, je sais que l'amour d'une mère et de son fils transcende tout : le temps, l'espace, et même la mort. Et c'est dans cette vérité, simple et immense, que réside la véritable essence de l'infini.

À côté d'une photo de nous deux, Anna et moi. Le parfum flotte dans la chambre comme un spectre, sa présence palpable mais insaisissable. Est-ce un simple parfum ou le dernier écho d'une existence ? Une fragrance ou le résumé d'une âme ? Le mystère s'épaissit comme le brouillard, car en cet instant, je sens quelque chose d'inexplicable. Le flacon semble vibrer doucement, comme s'il était le réceptacle d'un secret ancestral, d'un mystère indicible qui ne se dévoile qu'à ceux qui savent chercher. « Anna » je murmure, une larme perle sur ma joue et s'écrase sur le verre du flacon, « Es-tu ici ? »

Silence. Et puis, un frémissement. La pièce est soudain emplie d'une lumière douce, indéfinissable, que je n'avais jamais vue auparavant. Elle ne semble pas émaner d'une source particulière ; elle est partout et nulle part à la fois. La lumière s'intensifie à chaque battement de mon cœur, comme une réponse à une question non formulée.

Je prends une grande respiration, m'emplissant des effluves de Shalimar. Et en cet instant, je sais. Anna n'est pas partie. Elle est là, dans ce flacon, dans cette lumière, dans cette pièce. Elle est entre les atomes, dans les fils du temps, dans les plis de la réalité. Son amour est un mystère non résolu, un code indéchiffrable, une équation sans solution. Et c'est parfait ainsi.

Je replace le flacon sur la table de chevet avec une révérence presque religieuse et me glisse sous les draps, bercé par le parfum d'Anna, le parfum du mystère. Je ferme les yeux et, pour un instant, je crois voir son sourire dans l'obscurité, un sourire qui promet des révélations pour ceux qui savent attendre. Ainsi, enveloppé dans cette énigme, je dérive vers un sommeil incertain, là où les rêves et la réalité se mélangent, là où Anna et moi sommes, une fois de plus, inséparables.

Et c'est dans ce monde intermédiaire que je trouve du réconfort, sachant que l'amour et le mystère sont les deux faces d'une même pièce, une pièce que je garde précieusement dans le trésor intime de mon âme.

« Alors, Maman, tu es toujours là, avec moi » me dis-je à voix basse, comme pour ne pas rompre le charme.

Je repose le flacon avec une sorte de cérémonial. À ce moment précis, une lumière diffuse envahit la chambre. Elle ne semble provenir de nulle part, mais elle est là, comme un doux halo.

— Es-tu là, Maman ? Ma voix tremble en prononçant ces mots, mais une vague d'espoir me submerge.

Le temps semble se suspendre. Seul un frisson dans l'air me répond, à peine perceptible, comme le frôlement d'ailes d'ange. Mon cœur s'accélère, battant au rythme de cette lumière qui semble pulser en réponse à ma question.

« Je t'aime, Maman » je murmure en m'abandonnant au sommeil, « et je sais que tu es là, dans cette réalité ou une autre, toujours présente. »

Je glisse alors vers ce que je pourrais appeler un état de conscience altérée. Je sens une caresse sur ma joue, aussi légère que le vent, et un murmure me parvient, incompréhensible, comme un écho d'une langue ancienne. Je n'ai pas besoin de comprendre les mots pour savoir que c'est elle, Maman, qui me parle à travers le voile du temps et de l'espace.

Dans cet entre-deux, je trouve une sorte de paix. Une paix étrange et merveilleuse, tissée de parfum et d'énigme. Deux éléments indissociables, à l'image de Maman et moi. Et je sais que notre histoire n'est pas terminée, qu'elle se poursuit quelque part, dans le mystère du Shalimar qui flotte dans cette chambre, et au-delà. Dix ans ont passé depuis qu'elle nous a quittés, et pourtant, chaque fois que je sens ce parfum, c'est comme si elle était juste à côté de moi et mon cœur bat, bat plus vite.

Moi Michel, je suis fils d'Anna, la reine du Shalimar.

© Michel Tessier[31]

---

[31] Photographe et auteur de nombreux ouvrages, Michel Tessier vit et travaille aux États-Unis.

En vers et avec toi
Luxy Dark
(France)

© Laurent Desvoux-d'Yrek, « Annie »

La fin du jour ouvre la porte
Traînant à ses pieds sa cohorte
De discordes inachevées

Refusant ta main nourricière
Le choix des armes ou du cratère
Pour affronter l'indignité

Volant haut ou à ras de terre
Je n'ai pas su bien distinguer
De quels attributs de la mère
J'aspirais à m'émanciper.

Tu m'as dessinée dos tourné
Gamine aux épaules carrées
Regard enfui à l'horizon
Contre l'hiver et l'abandon

De larmes en afflux de rivières
J'ai refusé l'orange amère
Qui envers ou selon ta loi
Greffa l'amour au désarroi

Submergée en enfant fidèle
Émue par ta parole grêle
Choisir d'être le violoncelle
Ventre de ta voix en dentelle.

© Luxy Dark[32]

---

[32] Auteure de « Émotigraffs » et de « Thérapie Sensuelle » aux Éditions Stellamaris.
Sa démarche artistique empreinte de tolérance, de respect et de liberté invite à la découverte de soi et des mondes. Au-delà de l'écriture et des expressions graphiques, elle aime monter sur scène et y entremêler chant, danse orientale et lecture théâtrale. A travers ses interprétations, parfois tristes, parfois joyeusement malicieuses, elle invite à partager des moments sensibles et atypiques.

Seul l'éphémère dure [33]

Mona Azzam
(France)

Nina © Anna Alexis Michel

Elle s'appelait Nina.

Elle aurait pu s'appeler la Mère avec un M majuscule.

---

33   Eugène Ionesco

Elle s'appelait Nina. Elle était la « Majuscule » mère du petit Roman. Et du grand Romain. Du grand Émile aussi.

Elle s'appelait Nina.

Si j'avais pu l'avoir pour mère, que serais-je devenue ? Une grande auteure ? Une Goncourt ? Une diplomate ? Une héroïne aux multiples médailles pour mes actions patriotiques ? Je l'ignore. Pourtant, Nina, longtemps, m'aura obsédée, habitée. M'habite encore.

À chacune de mes relectures de *La promesse de l'aube*, je ne l'en aime qu'un peu plus, cette mère qui aura sacrifié sa vie pour le triomphe de son fils. Pour son bonheur aussi…

C'est curieux, tout de même, ces relations quasi charnelles que l'on peut entretenir avec des personnes qui pourtant nous sont totalement inconnues et avec lesquelles nous avons tissé des liens par le biais d'une lecture. Ou plutôt d'une énième relecture.

Un lien qui, à l'instar d'un cordon ombilical, nous unit à cette « autre » personne, qui s'en vient nous « alimenter » durablement, faisant de cette « autre » personne une mère nourricière. Nourriture littéraire. Une rime riche. Essentielle.

C'est curieux.

Curieuse aussi l'image de Nina qui s'est imposée à moi à l'instant même où ma plume gravait ces mots sur mon carnet.

Puissance de l'image. Alchimie des mots.

La voici Nina qui me fait face, une cigarette à la main. La fumée qui s'échappe de ses lèvres m'envoûte.

Et puis il y a son rire qui explose, ricoche contre les parois stériles du silence, féconde mon écrit, lui insuffle la vie. Et engendre cet écrit sur la mère. Sur Nina la Mère…

J'allume une cigarette à mon tour. Une gauloise. Nina aussi fumait des gauloises. J'aspire sur ma cigarette. Je songe au fils de Nina.

Sans savoir comment ni pourquoi, j'éprouve le besoin de lui donner à entendre ses propres mots : *je sais bien que c'est ta mère, mais c'est tout de même beau, un amour comme ça. Ça finit par vous faire envie… Y aura pas une autre femme pour t'aimer comme elle dans la vie. Ça c'est sûr.*

C'est curieux, mais je suis sûre qu'il m'entend, Romain. Aussi sûre que Nina aussi m'entend. Si sûre que je l'entends qui rit à gorge déployée. Un rire de mère que seule une mère est capable d'émettre. Sans que rien ne l'entrave.

Un rire pur. Sans chichis. Dénué de toute hypocrisie. Parce qu'à la source de son rire, il y a son enfant.

Nina rit. Encore et encore. Mes mots valsent au rythme de son rire, l'épousent, tentent de le retenir, de le re-transcrire.

Nina.

L'éphé-mère est infini.

© Mona Azzam[34]

---

[34] De la Côte d'Ivoire, où elle est née, à Beyrouth, les mots sont pour Mona Azzam une patrie autre, en perpétuelle re-création. Mona est professeur de lettres et passionnée de littérature. Elle a déjà publié plusieurs ouvrages littéraires, dont « Camus, l'espoir du monde » (Ed. D'Avallon).

Baby blues

Laure Enza
(France)

© The Meringue Project – The Broken Nest – Anna Alexis Michel & JmVoge

Un soupir presque inaudible marqua son retour à la conscience. Comme le souffle d'un doux regret, le reliquat d'un rêve alangui. Dormir encore un peu, prolonger la vague onirique. Échapper au quotidien.

Elle remua le cou, ses vertèbres ankylosées protestèrent. Elle s'était à nouveau assoupie dans le fauteuil, recroquevillée telle une feuille desséchée. Elle décilla les paupières avec précaution. Sa méfiance glissa sur le décor familier. La réalité était toujours au rendez-vous. Rien n'avait changé.

Derrière la brume du rideau de mousseline, les branches s'agitaient dans un rectangle d'azur. La lumière tamisée caressait le papier peint, donnait l'illusion de se trouver dans un cocon. Elle avait choisi ces couleurs pastel, car on lui avait expliqué que cela apaisait les nourrissons. C'était sûrement valable pour ceux des autres. Le sien ressemblait plutôt à une pile électrique. Comme celles de la publicité du lapin automate qui ne s'arrête jamais.

J'entends ton vagissement même quand je dors. Tourbillon incessant à mon oreille nue.

Les peluches perchées sur leur étagère la regardaient d'un œil rond. La lampe de chevet veillait même en plein jour. L'abattement lui grignota les orbites et elle ferma les paupières, un ultime instant.

Elle pensa qu'elle était pathétique, incapable de reprendre pied. Quand l'amertume allait-elle refluer pour laisser place à la paix ? Recrue de fatigue et de tendresse dépouillée. Elle s'était assoupie une fois de plus dans cette chambre décorée avec tant de soin. Un paradis à la gloire de bébé. Rien n'avait changé, au bout de la nuit : ni le fauteuil à bascule, ni le mobile musical aux papillons poétiques, ni l'épuisement perpétuel.

Personne ne l'avait prévenue que la venue d'un enfant ébranlait l'existence à ce point. Une créature bouleversante disloquait votre vie en même temps que votre corps. Un minuscule vampire, fort éloigné des poupons de papier glacé, envahissait tout l'espace. Les insomnies rattrapées en pointillé. Les lessives accumulées de façon exponentielle. Les crevasses au bout des seins. Cette sensibilité sans fond qui consume l'énergie jusqu'au bout des os.

Je sens ta faim avide contre ma peau. Inlassable source. Incurable amour.

Elle déplia ses membres à contrecœur. L'arrondi des accoudoirs n'était pas aussi accueillant qu'elle l'avait espéré. Son dos la faisait souffrir comme si elle portait encore le petit en elle. Le coussin censé améliorer son confort après l'épisiotomie n'était qu'un mensonge de plus. La douleur immisçait ses tentacules dans son intimité meurtrie, avec plus de prégnance que la joie d'avoir enfanté. La minuscule couverture glissa sur le sol et elle esquissa un mouvement pour la retenir. Un effluve particulier submergea ses narines. Un mélange de miel, de lait caillé, de regrets. Elle caressa son visage de cette matière duveteuse. Réconfort traître et bien inutile. Comment peut-on se laisser traverser par autant de sentiments divergents ?

Je renifle ton odeur à chaque instant. Impossible méprise, terrible emprise.

Son regard erra sur les flancs du berceau silencieux. Elle abandonna ses tympans à cette magie volatile. L'illusion que rien n'avait changé. Ce moment de calme aurait pu être une aubaine. Une parenthèse dans un quotidien tourmenté. Une pause dans l'innommable, mais la réalité la rattrapa à grand galop. Un étau angoissant lui écrasa la poitrine.

Presque rien n'avait changé dans cette chambre si lisse, si douce. Elle voulait rester blottie dans les accoudoirs de ce fauteuil, se faire oublier et disparaître au monde. Les balancements grinçants lui vrillèrent le cœur jusqu'à la nausée. D'un mouvement hésitant, elle déplia ses membres endoloris, chavira de cette position moelleuse, au bord du précipice. Elle s'approcha du berceau à pas de loup. Pourquoi s'infliger une telle torture ?

Je vois tes menus bras potelés, ton front velouté et ton ventre gargouillis. Mes yeux sont retournés dans mon crâne devenu fou d'amour et de désespoir.

Le cri qu'elle entendit ne venait pas du petit lit tendu de coton. C'était comme une plainte issue de l'infini. Un étrange son teinté de douleur. Elle aurait tant souhaité être sourde, mais ses propres cordes vocales la rappelaient à l'ordre. Elles vibraient dans sa gorge et dans tout son être. Ce corps exténué, rompu de patience et de peine. Elle ne craignait pas de réveiller l'enfant. Elle l'exhortait, au contraire, de toute la puissance de son instinct de mère.

Je veux ton vagissement, et ta faim et ton parfum.

Elle ne pouvait plus empêcher ses membres de réagir. Pieuvre maternelle aimante et envahissante, jusqu'à l'oubli de soi. Elle posa la main sur le montant du berceau. De la belle ouvrage. Une pièce unique. Un meuble hors de prix que l'on choisit sur un coup de folie malgré sa mission éphémère. Le réceptacle du bien-être d'un prince singulier. Personne ne l'avait prévenue que le fait d'avoir un enfant vous plongeait dans la démesure. Elle était devenue sensible et louve, irritable et euphorique. Les hormones avaient le beau rôle. Elle était devenue désordre et délire d'amour.

Je veux ton petit corps potelé dans le creux de mes bras.

Le cri s'éteignit, absorbé par un immense abîme. Une sensation de perdre pied, encore et encore, sur ce tapis aux teintes doucereuses. Rien n'avait changé dans cette chambre depuis tout ce temps, et pourtant, tout était différent. Les monstres n'étaient pas cachés sous le lit, ils dansaient la sarabande sans discrétion devant ses yeux hagards. Ils lui broyaient les chairs et lui déchiquetaient l'instinct maternel sans relâche.

Elle agrippa la turbulette ouatée, empoigna les barreaux pour secouer le berceau. Comme si ces gestes allaient enfin la tirer du cauchemar. Comme si sa violence de pacotille pouvait résister contre les attaques qui lui lardaient le ventre et l'âme. Seul le silence la gifla, de son inertie implacable. Elle ne savait plus comment lutter. Il fallait bouleverser l'inéluctable.

Elle renversa le lit et les papillons irisés se brisèrent, comme des particules de rêves émiettés. Elle repoussa le fauteuil qui bascula sur le côté. Elle arracha le refuge des peluches qui s'égaillèrent sur le parquet. Inutiles compagnes de réconfort, molles, incapables aux yeux en boutons. Au bout d'un moment de fulgurance, elle se figea au centre de ce cadre en chaos, nourrie de colère, d'impuissance et d'effroi.

À son prochain réveil, elle n'aurait plus la possibilité de croire que rien n'avait changé. La jolie chambre saccagée ne prolongerait plus l'illusion, tel un cruel décor de carton-pâte rassurant et menteur. Elle n'éprouverait plus cette sensation décalée, cet oubli factice que le sommeil procure pendant quelques secondes bénies.

Elle serait devant le fait accompli, la vacuité de cet amour sans but et sans fin, le silence mortel qui griffe les poumons au point d'étouffer. Personne ne vous prépare à l'absence subite au milieu de jouets inertes.

Je veux que tu sois toujours vivant.

© Laure Enza (2023)[35]

---

[35] Prix des Plumes Francophones 2021, avec "Comme un Parfum d'immortelle", dévoreuse de littérature depuis l'enfance, Laure Enza se consacre à sa passion : l'écriture. Depuis 2019, elle publie à la fois en autoédition et en maison d'édition. Ses romans sont de styles différents : comédies sentimentales contemporaines, saga de science-fiction ou fantasy, livres pour enfants. Ils abordent cependant des thèmes parallèles, empreints d'humour et d'optimisme.

Les secrets

V.Maroah
(France)

« C'est à partir de toi que j'ai dit oui au monde »
P. Éluard.

Elle a posé sa main sur mon front brûlant et ma pensée s'est réchauffée de tous les bonheurs passés.
Elle sait.
Elle sait que je vais mourir.
Et moi, *je sais qu'elle sait.*
Mais elle fait comme si. Comme si la vie. Elle sourit à mon agonie.
Parce que l'amour, c'est plus fort que la vie. Même si la vie l'emporte. Toujours. Alors l'amour triche, c'est un peu ça, la vie, l'amour ment pour poignarder les détresses et briser les douleurs.
C'est ce que font les mères.

***

J'ai passé ma main sur son front brûlant et me suis figée dans le froid du cadavre de mon enfant.
Mon enfant qui meurt. Avant moi. Devant moi.
Ce n'est pas possible, ça. Ça n'existe pas. Ça n'existe pas, c'est tout.
Je lui souris. Comme avant. Comme toujours.
Comme chaque fois que j'ai posé ma main sur le front fiévreux de mon enfant, qui n'ira pas à l'école aujourd'hui, ni demain, ni même après demain. Et déjà ça me contrarie, l'absence, la durée, je suis jeune, je

travaille, qui va garder la petite malade, et s'il y a des interros, et tous ces cours manqués, tous ces cours à rattraper…

Si j'avais su, si j'avais su que ce serait ça, la vie. J'aurais relégué le quotidien à sa juste place, au second plan, au fond du grenier, dans un recoin de la cave, au lieu de le laisser gouverner nos existences. J'aurais gardé mon enfant auprès de moi le plus possible.

Si j'avais su.

Pourtant on sait ça. On le sait. Que ça arrive.

***

Quand j'étais petite, je ne voulais jamais donner la main à ma mère. Je faisais ma grande.

Fais pas ta fière, qu'elle disait, ma grand-mère, cette mère qui n'est pas la mienne, cette énième génération de mères oscillant entre sagesse et intransigeance. Cette ultime génération de femmes empêtrée dans la dialectique du conformisme et de l'émancipation, se dandinant avec impudence entre conventions et liberté. *Fais pas ta fière, tiens-toi tranquille.*

Ma mère ne dit rien, sa main cherche en silence à agripper la mienne, qui s'esquive. Je lance un regard noir à cette Folcoche qui m'observe en souriant, est-ce un piège, et qui m'abandonne à mon refus buté.

J'en suis presque vexée.

Donner la main. Quelle étrange expression ! Elle qui a toujours eu la main sur moi…

***

Quand elle était petite, elle ne voulait jamais me donner la main. J'acquiesçais en secret à son désir d'indépendance. Déjà mon enfant affichait un farouche détachement à mon égard.

Et moi j'étais presque fière.

Fière que ce petit être au regard réprobateur s'émancipe de mon propre désir de le retenir, de ma terreur de le perdre.

Alors je lâche sa main.

C'est ce que font les mères, parfois, pour signer leur attachement.

Je me rassure de sa quête d'autonomie. Comme ça, si un jour je ne suis plus là, quand un jour je ne serai plus là, puisque ça arrive, ça, un jour, mon enfant sera plus apte à surmonter l'épreuve de la disparition. Je crois. On ne sait jamais. On sait, en fait, bien sûr, un jour ça arrive, ça.

Je lâche sa main. Pour la libérer de mon emprise. Pour la soulager des chagrins à venir, quand la pensée est endeuillée par la vie qui s'arrête. Je lâche sa main pour lui permettre de s'affranchir de ma propre existence.

Je lâche sa main pour la préserver de ma mort.

C'est ainsi que pensent les mères. Dans le secret de tout ce qu'on ne dit pas.

***

Je me souviens…
Des nuits étoilées des soirs d'été
Ma mère penchée sur l'oreiller
Et sa voix lente qui lisait
Madame Bonheur et *Monsieur Parfait*
Et je pensais à mon père qui l'avait abandonnée
Pourquoi mais pourquoi l'avait-il ainsi laissée

Cette fille rieuse, cette fille joyeuse qui sait mimer l'ogre et l'enfant perdu. Qui grogne et qui roucoule. Qui miaule et qui rugit.

Pas le bon ton, sans doute. Lui, il fait le canard. C'est le seul animal qu'il parvient à imiter. Quand on en a fini avec la cour, on se retrouve dans la basse-cour. Où pataugent les paternités désavouées.

Les *drôles de petites bêtes*. Toute une collection. C'est le bon ton.

Allez, encore, maman, encore. Raconte-moi une histoire. Encore.

Une histoire qui n'est pas vraie.

C'est ce qu'elle fait, ma mère.

Je me souviens.

***

Te souviens-tu de la douce lumière de l'hiver
À l'aube des matins frileux
Et l'école à côté
Tu sautilles à mes côtés.
Je t'amènerai au collège en voiture.
Sous le ciel encombré de nuit, je gratterai la glace sur le pare-brise tandis que tu attendras, passive, les yeux encore embués de sommeil, sur le siège passager. Que tu n'aies pas froid, jamais.
Te souviens-tu le lycée, tu pars à pied, l'air maussade et le cœur chargé de secrets, sans doute. Je sais toutes ces choses que l'on tait.
Te souviens-tu le jeu de fléchettes, tu as visé le cœur, la course pour la paix, tu t'essouffles et je t'applaudis, le théâtre du samedi, haut lieu de représentation de nos

vies. Nos mises en scène et nos guerres intimes, ce sapin décoré des mille objets que tu as fabriqués, ce sapin qui penche de plus en plus à chaque Noël, et que je redresse chaque année pour qu'il tienne encore, encore. Te souviens-tu les printemps fleuris, les garçons qui passent et les larmes en secret quand ça ne passe pas, et mes mots en silence pour que ça passe, parce qu'un jour, oui, un jour, ça passe. Les années qui se suivent et se ressemblent. Et se ressemblent tant qu'on dirait que le temps ne passe pas.

Notre histoire. Rien n'est plus vrai.

Te souviens-tu…

***

Je me souviens des fragments de mère qui s'éparpillent au fil des âges. Ma mère aux fureurs frémissantes, déboulant vipère au poing. C'est ce que font les mères, quand elles ont mal, quand elles ont peur. Ma mère aux caresses douces comme un souffle de vie, une vie qui me souffle l'espoir et l'envie. Ma mère mécano qui répare toutes les casses, ma mère aux mains sales elle s'en fout, l'amour ça écorche, ça égratigne, ça fait saigner, l'amour ça n'a rien à voir avec le voile immaculé d'un fantôme. C'est comme ça qu'elle aime, ma mère, elle gratterait la terre pour me ressusciter, de toute sa rage. Les mains meurtries, les ongles noircis. De toute sa rage.

C'est comme ça qu'elles pleurent, les mères.

Je me souviens de ce que j'ai fait, ce que j'ai aimé.

De ce que j'ai dit et de tout ce que je n'ai pas dit.

De ce que j'ai désiré et de tout ce que j'ai oublié.

Je me souviens de toutes ces choses en secret.

***

Souviens-toi mon enfant que tu fus mon bonheur. Que rien de la beauté du monde n'égalera le souffle de ton existence, exaltant tous les possibles.
Je t'aime d'une façon que c'est pas possible de le dire. Cette espèce de déchirure qui se répand au creux du ventre. Là où tu as pris place avant de venir au monde. Nichée en moi avant le monde. Et après.
Cette espèce de déchirure et il faut se faire violence pour la contenir. Pour s'apaiser.
C'est ainsi que respirent les mères.
L'amour en secret.
L'amour c'est un secret.
Quand les mots se nichent au creux des silences
Dans le doux confort de tout ce qu'on ne dit pas
Comme des secrets blottis au fond de soi.

***

Je me souviens de cette déchirure brutale qui assaille mes entrailles. L'innommable douleur au creux du ventre. Je me souviens des mitraillages qui criblèrent mon corps en sursaut. Déchiquetèrent ma peau en lambeaux. Je tombe, pas tout de suite, pas trop vite, je vacille sur ma vie qui s'affaisse. Mon cerveau explose, mon cerveau est en pause, il observe, ahuri, le sang qui gicle de mon corps qui faiblit. Dans les derniers tressautements de ma vie si vaine.

Je danse et je ris, je virevolte au gré des notes de musique, je danse et je ris, mes amis sont ici, mes amis aussi, tous ensemble pour une *rêve party*. Je danse et je ris, tournoyant sans relâche autour de ma vie en sursis.

Tout va bien, maman, tout va bien.

C'est ce qu'on dit aux mères.

Je danse et je tombe, et la vie me rit au nez.

Je savais pas ça. Je savais pas.

Ça n'arrive qu'aux autres, ça. Quand ça arrive.

Et la mort me pend au nez, aucune riposte, non, et ma pensée ricane de tout ce qui ne sera pas, pleurant déjà les avenirs perdus. Mes poumons comprimés, compressés, essoufflés de tenter de respirer encore, encore un peu, encore un peu, se serrent, est-ce possible, à l'idée de la douleur de ma mère.

Je t'aime maman. Ces choses qu'on ne dit jamais. Comme un secret.

Ça ne va pas, maman, ça ne va pas.

J'ai vingt ans. L'âge de l'avenir. L'âge de tous les possibles.

Je t'interdis de donner sens à tout ça, maman, parce que tout ça n'a pas de sens.

Ce moment, ce point d'équilibre, ou de déséquilibre, l'ultime instant entre la vie et la mort, l'infime moment où tout n'est pas terminé encore mais où tout s'achève pourtant, ce temps fugace qui frôle l'éternité, qui se déroule au ralenti tandis que, simultanément, il nous précipite vers la fin, est envahi d'images et de pensées qui déferlent en cascade. Derniers soubresauts d'une vie qui résiste. Encore un peu. Juste un peu. Le temps de faire de l'ordre. D'avoir l'esprit clair.

Ma dernière pensée est pour elle. Qui m'a donné la vie. Et la vie lui reprend ce qu'elle lui a donné. Inintelligible scénario. Moi qui avais *anticipé* sa disparition *à elle*, qui avais écrit déjà, pour ce jour futur, ce jour funeste, le cri de ma mère. Ces mots qui surgissent maintenant, dans leur absurde parure et dégoulinent dans ma tête tandis que la vie me quitte.

Une femme m'a donné la vie
Une femme m'a donné sa vie
Ce fut ma mère
Et ce fut elle

Mon enfance blottie
Dans le secret de ses rêves
Les rêves ne sont pas la vie
Elle fut ma mère
Et ce fut elle

Des mots des mots et des silences
Mais que sais-je du sens
De ce qu'elle dit de ce qu'elle pense
Elle fut ma mère
Et ce fut elle

Une femme m'aliéna et m'aima
De ce lien dont on ne s'émancipe pas
Elle fut ma mère
Et ce ne fut qu'elle.

Ma pensée rigole à cette épitaphe.
Le rire n'est jamais loin du désespoir.

———

***

Je souris à ton agonie, mon enfant, je sais la mort en secret, le sais-tu, toi, sais-tu que tu meurs, que tu meurs avant l'heure, horloge détraquée par la folie des hommes. Comment pourrais-je interroger le sens du monde, moi qui me suis évertuée à lui donner sens, au monde.

C'est ce que font les mères.

Une impitoyable fabrique de sens, de signifiants de toutes sortes. Pour donner l'envie de vivre, eh oui, elles leur doivent bien ça, les mères, à leurs enfants vulnérables, après les avoir propulsés dans le monde et leur avoir infligé la rencontre de l'espèce humaine.

Ma douleur est indicible, mais ma terreur est invisible tant mon amour est invincible.

Une mère, elle doit toucher son enfant et sentir le froid de la mort avant d'admettre : c'est trop tard. Sinon, rien ne va la convaincre. C'est ce que dit Haruki Murakami. Dans la ballade de l'impossible. La ballade. De l'impossible. Celle qui envoie valser tous les possibles. Dans un roman. Mais pas dans la vie.

Pas dans la vie.

J'ai posé la main sur son visage glacé. Et mon cœur s'est figé à jamais dans le chaos du temps pétrifié. Mon regard a traqué les yeux clairs de mon enfant, ma fille joyeuse ma fille rieuse, ma fille taquine qui sourit à la vie, ma fille si douce qui pose un regard translucide sur le monde obscur. Et qui danse et qui rit dans une nuit qu'aucune aube n'achèvera.

J'ai attendu longtemps, longtemps, avant d'expulser la douleur. Avant que mon sourire ne se retire lentement, et que les larmes perlent sans bruit à l'extrémité de mes yeux incrédules. Submergés par l'indicible vision de mon enfant mort.

Que dit-on à son enfant qui meurt. Quand meurt-il, d'ailleurs… *Je suis là. Je suis là. Tout va bien.*

L'ultime mensonge.

Je m'allonge délicatement sur mon enfant qui ne sent plus rien. Le cœur à l'arrêt, le corps tendu dans cet instant suspendu pour l'éternité. Effleure timidement ce ventre troué qui jamais ne portera la vie, caresse la peau de ma fille qui ne sera jamais mère.

C'est ce que pleurent les mères.

Moi je fus cette femme qui donna la vie. Une mère donne plus que ce qu'elle prend. C'est le pacte secret de la maternité. Tandis que la vie prend plus que ce qu'elle donne. Toujours.

Que dit-on au cadavre de son enfant ?

Ne pars pas. Pas tout de suite. Pas si vite. Pas avant moi. Je suis mère pour la dernière fois.

© V. Maroah[36]

---

[36] V.Maroah vit dans le sud de la France. Elle est l'auteur de deux romans, *Les volets clos* et *Je*, publiés aux éditions Red'Active, et de deux novellas autoéditées, *Anna* et *L'insignifiante.* Entre dérision et quête de sens, son univers littéraire, qualifié d'atypique et d'inclassable, explore les histoires sans histoire, les vies silencieuses de personnages ordinaires. Dans un langage qui, tour à tour, explose, ou se tait.

Les vivants au prix des morts

Sophie Turco
(France)

Nous sommes le 31 mars, dernier jour du mois pour tous, premier jour de ce qui sera ma vie sur cette terre où je fais escale.

Dans une ville située dans le Sud de la France, le soleil se lève, parant peu à peu la cité phocéenne de ses plus belles couleurs printanières. Le chant des mouettes se fait entendre. Sur le port, les pêcheurs contents de leur nuit rentrent à quai, affaiblis par la bataille qu'ils viennent de livrer avec la mer. Les bras chargés de caisses de poissons encore frétillants, encore vivants, ils descendent de leurs chalutiers. Les restaurateurs et quelques amateurs, impatients de découvrir les captures du jour, les attendent de pied ferme. Le marché commence, les odeurs marines se diffusent, deviennent entêtantes. Une frénétique agitation se concentre autour des héros de la nuit, une multitude de bruits se répand aux alentours.

Un peu plus loin, au cœur de la ville, Pat se tient au balcon. De son promontoire, elle surplombe les immeubles, le port, la mer, les îles du Château d'If et du Frioul. Ses pensées errent doucement. Avec une drôle de mélancolie, elle songe à l'incroyable histoire d'Edmond Dantès et de l'abbé Faria. Enfermés dans leur sinistre cachot, hors de l'atteinte du chahut du monde, des jours et des années durant, grattant une terre dure comme le granit, démêlant les fils de leur passé, avec la rage de leur espoir, ils ont construit l'avenir. La vie est une aventure pleine de soubresauts, se dit-elle en posant sa main sur son ventre proéminent.

Elle a ressenti une nouvelle contraction, plus forte que la précédente. Elle comprend que l'accouchement est, pour bientôt, une question d'heures très certainement. La valise pour la maternité trône dans le hall d'entrée.

Pat a pris toutes les dispositions, mais ce qui la rassure le plus, c'est que Chris sera là. Lui aussi, il a tout prévu dans son emploi du temps pour pouvoir se libérer, venir la chercher au plus vite et la conduire à la clinique. L'obstétricien qui suit Pat, lui a assuré que le futur père pouvait assister sa femme pendant l'accouchement. Ça fait neuf mois qu'il se prépare à être père, à être un homme neuf, nouvelle vie, nouvelles responsabilités. Il n'a pas peur, pas question de se défiler, il coupera le cordon ombilical et il sera le premier à prendre son enfant dans ses bras.

Pat voit les lampadaires électrifiés surlignant les grands axes, le port et le littoral s'éteindre tous ensemble, d'un seul coup. C'est serein ce matin, Pat ne perçoit pas un seul bateau sur la ligne d'horizon, mais une masse bleue, compacte, pas une ride ne se dessine. Que deviendra ce petit corps, cet être qui vit blotti au chaud en elle, à l'abri du monde ? Trouvera-t-elle les moyens de le protéger de tous les affects qui lentement se déposeront en strates, jour après jour, mois après mois, année après année, de temps à autre secoué par moult remous allant d'un élan d'enthousiasme à un accès de colère, conciliant les amitiés et les aversions par-delà des inclinations graves et tendres ?

Avec Chris, ils n'ont pas souhaité savoir s'ils allaient donner naissance à une fille ou un garçon. Chris veut avoir un garçon. Pat préférerait que cela soit une fille. Alors, ça sera la surprise. Le bonheur de voir la frimousse de leur bambin les comblera tous les deux, c'est le plus important. Ça ne vaut même pas la peine d'en discuter. Ils ont trouvé deux prénoms anglais de fille et un prénom français, deux prénoms anglais de garçon et un prénom français. Pat est anglaise. Le premier prénom sera celui qu'ils ont choisi de donner à leur descendant, les deux autres seront ceux des grands-parents.

Pat écoute la rumeur du port, les poissonnières entonnent leurs tirades. Elle imagine Nana, la doyenne, toujours fidèle au poste, sept jours sur sept depuis quarante ans. Sur le Quai de la Fraternité, avec sa robe fleurie et sa peau tannée par le soleil, avec son regard vif et ses expressions bien à elle, elle alpague les passants et sur fond sonore de « Ça boulègue, ça boulègueee ! », on entend de manière rythmée « Les vivants au prix des morts ! Manger frais, manger bon ».

Pat a une envie soudaine d'huîtres, mais pas le courage d'aller chez le poissonnier qui brûle avec la glace les poissons et les crustacés, un sacrilège lorsqu'on vit près du port ! Alors, Pat ne cédera pas aujourd'hui à la tentation. Elle se dit que cela fait neuf mois qu'elle se nourrit d'huîtres, elle peut donc bien s'accorder une exception. Pat prend une grande inspiration, ressent l'air iodé se frayer un passage dans ses poumons. Elle garde le silence quand ses yeux dévorent les reflets mouvants de la lumière sur le mur blanc de son appartement. Son diaphragme s'expanse et je me recroqueville dans les oscillations et les odeurs de mon nid. L'instant est paisible. Pour peu que l'on s'approche, pour peu que l'on soit doux et silencieux, on entend ces deux cœurs qui pulsent ensemble, qui pompent la vie pleinement. Mon cœur frappe un tempo commun avec celui de Pat, comme si ensemble, nous émettons des lignes invisibles qui foncent à travers la matière, filent dans l'espace ralliant Marseille, l'île du Frioul, une plage sauvage au bas d'une falaise surplombée par un long chemin allant à une petite cabane en bois où Pat a archivé les battements de cœur de son enfance. Je m'unis et me confonds à chaque pulsation cardiaque, à chaque vibration sonore, à chaque note d'arôme que produit chacune de ses émotions. Je loge au plus profond de son être, je fais corps avec elle.

Sur le quai de la Fraternité, le manège est fini, il est midi. Dans le port, l'eau est calme, on n'entend même pas le ressac de la mer sur la coque des bateaux. Chacun reprend ses occupations, le quotidien peut à nouveau imposer sa routine ronflante si rassurante. Rien de trop singulier n'est advenu, et c'est parfait, c'est ainsi que l'on apprécie nos destinées.

Pat referme la fenêtre du balcon. Dans le salon, les alertes sonores se multiplient, signalant les messages qui chutent dans la boîte vocale. Pat doit songer à appeler sa sœur, mais un mauvais pressentiment s'empare d'elle. Pour elle, c'est une épreuve qui se profile. Leur mère est alitée depuis trois jours et le médecin leur a dit qu'elles devaient se préparer à son départ. L'état de Pat, ne lui a pas permis de se rendre au chevet de sa mère. Elle s'apprête à rappeler sa sœur pour mettre fin à ses doutes. Elle s'arrête. Subitement, elle a peur de parler, peur d'entendre, peur que ça se rétracte dans sa gorge.

Le téléphone tremble sur la table. Encore un appel, et une voix qui succède au grondement vibratile. Pat a décroché, une douleur profonde lui scinde le ventre, elle a le souffle coupé, l'émotion file sous l'épiderme, son corps se contracte de nouveau. Au bout du fil, la voix est passée au hachoir :

– Maman est morte cette nuit… Elle n'a pas souffert… Je voulais que tu le saches… Je suis désolée… Je sais que tu ne peux pas venir pour le moment, mais ne t'inquiètes pas, je m'occupe de tout…

Pat raccroche. Le choc de la nouvelle fait dans son corps un tel vacarme, elle a l'impression que sous ses pieds la terre tremble, que la mer méditerranéenne se soulève, envahit tout l'espace. Elle se ressaisit, pivote vers la fenêtre et se lève pour aller l'ouvrir en s'appuyant de ses deux mains sur l'accoudoir du canapé pour se dresser. Les pas qui suivent sont éprouvants, et plus encore l'effort qu'elle doit consentir pour tourner la crémone. Les douze coups de midi que la cloche de l'Église des Augustins sonne se rassemblent dans le cadre, étouffant d'un coup tous les autres bruits de la rue, tous les cris des mouettes.

Le chagrin se condense, se réfléchit au milieu de son corps et se mélange à la douleur physique. Pat s'accroupit, retient son souffle. Elle se souvient des conseils de la sage-femme : les contractions ont le même mouvement que les vagues en mer. Lorsque la vague se raidit, il faut inspirer, attendre le point où elle se cambre pour expirer et relâcher les tensions. Pat reprend le contrôle de sa respiration, focalise son attention sur ce qui se déroule ici et maintenant dans son corps. Elle vit la douleur dans sa chair, elle n'est plus que douleur. Je l'accompagne, je suis en elle, je suis elle. La vague passe. Moment de pause. Pat saisit le téléphone et appelle Chris pour lui dire que le travail a commencé et qu'il doit venir. Elle raccroche et inhale longuement le printemps, yeux fermés, elle voit un chalutier blanc filer sur la mer bleutée, traverser la Manche, se suspendre au creux d'une vague, échouer sur une plage où des enfants remplissent des seaux de sable humide et construisent des châteaux pendant que leurs parents, réunis sous de grands parasols, déballent des paniers des sandwiches et des boissons.

Les contractions se succèdent et se rapprochent de plus en plus. Pat sait qu'elle doit profiter de chaque accalmie pour retrouver des forces. Chris arrive, elle ressent un soulagement. Elle va pouvoir compter sur lui pour l'aider à gérer la situation. Elle est certaine que tout va se passer au mieux. Chris empoigne la valise confectionnée pour la maternité, s'assure de n'avoir rien omis. Les marches de l'escalier sont descendues avec cette lenteur précipitée qui témoigne de leur nervosité, de la crainte de trébucher, d'oublier la carte vitale, le téléphone, ou d'être bloqué dans un embouteillage.

À partir de maintenant, tout sera si différent, s'ils ont eu longuement le temps de se préparer, le virage est rude. Les rues défilent, ils ne font plus attention aux passants, à la chaussée, aux rumeurs de ville, et aux nuages dans le ciel bleu. Enfin, la clinique, ils se ruent dans les couloirs, l'admission, le stress baisse d'un cran, ils peuvent marquer un moment d'arrêt, déposer la valise, remplir les formalités.

Une sage-femme examine Pat et décide d'appeler le médecin-obstétricien. Le travail a bien commencé, c'est le grand jour pour Pat et Chris, dans quelles heures, ils seront officiellement parents. Chris s'attarde, focalise la scène, jette un regard rapide sur ce décor austère et aseptisé, dévisage l'un après l'autre ceux qui sont réunis auprès de Pat. Le moment est des plus solennels, l'espace se sacralise, chaque geste s'inscrit dans un rituel, toute transgression pourrait amener à la mort. Deux sentiments opposés foudroient Chris : la fascination et l'effroi. Il récupère le contrôle de son esprit. Pat lui sourit, ses cheveux blonds forment des boucles contre ses joues, elle lui tend la main en lui disant qu'elle est heureuse qu'il soit là avec elle. Chris attrape la main de sa femme, il la trouve si belle, elle ressemble à un ange.

La souffrance de Pat s'intensifie tout en prenant un sens nouveau, elle suit les courbes de ses douleurs physiques. Je la ressens pleinement au fond de ma chair, sans pouvoir la comprendre, y mettre des mots dessus.

Intuitivement, je saisis que mon avenir se tissera avec des fils de silences et de terreurs. Je porterai gravé en mon être, le souvenir du déchirement et de la tristesse.

Pour Pat et Chris, l'accouchement s'est bien déroulé. Ensuite, les années s'écouleront paisiblement, les choses de la vie prendront une apparence des plus banale.

Trente après ma naissance, je deviens mère et tu rends ton souffle final. J'entends résonner en moi la voix de Nana qui, sur le Quai de la Fraternité, lance aux passants : « Les vivants au prix des morts ! »

Sur le trajet de la spirale du temps, tous les événements reviennent, le plus souvent à une autre place, mais parfois, à la même place. Dans ce dernier cas, on parle de destin, la funeste métaphore d'une farce qui nous déconcerte et nous nargue. Parfumé, le souvenir du tragique ressurgit. Je reconstruis les fils d'une histoire qui, avec les jours, les saisons, les années, se déploie et se multiplie à l'infini. Cela m'aide à passer les heures de veille ou d'insomnie, c'est comme un roman de poche que je transporte toujours avec moi et que j'ouvre en tout lieu, sans que personne n'y voie rien, dans le train, dans la salle d'attente, ou même encore dans les réunions de travail.

Dans mes pensées, mon récit s'inscrit irrévocablement dans un décor que je n'ai pas choisi, il fait corps avec cette réalité qui défie mes désirs. Quelque chose alors se tresse, c'est un début d'écriture sans plume ni papier. Ma vie se fait décalcomanie, un fin décollement qui inlassablement tendrait à former le tableau complet de ma mère.

Ainsi, si aujourd'hui, j'ai le courage d'écrire, c'est parce que je ne veux pas que mon fils porte le poids de ma souffrance. Il me faut traverser la vie en prenant part au combat que je livre contre le destin depuis mon premier cri.

© Sophie Turco[37]

---

[37] Auteure et enseignante de philosophie dans le Sud de la France.

Pour ma mère, tout est possible !

Rachel Brunet
(France/États-Unis)

© Rachel Brunet, « La Maison Mère » - Harlem 2018

Je suis une gamine de la campagne et je suis une femme de la ville.

Je suis née au pays de la liberté, de l'égalité, de la fraternité. Je suis née dans un pays qui prône la laïcité et pourtant, je vis dans un pays où l'on ne jure que par Dieu.

Ma mère incarne une force inébranlable et nourrit la conviction que tout est réalisable, une croyance partagée par tous ceux qui la connaissent ou la côtoient. Tous ceux qui la fréquentent. Son énergie est inépuisable. Sa frénésie perpétuelle la maintient constamment en mouvement. J'ai l'ai rarement vue calme. La dernière fois, c'était pendant le Covid. Elle n'avait pas le choix : le monde entier était à l'arrêt. Elle, elle était devenue léthargique. Blême. Blafarde. Silencieuse. Comme jamais.

Et pourtant, en temps normal, tout le monde admire ma mère ; tous veulent piocher dans son énergie. S'en nourrir. Moi, je les regarde et j'accepte.

Ils me font sourire. Il faut dire que contrairement à ma mère, je suis impassible. Contrairement à ma mère, j'ai cette qualité singulière de calme intérieur inébranlable. Il paraît que c'est une vertu rare. J'ai souvent l'impression d'être une force tranquille au cœur de la tempête. J'ai l'art de garder mon sang-froid, lorsque le chaos tourbillonne autour de moi.

Je tiens ça de mon père, il me disait toujours « garde ton sang-froid ! » Avec le temps, j'ai compris que l'impassibilité n'est pas synonyme de froideur ou d'indifférence – comme ma mère me l'a souvent reproché –, bien au contraire. C'est une maîtrise de soi qui me permet d'appréhender les situations avec sérénité, de prendre du recul, et de réagir avec lucidité. J'ai cette force intérieure qui résiste aux émotions débordantes et qui m'offre une perspective claire dans les moments de tumulte.

Pendant ce temps, ma mère bouillonne. Elle vit à mille à l'heure. Elle me fatigue. Pour ma mère, tout est possible, et c'est une valeur qu'elle continue de me transmettre, malgré mon âge.

« Tout est possible, rien n'est impossible, n'aie peur de rien, affirme-toi, redresse-toi, avance et bats-toi pour tes idées. Gagne de l'argent ! » C'est ce qu'elle m'insuffle depuis tant d'années. Dans le champ des possibles, les limites sont floues, les contraintes sont temporaires, et l'horizon est ouvert. C'est là que naissent les idées, c'est là que se dessinent les solutions créatives et les aspirations les plus audacieuses. C'est un endroit où les doutes peuvent être dissipés, où les objectifs semblent atteignables, et où l'impossible peut même sembler possible. Pour explorer le champ des possibles, il faut une dose de courage, de curiosité et de créativité. Il faut oser repousser les limites, braver l'inconnu et embrasser l'incertitude.

C'est un voyage personnel, où chacun peut tracer sa propre voie, définir ses propres objectifs et créer son propre avenir. C'est un voyage personnel dans lequel ma mère m'a embarquée.

Il faut avouer qu'elle est inspirante. Pour elle, la vie se doit d'être une célébration de l'imagination, de l'innovation et de la persévérance. Pour elle, la vie est un rappel que l'avenir est ce que nous en faisons, que les rêves sont notre guide, et que l'exploration de l'inconnu est l'une des aventures les plus excitantes de la vie. Elle le dit à qui veut l'entendre, comme un mantra qu'elle récite indéfiniment : « plongez dans le champ des possibles, explorez, rêvez grand, et créez votre propre réalité extraordinaire ! »

Certains la prennent pour une folle… Parfois, elle me fatigue sincèrement. Pour ma mère, la vie n'est qu'opportunités, rêves et ambitions. Elle a cette idée d'ascension sociale et de réussite personnelle chevillée au corps. Certes, elle le reconnaît : parfois, la vie est aussi saupoudrée de désillusions, et parfois, certains rêves ne se réalisent pas. Parfois, tout s'effondre. « C'est aussi ça réalité de la vie, » m'a-t-elle soufflé un jour, « mais ce qui ne te tue pas te rend plus fort ! »

Quand tu as une mère aussi forte que la mienne, tu ne peux pas plier, tu n'as pas le droit. Ce n'est pas son héritage.

Ma mère est multi-ethnique, elle est riche de différentes cultures. Et toutes ces racines inscrites au plus profond de son ADN la rendent encore plus belle, plus harmonieuse, plus ouverte d'esprit. Plus accueillante et chaleureuse. Plus libre. Elle est née de parents de nationalités différentes, elle est une véritable citoyenne du monde. Elle parle plusieurs langues. En bonne maman, elle cuisine des plats exquis issus de diverses cuisines qui célèbrent différentes cultures. Elle a une capacité unique à s'adapter et à comprendre, à accepter et à encourager les croyances de diverses communautés.

Ma mère est inclusion et compréhension. Elle est un pont entre les mondes, un exemple vivant de la façon dont les différences peuvent être célébrées et intégrées. Elle le crie à la face du monde : « la diversité est une source de richesse, pas de division ! » Ma mère est harmonie entre les peuples. Et pour ça, je l'aime et je l'admire profondément.

Ma mère est vivante, elle me semble immortelle, et pourtant, elle est amputée. Meurtrie dans son cœur. Et dans son corps. « Ce qui ne te tue pas, te rend plus fort ! »

Ma mère est résilience. Elle est la représentation occidentale de cette capacité à se relever lorsque la vie vous fait trébucher. Ma mère est résilience, elle est un cri de détermination. Elle est le courage face à l'obscurantisme, elle est le phénix renaissant de ses cendres. Elle est la promesse que la douleur d'aujourd'hui ne déterminera pas le bonheur de demain. Elle est une main tendue dans l'obscurité, une étoile qui brille dans la nuit la plus sombre.

Ma mère est résilience, elle ne connaît pas de limites, elle ignore les barrières. Elle transcende les circonstances, les origines, les revers. Ma mère connaît le récit de ceux qui ont été brisés, mais qui ont refusé de rester au sol. Elle en fait partie. Et moi aussi. Elle connaît l'hymne des survivants, des combattants, des rêveurs, des pionniers. Elle possède cette force intérieure qui pousse à avancer lorsque le monde essaie de nous faire plier. Et moi aussi.

La vie de ma mère est une histoire d'espoir, de foi, de persévérance. La vie de ma mère est l'écho de chaque : « je ne lâcherai pas ! » crié dans le silence de l'adversité. La vie de ma mère est la preuve que, peu importe les tempêtes qui se dressent sur notre chemin, nous pouvons toujours trouver la lumière et la force pour avancer.

Ma mère a perdu deux de ses enfants. Mes deux sœurs. Elles étaient jumelles. Ma mère est orpheline de ses jumelles. Meurtrie dans son cœur et dans son corps.

Ma mère est résilience. Ma mère n'est que force et moi je ne suis que liberté. Je suis une femme de la ville et pourtant j'habite sur une île.

Ma mère est devenue insomniaque et souvent, dans la pénombre d'une nuit sans étoile, je la regarde s'agiter. Frénétique et bruyante. Je suis impassible. Elle me fatigue.

Ma mère s'appelle New York.
Je m'appelle Lady Liberty.

© Rachel Brunet[38]

---

[38] Sociologue et journaliste française installée à New York depuis 2012. Après avoir dirigé et développé un média français aux États-Unis, elle poursuit sa carrière en tant que stratège de contenu et auteure, collaborant avec des entreprises, des institutions et des entrepreneurs pour répondre à leurs besoins en matière de stratégie et de création de contenu ainsi que d'écriture d'ouvrages.

Dieu, la mère

Et si Madame Dieu prenait le pouvoir…

Michel Fremder
(France)

© David Kessel - Mère

Elle était furieuse !

Voilà des millénaires qu'elle se tenait dans l'ombre d'*Il*, sans jamais élever la voix. Sans lui dire tout ce qu'elle pensait vraiment et notamment sur sa manière de mener la Galaxie par rapport à d'autres dirigeants célestes, comme *Celui* par exemple, qui fut son mentor.

Elle avait tout supporté ! Les *A*djoints dont il s'était entouré : *JE, BOU, MO, MA,* dans lesquels il avait une confiance absolue et que les Terriens, eux, appelaient Jésus, Bouddha, Moise et Mahomet.

Elle s'était toujours demandé pourquoi il s'était beaucoup plus intéressé à ce minuscule morceau de caillou plutôt qu'aux autres composantes de son Univers…. Cela demeurait pour elle un mystère.
Mais les voix d'*Il* sont impénétrables !

Elle avait supporté sa reprise en main du pouvoir, quand il avait écarté *Luci,* même si elle avait toujours été dubitative sur ce qu'elle appelait : vrai faux écartement de *Luci.* Elle savait que celui-ci furetait toujours aux alentours….

Il et *Elle* auraient pu avoir une vie tranquille sans avoir à gérer aujourd'hui l'ingérable ! Mais non, lui ne tenait pas en place. Il voulait que tout soit en permanence conforme à son idéal. Depuis l'éviction de *Luci*, il était devenu acariâtre, maussade.

En fait il avait toujours profondément aimé son archange. Des relations décidemment curieuses entre ces deux-là… À un moment, le *Luci*, il ne s'était plus senti ! Son orgueil démesuré l'aurait même conduit à un coup d'état s'*Il* ne s'en était aperçu à temps ! Heureusement, il avait encore, à cette période, du discernement.

Mais maintenant, *Elle* en était persuadée : *Il* était devenu aveugle. Ou plutôt, aveuglé. Mais chez les Masculins, ce type de réactions est courant. Il leur faut tout ! Et surtout que jamais personne ne les contrarie.

Et *Elle* savait aussi maintenant, que, dans l'ombre, ses *Adjoints* magouillaient. En permanence, quand *Il* revenait après un Conseil Général où se rapportait tout ce qui se passait dans sa Galaxie, *Il* était toujours ravi. Et cela la désespérait !

« Tout allait pour le mieux dans le meilleur des mondes galactiques », et c'est à peine s'il s'inquiétait des soubresauts de cette foutue Terre.

Elle savait que ce que racontaient les Adjoints était ô combien édulcoré ! Avec ses amies, *Elle* en parlait fréquemment. Bien sûr, leur rôle de Féminin leur interdisait de s'exprimer, et c'est donc dans le cadre de leurs « thé party », entre elles, qu'elles osaient s'extérioriser.

Toutes suivaient les actualités, sans y prendre part, c'est évident, mais c'est toujours de cette minuscule planète que venaient les informations les plus bizarres : des tsunamis, des tours percutées par des avions, une invasion par les uns, des ripostes par les autres, des pandémies, des séismes, etc.

Elle osait rarement aborder la chose avec *Il*, car tout de suite il s'emportait : *MA* l'avait complétement rassuré sur cette histoire de tour, *JE* disait qu'il ne fallait pas prêter attention à ce que racontent les médias sur les croisades… et ainsi de suite pour *BOU* ou pour *MO*. Mais *Elle* n'était pas dupe.

Les *A*djoints trompaient *Il*. Et *Elle* en avait eu enfin la preuve la veille, quand Bernadette et Fatima, ses deux bonnes amies, lui avaient rapporté qu'elles avaient aperçu *Luci* dans une salle discrète avec les quatre conseillers préférés d'*Il*. Le banni était interdit de séjour, et n'avait plus rien à faire là.

Elle avait eu ainsi la confirmation de ce qu'elle avait toujours subodoré : l'ex-archange rodait, et, revanchard comme elle le devinait, il ferait tout pour perturber l'équilibre auquel croyait, naïvement, être parvenu *Il*.

Aussi avait-elle décidé d'agir. Il était temps que les Féminins se fassent entendre. Il faut être honnête, ce n'était pas la première fois qu'elle-même avait, en douce, posé quelques pierres à un édifice qu'elle espérait bien construire.

Elle désirait par-dessus tout, c'est évident, la tranquillité avec *Il*, mais elle ne pouvait pas imaginer un seul instant, qu'il puisse ainsi se faire rouler dans la farine.

Dans un premier temps, elle avait demandé à quelques amies de regarder de plus près comment elles pouvaient intervenir plus efficacement. Emmeline Pankhurst était descendue avec ses trois filles Christabel, Sylvia et Adela et avait tenté de sonder ces braves Terriens. En riant, elles avaient dit à *Elle* qu'elles s'étaient baptisées « les Suffragettes », et que leur voyage avait été un vrai régal. Quand elles étaient remontées, elles étaient persuadées que la graine qu'elles avaient semée allait germer assez vite.

Un jour, *Elle* en avait parlé à *Il*, qui avait haussé les épaules, puis parlé immédiatement d'autre chose. Mais *Elle* ne s'était pas découragée, loin de là, et avait poursuivi ses investigations et ses expériences, en se gardant bien cette fois d'en parler. Mais elle dut aussi bientôt s'apercevoir que toute thèse a son antithèse. Ainsi, très vite, elle s'aperçut que ses actions pouvaient être incomprises ou détournées de leur sens.

La décision d'*Elle*, donc, cette fois s'imposait: si elle voulait que les choses changent vraiment et que, sur cet appendice céleste, on trouve enfin la paix, elle devait prendre, durant un temps, la place d'*Il*. *Elle* avait conscience de l'aberrance de l'idée qu'elle envisageait.

Mais, si elle le faisait, c'était pour le bien de tous, et pour son bien à lui, le temps qu'il retrouve ses esprits, avec un monde totalement apaisé, « partout », cette fois. Jamais une telle pensée n'aurait pu venir d'elle-même à *Il*.

Mettre une Féminin aux commandes relevait de la parfaite utopie ! Mais après tout, elle avait son programme, et c'est ce, qu'avec la plus grande détermination, *Elle* proposerait.

D'abord il faudrait éradiquer l'imbécillité. C'était le point numéro un qui ressortait de la consultation qu'elle avait pu réaliser sur les comportements. L'une de ses amies, lors du dernier Thé party lui avait démontré que l'imbécillité était en effet l'une des caractéristiques de la Terre.

Le second point consisterait à donner à tous le même visage. Ainsi en évitant les différences, on supprimerait le désespoir de voir son voisin physiquement plus privilégié que soi.

Bien sûr se poserait alors le problème des sexes, puisque « le Genre » désormais semblait devoir exister sur ce fichu caillou. Pourquoi donner un visage de Masculin à quelqu'un qui peut-être voudrait le visage d'un Féminin.

Ne vaudrait-il pas mieux avoir deux demi-faces et ainsi satisfaire tout le monde ? Mais fallait-il se contenter du visage ? Et le reste du corps ?

L'idéal serait donc d'avoir deux demi-corps, chose aisée pour les Masculins qui pourraient se contenter dans leurs attributs d'en avoir désormais« une seule », plutôt que deux, créées lors de leur conception par *Il*. Et les Féminins en aurait une aussi et seraient donc certainement ravies.

L'amélioration pour la paix était aussi, et surtout, subordonnée à la force, il vaudrait mieux la répartir de sorte que chaque Terrien soit de force égale. Pourquoi attaquer l'autre s'il est aussi fort que vous ? Les peuples et les nations ne se feraient plus la guerre puisqu'ils seraient de puissance équivalente. *Elle* avait évoqué cette idée avec ses copines, mais l'une trouvait que, vu que le Terrien était doté dès l'Origine d'intelligence, il risquait d'utiliser celle-ci pour se fabriquer, à l'insu des autres, une force supérieure. C'était indéniable et imparable ! Il faudrait donc supprimer l'intelligence.

Un autre pan de révolution fondamentale concernerait le climat. Dans sa création, *Il* avait conçu du chaud pour les uns, du froid pour les autres, de la pluie à gauche et du soleil à droite…
Ces climats étaient cause de différends entre les composantes terrestres. Son plan consistait donc à prévoir une juste répartition que l'on pourrait résumer en tranche de vingt-quatre heures pour tous : matin soleil et fonte de la glace, midi chaleur et évaporation de l'eau, soir pluie pour arroser les culture, nuit glaciale et solidification des sols par glaciation, et ainsi de suite.

Une période d'adaptation serait prévue pour permettre à chacun de s'équiper en fonction des heures mais grâce à cette uniformité plus personne n'aurait envie d'aller voir si les conditions sont plus favorables ailleurs et l'herbe plus verte.

Le problème du travail avait été résolu partout, sauf sur la Terre, là encore. Dans l'ensemble de la Galaxie, on travaillait pour gagner sa vie. Sur Terre, se développait l'idée qu'il était sot de travailler pour être payé et qu'être payé sans travailler serait beaucoup plus profitable. Cette idée paraissait très intelligente aux imbéciles et imbécile aux intelligents.

Or toute la base du programme d'*Elle* reposait sur la suppression de l'imbécillité et aussi, on l'a vu, de l'intelligence. Elle se concentra, réfléchit durant un long moment et arriva à une conclusion qui la plongea dans la plus grande des perplexités : et si, en fait, le plus simple n'était pas de supprimer purement et simplement l'espèce humaine sur la Terre ?

Mais elle était persuadée qu'*Il* ne voudrait jamais de sa solution, c'était peine perdue. Pourtant, *Elle* était pugnace, c'était l'une de ses qualités premières, aussi se dit-elle que, après tout, dès le soir, elle aborderait le problème. En évitant de suggérer qu'elle pourrait le remplacer, car désormais elle rangeait son projet dans le cadre des idées intelligentes, certes, mais qu'il pourrait, lui, peut-être trouver aussi imbécile…

Elle lui déclina donc tout son programme, ses réflexions ses études et ses insuccès, et enfin aborda ce qui lui sembla être SA solution extrême et raisonnable, à un problème maintenant insoluble.

Il la regarda. Soupira. Puis il se manifesta par un geste las, et doucement, alors, expliqua :

C'est une solution que je ne pourrai pas appliquer moi-même. Tu le sais bien…

Il est des choses dans l'Univers, même en étant ce que je suis, que l'on ne peut réaliser. Mais heureusement, tu vois, en bas, ils sont en train de le faire tout seul.

© Michel Fremder[39]

---

[39] Suite du roman de l'auteur Michel FREMDER « Pour l'Amour de IL » paru aux Éditions LETHIELLEUX en 2010 . Préface de Gonzague Saint Bris. Michel FREMDER, a publié 6 romans et un essai. Avec humour, il se plait dans ses écrits à repousser les limites d'un monde toujours plus artificiel ou désuet, au risque d'un paroxysme décapant.

Ma Maman au Grand Cœur

Agnès Castera
(Haïti)

Ma mère a toujours été forte : elle a toute sa vie eu de l'embonpoint. Mais, dans ses rondeurs, elle était le charme personnifié. Quiconque a connu « Manmie », « madame Gladys »,« madame Wagner », « Bonne mère », « Dadys », et l'appelait par l'un de ces noms affectueux, vous parlera de son sourire, de sa gentillesse, de sa générosité et de son accueil. C'est qu'il fallait un gros corps pour pouvoir loger l'énorme cœur de ma maman, celui dans lequel chacun trouvait sa place !

© Madame Gladys – Archives de famille

Gladys était unique pour bien des raisons.

Manmie avait cinq filles et je demeure persuadée que j'étais la favorite. Mais, à la question « qui était la préférée ? », chacune de mes sœurs répondra « Moi ».

Mon père de son côté disait que Gladys était la meilleure des épouses. Gladys Rouzier Wagner était une excellente femme et une merveilleuse maman. Elle avait une fabuleuse aura. Cette dame au grand cœur accueillait tout un chacun chaleureusement.

Dans les années 1950, elle inaugura le *Kindergarten* et l'école primaire, *Au Galop*, à Port-au-Prince, en Haïti. Cette école se trouvait sur la grande propriété familiale où nous habitions, celle qui abritait également le jardin de roses de ma grand-mère, ainsi que l'atelier de gigantesques sculptures en bois de mon grand-père.

Du début à la fermeture de cette institution en 1989, ma mère offrit spontanément son affection, en sus de la meilleure des éducations possibles, aux milliers d'enfants qui lui furent confiés. La majorité de ces enfants ont gardé des liens avec elle quand ils sont partis pour l'école secondaire ou au cours de leur vie d'adultes. Les cinq sœurs Wagner sont encore contentes d'en revoir certains qu'elles ont bien connus ou qui se font reconnaître : « Vous êtes une des filles de *Madame Gladys* ? Elle a été ma maîtresse chérie à *Au Galop* ». Et voilà le tour de force que réussissait ma maman ! Pas de rivalité dans l'amour distribué, chacun se sentait le chouchou.

Mes sœurs et moi sommes fières de porter son héritage, cet impact positif qu'elle a eu auprès de tant d'enfants, devenus adultes à présent, mais toujours attachés à elle jusqu'à sa mort en 1998.

C'est toujours avec émotion que je reçois leurs témoignages : *Madame Gladys* a marqué leur vie. Ma mère faisait partie des personnes qui souhaitent donner plus que recevoir. Ainsi, voulant dispenser le pain de l'éducation au plus grand nombre, elle acceptait les enfants de parents aux revenus modestes qui ne pouvaient honorer les factures émises par l'école. Elle les déclarait boursiers, défendant l'idée qu'elle ne pouvait pas refuser l'instruction à des enfants talentueux. L'école fut ainsi vite convertie en un apostolat. Notre famille a donc vécu humblement dans cette grande propriété qui abritait la maison familiale et l'école. J'étais fière d'avoir une maman aussi généreuse, autour de qui il faisait si bon vivre.

« Madame Gladys ne posait pas avec les élèves. Elle laissait ce privilège aux titulaires de chaque classe » © Archives de famille

Nous partagions sa joie quand les résultats des examens d'état de Certificat d'Études Primaires étaient donnés et que l'école *Au Galop* atteignait les 100% de réussite. Nous étions heureux de l'entendre nous raconter, les yeux pétillants, la visite d'un ancien élève venu lui rendre hommage pour sa réussite dans la vie. Imaginez mon émotion quand un jour, dans un salon, un homme accompli m'approcha et me raconta que sa famille fut victime de persécution politique pendant qu'il fréquentait l'école *Au Galop*. Ses parents durent alors prendre la décision de se cacher et de ne plus le scolariser, ceci devenant trop dangereux. Quand ma mère sut où la famille s'était réfugiée, elle s'arrangea pour lui prodiguer clandestinement son enseignement dans l'après-midi. « C'est grâce à ta mère que je suis qui je suis », m'a-t-il dit. J'ai ressenti de la reconnaissance envers ce monsieur qui m'a fait connaître son histoire, et m'a laissé la conviction intime qu'il n'était pas le seul ayant été en mesure de recevoir une telle attention.

J'aime penser à ma mère comme une grande bouée de secours.

Il arrivait souvent qu'un enfant ne soit pas récupéré par sa famille à la fin des cours. Puisque nous logions dans une maison située sur le campus de l'école, cet enfant était naturellement convié à passer à table avec nous pour le dîner. La grande table de salle à manger était toujours prête à accueillir un invité inattendu : une amie des cinq filles, de ma maman ou de mon papa, ou de mes grands-parents. Chez Wagner, tout évoluait autour de la table. C'était mon sentiment, mais c'était aussi celui des proches et moins proches qui avaient eu l'occasion de s'attabler chez nous sans invitation préalable, juste parce qu'ils étaient présents au moment du repas. Dans les cas d'enfant « oublié », ou plutôt non récupéré par les parents, ma mère consultait après le dîner sa fiche d'inscription pour y retrouver son adresse, information très peu précise en Haïti. Elle s'énonce souvent ainsi : troisième maison sur la gauche de la ruelle Waag, si vous arrivez par l'Avenue Christophe, dixième sur la droite, si vous arrivez de la rue Capois, les numéros étant fréquemment effacés. Toutefois, avant de partir en mission de remise d'enfant, il fallait bien s'assurer que celui-ci était capable d'identifier son domicile, car entre la date de l'inscription et celle où on consultait l'adresse, il se pouvait bien qu'une ou deux maisons aient été construites dans la ruelle Waag et que le décompte soit erroné. On ne pouvait pas compter sur le téléphone en pareilles circonstances. La Teleco (compagnie de téléphone d'alors) avait un faible nombre d'abonnés à cette époque. Celle d'entre nous qui avions fini ses devoirs de maison était récompensée et pouvait participer à cette mission de raccompagnement.

L'école *Au Galop* fonctionnait du lundi au vendredi. Les activités de fins de semaines dans la résidence familiale étaient différentes. On vivait alors sous la galerie couverte où les courants d'air diminuaient l'effet de la chaleur. Dans les années 60, 70, 80, il n'y avait pas d'insécurité à Port-au-Prince. De ce fait, les portails des maisons restaient ouverts. Avec leurs paniers sur la tête, les marchandes de légumes entraient directement dans les cours de leurs clients pour y offrir leurs produits. *Madame Wagner* achetait à domicile les pommes de terre, le riz, les pois, à la marmite, les carottes ou les poireaux par bottes, les aubergines, mirlitons par unité, les œufs à la pile (une pile, c'était trois œufs), les oranges, pamplemousses ou mangues à la douzaine. Le samedi était aussi le jour où les nombreux protégés de *Madame Wagner* venaient chercher et recevoir un pécule donné de bonne grâce.

Mon père, allemand, apprit à parler français en Haïti quand il épousa ma mère. Il s'exprimait sans aucun complexe, même si finalement, il ne maîtrisa jamais cette langue. Jusqu'à sa mort, il eut de la difficulté notamment à retenir le genre des noms ; de nature enthousiaste, il disait *le* maison, *le* voiture, *la* soleil ou *la* voyage avec beaucoup d'assurance. Il glissait sans sourciller des mots créoles dans ses phrases françaises : *grand-moune* (adulte), *bagay* (chose), *krazé* (cassé)… Ceci faisait le désespoir de ma maman qui disait qu'il ne promouvait pas ses talents d'institutrice ! À noter que l'institutrice n'avait pas perdu ses droits : elle le corrigeait sans cesse, mais ne s'était jamais convertie elle-même en étudiante de la langue paternelle. Elle n'avait jamais mis de l'ardeur à l'apprentissage de l'Allemand. L'usage de la méthode « Assimil, L'Allemand Sans Peine », qu'elle pratiqua pendant quelques mois, le soir en famille, constitue le seul effort que je l'ai vue faire pour acquérir ce langage. J'ai néanmoins toujours admiré la complicité et l'amour qui se dégageait de ce couple uni, aux langues maternelles différentes.

J'ai aussi applaudi le talent de ma mère dans ses activités théâtrales. En fin d'année scolaire, elle montait, avec les élèves de *l'École Au Galop*, des spectacles de qualité. Pendant quelques années, sur la scène du théâtre en plein air de l'école, les dimanches après-midi, elle et ma sœur aînée Pia devenaient les actrices cachées derrière le castelet, amusant les jeunes et les moins jeunes avec leurs séances de Guignol. Ma tante, Mona Guérin, dramaturge haïtienne à succès, avait en outre sélectionné ma maman pour monter ses pièces de théâtre. Elle avait aussi fait du théâtre avec « le Petit Théâtre », groupe du Club américain d'Haïti. Je me souviens avec enchantement de ces différentes répétitions tenues en début de soirées, auxquelles acteurs de tous âges étaient conviés. On pouvait sentir la joie de ces rencontres durant lesquelles elle se faisait appeler *Bonne Mère* par les plus jeunes qu'elle, tout aussi bien que par les plus âgés. Comme ce nom lui convenait !

C'est *Dadys,* le nom que les petits-enfants avaient donné à leur grand-mère, qui organisa pour eux et leurs amis, une troupe théâtrale, « Dilo et compagnie ». Que de beaux souvenirs elle a créés pour sa progéniture. Une ancienne de l'école *Au Galop,* dont j'admire le travail de metteur en scène et évoluant maintenant sur la scène internationale, m'a récemment dit après un spectacle pour lequel je la félicitais, que c'est ma mère qui avait inspiré sa carrière.

C'est ce genre de commentaires qui me fait la sentir encore tellement présente dans ma vie, alors que cela fait vingt-cinq ans qu'elle est morte. Dans sa soixantaine, son verdict avait été prononcé : un cancer à métastases ne lui laissait pas longtemps à vivre. Bien pénétrée de la vérité que tout être qui naît mourra un jour, elle était résolue à vivre ses derniers jours, beaux, sereins, sans peur, entourée d'amour, dans la bonne humeur et sans crainte de parler de sa mort. Elle avait sorti avec humour qu'il fallait lui trouver une urne grassouillette qui ne nous ferait pas l'oublier. Comment ma maman qui avait tant donné et tant aimé pouvait s'imaginer qu'on ne se souviendrait pas d'elle ?

Un peu avant sa mort, la grande propriété qui logeait l'École Au Galop a été vendue aux Sœurs Missionnaires du Christ Roi en Haïti qui y abritent depuis lors le Collège Marie Esther, établissement scolaire ouvert aux enfants d'Haïti. C'est réconfortant de savoir que l'enseignement continue à se donner à l'emplacement où *Madame Gladys* a élevé ses filles et formé plusieurs promotions. C'est avec une pensée spéciale pleine d'émotions que je revois encore ce lieu béni puisqu'il continue la belle tradition de donner l'éducation.

Ma maman était aimante, attachante, généreuse et inoubliable. Elle a appris à ceux qui la côtoyaient que nul n'était parfait et qu'il fallait accepter les autres avec leurs différences. Je n'ai pas connu de défauts à ma mère au grand cœur. Comme je suis heureuse qu'elle ait été ma maman. Fille de Madame Gladys, voilà le titre que je m'octroie avec la plus grande fierté. Je me réjouis pour les milliers de personnes sur qui elle a eu un impact positif dans la vie. J'ai partagé avec eux ce cadeau extraordinaire que la vie m'a donné : ma maman.

Je ne voudrais d'aucune autre maman !

© Agnès Castera[40]

---

[40] Auteure née à Port-au-Prince en 1957 et établie aux États-Unis, Agnès Castera a fait ses études de droit à la Faculté de Droit et des Sciences Économiques d'Haïti. Elle a publié un recueil de Nouvelles, *"Des Nouvelles d'Elisabeth"* et un roman, *"La Première Bouchée"*. Elle a aussi un blog **www.agnesecrit.com**.

Conte gris
Émilie Dhérin
(France)

© Anna Alexis Michel

Les feuilles vont et viennent sur la grande
terrasse. Les graviers blancs dans le frémissement
orangé. Douceur du silence. Ce matin, la maison
assoupie chuinte de discrétion. Un grand platane, la
ramure qui se déploie et la brise forcenée qui frotte la
pierre solitaire.

En bas, la ville dans le murmure discret d'une matinée d'automne qui peine à s'élever. Les corps encore tout vacillants des premiers froids, tétanisés.

La demeure solitaire.

À même le sol, sur les graviers blancs, rose, une robe en feutre rugueux, cachant des jambes enveloppées dans d'épais collants en laine. Sur les épaules, un gilet en laine grise à grosses mailles. Ignorant le vent qui se lève, les petites mains jouent à prendre quelques cailloux. On les jette parfois, on les rassure, on les gronde d'une histoire connue d'elle-seule. Petite tête blonde, aux cheveux raides comme des baguettes de tambour, la voix un tantinet fluette s'élève, surprenant, perçant le silence ouaté de la grande demeure muette. Une barrette retient les mèches claires.

À bien y regarder, l'œil exercé pourrait y déceler une raie de lumière, une lampe isolée dans une des innombrables chambres désertes. Une femme au chignon épais, argenté, contemple l'ouvrage de la journée. Vivre ainsi chichement et se rappeler qu'avant, il n'en était pas ainsi. Lassée, le regard morne, à la fenêtre voir la ville qui s'étire peu à peu dans la possession des hommes. Le mari rentrera manger, certainement. Le repas à apprêter, quelques chaussettes à ravauder. L'oncle n'est pas là, peut-être attardé à quelques travaux auprès de ses confrères universitaires.

Et la demeure solitaire.

La femme soupire. Peut-être aurait-elle espéré une vie différente, une vie plus éclatante que cette robe de laine, épaisse, ce châle écru, rempart au grelottement. Le mari reviendra de la banque, à l'heure précise de la fermeture. La femme pense aux jours à venir dans l'appartement en ville où, enfin, ils séjourneront pour l'hiver, où le poêle allumé par les soins de l'époux levé aux aurores, grésillera doucement. Mais, pour l'instant, il faut attendre. Sur les amples marches du perron, deux lions patientent, encadrant la lourde porte craquelée, résolument fermée. Ils guettent l'hypothétique visiteur qui ne viendra pas. La gueule ouverte, ils offrent le front à l'ardoise maussade du ciel, bousculée par les nuages en déroute.

Et la vaste demeure solitaire soupire.

L'enfant sur la terrasse qui joue lève les yeux sur la façade silencieuse. Les grands frères, les grandes sœurs, tous bien loin, en nuée de moineaux reviendront, certainement, dans quelques mois. La voix menue, fluette, s'élève, une comptine, un jeu imaginaire. Le regard noisette s'attarde sur la façade muette. Dans le dédale des pièces, sa mère languit dans le foyer éteint. Loin de tous, loin de toutes, à la porte de la vieillesse, les cendres du passé à vous figer dans cette enfant tardive, ce fruit inattendu. Les mains sûres s'attellent au repas. Penser encore et encore à ce que l'on a été, à cette union décidée par d'autres, famille déclinante, crépusculaire.

Une enfant joue, solitaire, sur les dalles de la maison, autrefois orgueilleuse. Cette enfant, c'est toi, ma mère.

© Émilie Dhérin[41]

---

[41] Émilie Dhérin, romancière, nouvelliste et poétesse est l'autrice de nombreux ouvrages.

La dame sur le banc

Odile Marteau Guernion
(France)

© Anna Alexis Michel

La dame sur le banc fait un triomphe, aujourd'hui.

Au début, elle est seule. Seule au milieu de tous. Seule au milieu de la fête. Parce qu'il y a du monde autour. La dame sur le banc fait un triomphe.

Chacun à leur tour, ils s'assoient autour d'elle. Mais qui sont-ils ? Enfants, petits-enfants et arrières petits-enfants, sa famille en somme. Elle parle, elle raconte, elle transmet. Des histoires de tous les jours. La mort du voisin, la maladie de la voisine. Le repas du chat, les caprices du temps. Les tomates qui sont mûres et les poires qui sont tombées à cause d'un grand coup de vent dans le milieu de la semaine. Ils passent s'assoient, discutent, rient de ses farces et de sa forme, repartent. D'autres prennent la place et la dame sur le banc recommence, elle parle, elle raconte. Elle fait un triomphe, parce qu'on l'écoute. La coiffeuse est venue mercredi, elle lui a fait une belle couleur. La dame sur le banc, n'a pas les cheveux blancs, elle ne veut pas. Sa tenue ? Elle l'a choisie avec soins parmi toutes ces robes et tous ses pantalons qui garnissent ses armoires pleines du temps qui passe.

Elle est heureuse, aujourd'hui elle marche sans sa canne ou presque, elle la tient dans sa main, juste pour se rassurer au cas où. Elle n'a pas toujours été heureuse comme cet après-midi-là. Non, sa vie n'a pas toujours été un fleuve tranquille. Dès sa naissance, elle a dû se battre. Naître en plein hiver alors qu'elle aurait dû rester encore trois mois au chaud et que les couveuses n'existent pas, ça tient du miracle. Non, de miracle il n'en est rien, juste cette terrible envie de vivre qui la tient chevillée au corps depuis si longtemps. Alors dans sa boîte à chaussures, enveloppée de coton, le petit être décide que la vie vaut la peine d'être vécue.

Son enfance ? Auprès d'une mère autoritaire et revêche, entourée d'une sœur aînée et d'un frère cadet et finalement d'une deuxième sœur arrivée sur le tard et qui sœur, restera jusqu'à la fin de ses jours puisqu'elle était promise à Dieu avant même d'arriver au monde. Heureusement, il y avait son père, le sourire aux lèvres quoiqu'il advienne.

Elle fait l'andouille, la dame sur le banc. Elle aime bien faire le clown, elle ne veut pas trop rentrer dans le rang. Elle aurait bien aimé faire des études d'infirmière, mais sa mère ne fut pas du même avis, il y a des corps dénudés sur les livres, c'est incorrect. Puis il y a la guerre, il va falloir quitter le port d'attache, la Charente, cette région qu'elle aime tant, qu'elle aime toujours comme des racines qui n'ont jamais pu disparaître.

C'est une cheftaine la dame sur le banc, elle aime bien commander, mener ses troupes. Ça tombe bien parce qu'une troupe, elle va en avoir une à mener, une sacrée troupe. Parce qu'elle a rencontré son prince, celui qui va l'accompagner pendant tant d'années, un bosseur, un penseur, un innovateur, un créatif, un rêveur aussi.

Elle pense à sa Charente natale, la dame sur le banc mais le temps passe et avec lui, les enfants arrivent, les uns derrière les autres jusqu'à 10. Alors, chaque jour devient un défi pour que tout ce petit monde, grandisse, s'habille, aille à l'école, s'épanouisse, trouve sa voie...

La dame sur le banc, n'est pas toujours restée sur le banc. Elle a bossé, elle en a lavé du linge, elle en a fait des courses, elle en a préparé des repas. Elle aurait bien aimé faire autre chose que de changer des couches, préparer des biberons, recoudre des boutons, retourner des cols de chemises.

Il n'était pas question d'être malade ou souffrante, chaque matin, il fallait mettre un pied devant l'autre et avancer.

Elle n'aimait pas conduire et pourtant, il a bien fallu apprendre à passer les vitesses. On ne met pas dix enfants dans la même voiture, et l'école n'est pas à côté. Une fois, deux fois, trois fois ; on lui a donné son permis !

Et puis, il y a eu cette petite fille, la dernière qui n'était pas comme les autres. Celle qu'on lui a remise à la maternité sans rien lui dire. Elle a compris, la dame sur le banc, que ce n'était pas pareil, qu'elle ne réagissait pas. Alors, sa vie a basculé, les portes se sont fermées et la famille s'est tu, comme la petite fille qui ne parlait pas et qui ne marchait pas. Un ressort s'est cassé que chacun a essayé de réparer à sa manière.

Mais la dame sur le banc n'a pas renoncé, elle s'est battue encore et encore pour que la vie continue, malgré le chagrin qui l'étouffait et la tristesse qui lui broyait le cœur. Toutes les années qui ont suivi n'ont été qu'un énorme sacrifice au service de cette petite Isabelle. Sans se plaindre, sans relâche, chaque jour la dame sur le banc s'est oubliée au point de ne plus faire qu'une avec cet enfant qui resterait à jamais un bébé.

Le temps a passé, les enfants se sont envolés, les uns après les autres laissant un trou béant dans la maison si grande et si vide, alors. Puis le prince est parti lui aussi, sans prévenir, fatigué, malade, le cœur de battre s'est arrêté, la petite fille aussi est partie. La dame sur le banc est restée seule dans sa grande maison. Les journées sont longues parfois. Alors, elle attend une visite ou un appel téléphonique. Quelqu'un qui va éclairer sa journée.

La dame sur le banc parle toujours d'avenir, elle voudrait avoir cent ans ou peut être plus. Elle lit le journal sans lunettes, elle rit de ses frasques. Elle est encore montée au premier étage.

À 99 ans, elle nous a quittés après un dernier sourire.

La dame sur le banc, c'est notre maman.

© Odile Guernion[42]

---

[42] Odile Marteau Guernion est née dans la Sarthe. Elle vit en Haute-Normandie depuis de nombreuses années. Elle a toujours été passionnée de lecture et l'écriture s'est immiscée tranquillement dans sa vie; sous forme de poésies et de chansons puis de petits textes. Ce n'est que très tardivement que l'envie d'écrire des romans est apparue. Elle est l'auteure d'une série policière qui se déroule en Bretagne avec pour personnage récurrent la Capitaine Anna le Goff. Elle a fait éditer par ailleurs un roman d'aventure et un roman noir en 2017 et 2018.

Luz

Sandrine-Jeanne Ferron
(France/États-Unis)

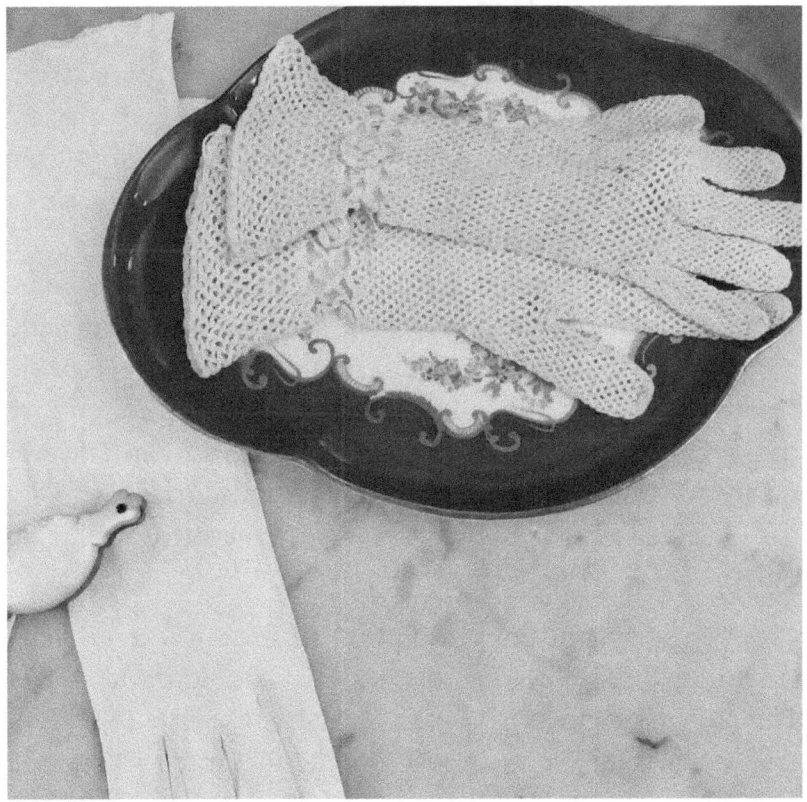

© Sandrine-Jeanne Ferron

Entre eux. Entre elles, elle avait placé une lettre. Dans une cheminée qui ne fonctionnait plus, sur des chenets croisés, entre des bûches qui ne brûlaient pas. Elle avait signé par une majuscule, juste la lettre L, en bas à droite. La lettre laissée pour son aide-soignante qu'elle ne nommait jamais par son prénom. Les prénoms, ça s'épuisait comme le souffle. Comme les mots.

Alors, elle l'appelait ma joie, mon soleil, mon ange et chaque semaine, elle changeait. La dénomination. Elle conservait le possessif. Sur la lettre, elle avait écrit. Pour Vous.

Rue des Rosiers, à Paris. Elle n'avait plus froid. Elle n'avait plus chaud. Elle n'avait plus guère d'appétit. Et elle ne dormait pas. Elle voulait mourir, ce soir sous des couches de rêves, elle savait qu'elle allait mourir sa mémoire cramponnée à la sienne. Sa mémoire. Le visage d'un homme blond dont les traits étaient blancs. Bien sûr. Elle avait perdu le son de sa voix. Elle n'entendait plus, elle voyait si peu. Elle se souvenait de son odeur. Entre le tabac froid et un gâteau encore tiède. Le parfum de l'amande. L'odeur de l'amande et de la pomme mêlées. De la pâte phyllo à la sortie du four. Les odeurs. Mais la voix, non. Le souffle avant de défaillir. Elle avait tout effacé.

Elle savait qu'elle allait mourir, ce soir avec dans la gorge le goût du gâteau de son enfance. Les émanations d'un corps malade. Morte avant le matin. Avant l'arrivée de son aide-soignante grâce à laquelle elle entrevoyait l'extérieur où elle n'allait plus. À l'extérieur. La lumière du parc. La joie, le soleil. Des anges auxquels elle ne croyait pas. Le balancement des arbres et les fenêtres qui tanguaient et cela la satisfaisait. Ressentir plutôt que croire. À l'extérieur, elle y avait fait sa part. Cent ans demain. Demain, son aide-soignante fêterait son anniversaire. Et la promesse renouvelée de toujours aimer la vie.

Sa mère le proclamait avant elle, en disposant les bougies d'anniversaire sur son dessert préféré. Non pas sur le strudel mais plantées dans le reste de la pâte phyllo, pour ne pas le piquer, une part de la pâte que sa mère ne cuisait pas. Une part qui grandissait chaque année.

La lettre était un croquis. Une sorte de portrait d'après mémoire. Un homme blond aux traits blancs lacéré de traits noirs. Et de coulures rouges. Soixante-dix ans en arrière. L'âge aussi de sa mère la dernière fois qu'elle l'avait vue. Sa mère morte, jugée trop vieille. La pâte phyllo n'avait jamais accueilli plus de trente et une bougies. Sa mère. Son père. Ses deux frères. Son fiancé. Déportés. Elle, elle avait fêté son trente et unième anniversaire, le 31 juillet 1942. Elle, elle était la cadette, l'enfant inespérée, l'enfant que le corps n'attendait plus. Puis, plus rien.

Sa mère. Son père. Ses deux frères. Son fiancé. Dénoncés le lendemain. Elle, elle était partie après huit heures du soir, bravant le couvre-feu ce soir-là. Elle, elle s'était sauvée après avoir fait semblant de souffler les trente et une bougies sur un faux strudel, peu avant minuit, pour rejoindre R. et M. Jamais plus de trois. Ses camarades. Des Résistants. Désormais des clandestins.
Elle, elle avait survécu. Elle avait survécu parce qu'elle avait refusé de porter l'étoile jaune. Contre l'avis de son père, ses frères. Ils s'étaient disputés. Elle se parjurait, elle se reniait, elle renonçait. Non. La France ne les sauverait pas, la France, elle n'y croyait plus. Non. Son père décoré pour son courage lors de la Première guerre mondiale, désavoué lors de la Seconde. Non. Il

n'y avait plus personne pour les sauver. Ses parents ne comprenaient pas pourquoi ils devaient se cacher ou fuir, ici, c'était chez eux, ils étaient Français et porter l'étoile jaune était la marque de la reconnaissance. Marqués comme des indésirables. Ses parents ne pouvaient pas comprendre. Ses frères. Son fiancé avait hésité. Alors elle s'était engagée. Résister. Torpiller l'ennemi de l'intérieur. La couverture ou le nom d'emprunt. Elle avait choisi le combat pour les sauver. Condamnée à la clandestinité.

Condamnée à être sauvée. Ou la damnation de la culpabilité. Depuis, elle refusait de la fêter. Sa promesse. Son anniversaire. La vie. Elle avait refusé de se marier. Elle avait refusé d'avoir des enfants. Elle n'avait pas eu le choix. Alors, elle avait accepté de survivre, c'était vivre pour eux. Prolonger les rituels pour le sens ou mettre du sens. Elle avait accepté de continuer pour observer.

Être sur ses gardes et en alerte. Elle avait maintenu cette permanence-là. Elle avait maintenu cette même vigilance depuis le soir de ses trente et un ans. En changeant son prénom. Le même regard de la femme orpheline à la femme centenaire. Elle n'avait pas bougé. Indéniablement, elle était restée la même sur des photos qu'elle n'avait jamais possédées. La seule rescapée. En noir et blanc. En retrait, toujours un peu derrière les autres, plus petite, plus brune, telle une ligne trop mince sur le point de s'effacer. Des yeux bleus que le noir traduisait en blanc. Elle était la dernière sur la liste. Des yeux bleus qui n'avaient plus pleuré depuis sa trente et unième année et qui, ce soir, se délavaient. La douleur d'être la dernière ou de n'avoir rien dit. Au sujet de l'homme en noir et blanc. Le noir de son uniforme. Les bottes. Les couleurs. Le rouge qui avait coulé sur le cuir des bottes. Une odeur d'orange amère aussi. Le rouge sur la lame du couteau. Le rouge des drapeaux. Le noir. Elle se souvenait des façades de la rue de Rivoli, à Paris. Elles étaient noires, recouvertes de croix gammées rouges. Les blancs sur sa mémoire.

Elle avait dessiné les arbres décharnés, l'avenue vide, les fenêtres et les volets dessus. Les traces et la saleté sur les vitres. Et la figure de l'homme. Elle avait dessiné parce que c'était la première chose que sa mère lui avait apprise. Dessiner des histoires et en accéléré comme s'il y avait une urgence. À cinq ans, elle avait choisi le doyen des arbres du jardin familial parce que son père lui avait dit que l'arbre grandissait toute sa vie. Parce que l'arbre façonnait son écorce, comme elle son enfance sur son gâteau d'anniversaire. Creuser sans cesse sa place. Elle avait crû entre les planches de son père médecin et les toiles de sa mère peintre, les deux en quête de lumière pour atteindre les astres ou toucher le sublime. En Alsace. En quête du motif. Tendue comme un arc entre ses deux parents pour y poser son sceau. Elle avait résisté aux intempéries, aux invasions, aux parasites. Comme les arbres. Pour ne pas mourir. Elle était allée à l'Université, à Strasbourg, elle avait enseigné, elle avait écrit sans jamais cesser de dessiner. Dessinatrice, journaliste, elle avait écrit des tracts, elle avait dessiné pendant l'Occupation pour faire des faux. Elle avait surtout transmis l'histoire des autres.

Jamais la sienne.

Elle avait marché avec ce sentiment d'urgence sous la peau. En alerte ou en mouvement. Elle avait parcouru des kilomètres à pied, à vélo. Elle avait écrit des tracts pour dire ce que les siens ne voulaient pas admettre. Elle avait écrit sans jamais être à l'arrêt. Le papier rationné, les mots cloués au pilori, chaque mot comme un tueur potentiel. Elle n'avait jamais cessé. Poursuivre ce son-là. Et humer encore l'odeur de l'alcool sur le papier, manier le stencil, la ronéo et risquer sa propre chair pour le poids d'un tract. Ou sa vitesse pour atteindre le sol. La peur et l'excitation. L'assurance et l'insouciance. Le froid, la faim, la fatigue.

Pour la première fois, elle se sentait épuisée. Le courage, non, le courage c'était l'apanage des siens. Son père, sa mère, ses deux frères. Son fiancé, Jacques. L'unique prénom qu'elle parvenait à énoncer à voix haute. Le schème, la racine, l'inflexion, la langue. Et sa signification. Inconsolable. Inconsolable et elle répétait ce mot en silence. La vie inconsolable. Le prénom inconsolable. Elle ne l'avait jamais remplacé.

Entre les bûches, la mince feuille à l'instar de la pâte feuilletée dans les mains de sa mère, la pâte phyllo fourrée de morceaux de pommes dont elle percevait l'acidité juste en regardant sa mère les couper. Les gestes longs de sa mère. Chaque pomme choisie, chacune mise à dégorger. Sa mère leur parlait. Elle les pressait. Les arômes. Le doigt dans la pâte crue, la farce froide et la peau de sa mère posée dessus. Les noix concassées. La poudre d'amande. La cannelle et les raisins secs, l'écorce d'orange et un peu de farine de pain azyme. Les mains de sa mère et le parfum de sa langue. Sa mère avait fabriqué son corps en neuf mois. Et sa mère la remettait au monde en confectionnant le strudel, chaque année.

Devant les bûches, elle était assise, comme sa mère avant elle. Devant elle, les murs s'affaissaient. Les uns après les autres. Les plafonds se lézardaient. Le sol craquait. Ses mains se fissuraient. Et le feu devant, le feu tout autour, le feu sur elle. En elle. Mourir comme eux. Par et pour eux. Elle savait ce soir qu'ils avaient chanté et que leurs mains, jamais, n'avaient défailli. La sonorité des mains de Jacques sur la harpe, ce jour-là, dans le salon de ses parents.

La harpe dont le corps chromatique se vrillait chaque jour davantage. L'échine sonore n'était plus ondulante, elle était voilée. Les cordes tiraient plus fortement sur le bois, elles tordaient la matière. La torsion des sons et des couleurs, sous l'effet du feu. L'étroitesse de ses mouvements dont elle ne disposait plus. Les objets qu'elle ne parvenait plus à contenir. Elle n'avait pas rédigé de testament. Nul besoin.

Derrière elle, ce n'étaient que des arbres pris dans l'encadrement des fenêtres. Rue des Rosiers. Ses parents s'étaient installés à Paris, rue des Rosiers. Avant la Seconde Guerre mondiale. L'exode anticipé. Bien sûr qu'elle avait pleuré. L'Alsace. Elle avait regretté le jardin, les arbres sur ses épaules, la bâtisse à colombages, une closerie un peu penchée et le cabinet de son père. Du grès rose et des massifs de roses. Le goût des belles choses pour lequel sa mère sortait son chevalet dans le jardin pour aligner ses motifs, les déformer ou en témoigner sur des traits de lumière. Les objets. Sa mère lui avait appris à ne jamais se retourner sur eux.

Paris. Les croix pendues pour supprimer les étoiles. Le gris. Le noir, le rouge. Le couvre-feu, huit heures du soir pour les Juifs, le droit de faire ses courses entre onze heures du matin et midi pour les Juifs, lorsque c'était la cohue, lorsque que les étals étaient vides. Pour les Juifs. Les parcs, le métro, les magasins, les devantures. Les théâtres, les terrasses, les hôtels. Paris tendue entre le rouge et le noir. À l'Opéra de Paris, Jacques était harpiste, chargé de réjouir l'occupant allemand.

Trente et une cordes. Raidies. Elle n'avait pas pu éviter la rupture. La chute. La perte. Le deuil. Prolonger leur durée de vie. Éviter l'accumulation de la poussière et la corrosion. Les étreindre une dernière fois, une à une. Le pincement et la matière. La tension qui coulait entre ses doigts crispés. Retenir un peu de sa transpiration sur les cordes, le moindre fluide qui la lierait à lui. Jacques avait déplacé sa harpe, rue des Rosiers, pour célébrer son anniversaire. Le 31 juillet 1942. Elle ne pouvait plus le célébrer. Elle ne pouvait plus allumer les bougies une à une, utiliser la bougie centrale et suivre un ordre précis, de gauche vers la droite telle une écriture dextroverse qui n'avait jamais été la sienne.

L'écriture sinistroverse de sa mère et autant de mots qu'elle avait placés sur sa langue à elle. Et ensemble, elles admiraient, dans la même direction, les bougies se consumer. La cire retourner au sol. Le temps. Et ses formes inconscientes, des formes recroquevillées. Les bougies qui déclinaient par elles-mêmes. Les liens. Sa mère et elle. Elles y lisaient des motifs sacrés. Une terreur sacrée pour laquelle peindre, dessiner, jouer, écrire était une terreur vitale. L'envers et l'impact du rituel. Comme sa mère. Elle avait toujours eu peur que sa main ne les éteignît.

Elle avait craint ses propres gestes. Les arbres de son enfance dont elle caressait l'écorce quitte à s'y écorcher les doigts, sur du papier, y laisser dans le jardin de la closerie, en Alsace, un peu de sang, un peu de peau. Aucun ne l'avait vue grandir. L'amandier. Le premier arbre à fleurir au printemps. Et la dureté de ses graines. Les fleurs qui mouraient sur le sol parce que si fragiles, les fleurs qui ensemençaient le sol parce qu'inaltérables. Fragiles et inaltérables. Décapités les uns après les autres, sciés, coupés pour alimenter les cheminées. Le froid. Et brûler tous les siens jusqu'au dernier. Fragiles et inaltérables. Des mains fragiles et inaltérables. Des mains dressées pour renaître par et avec eux. Ses mains à elle, devant elle pour avancer, à tâtons dans un couloir en cherchant l'interrupteur. Le révélateur. Elle savait ce soir que nul être sur cette terre n'avait le pouvoir de les éteindre. Les bougies.

Elle était inconsolable parmi les inconsolables. Elle n'avait jamais porté la photo des siens sur elle. Aucune photo. Aucun album qui fût capable de concentrer une histoire. Le visage de son père, de sa mère, de ses deux frères. Jacques. L'unique visage, c'était celui de cet officier allemand dont elle avait poignardé le cœur. Le poids et la vitesse. La lame qui s'enfonçait. Le doigt enfoncé dans la chair. Et son cœur à elle qui s'emballait. Soixante-dix après. Ce soir, il était en face d'elle, en noir et en blanc, accoudé à la cheminée, ses traits dessinés en accéléré par la lumière, il posait et elle le dessinait. Ce dessin, elle l'avait réalisé des centaines de fois. Elle n'avait jamais dessiné sa mère. Son père. Ses frères. Jacques. Pour que personne ne les déportât à nouveau. Pour marquer une figure et la faire disparaître aussitôt. Ou marquer la joie et la tristesse en des formes indélébiles.

Elle avait dessiné en accéléré, le danger chevillé au corps et la condamnation à mort placée sous sa peau. Chaque motif compté. C'était donc ainsi qu'elle avait vécu, entre les siens, entre leur mémoire et leur omission. Juste assez de force et de chagrin. Juste assez pour planter un couteau dans le corps d'un officier allemand. La ville en plein cœur, devant l'Opéra de Paris. Un mois avant la Libération. Montrer qu'un tel acte était possible. Le courage. Non, ce n'était pas une question de courage. Elle l'avait poignardé pour se maintenir vivante. Pour maintenir, vivants, les siens en elle. Elle avait été arrêtée par la Milice, livrée à la Gestapo, torturée, emprisonnée à la prison de la Petite Roquette, libérée le soir du 17 août 1944. Elle avait tu les sévices. Les traces dans les murs et sur son corps. La peau par fragments sur le sol. Le noir, le rouge. Plus de blanc dans les images. Ils n'avaient pas eu ses cris. Ils voulaient la maintenir vivante. Elle avait tu le mouvement de résistance auquel elle appartenait et les noms de tous les siens.

Elle s'était maintenue vivante. Et inconsolable. Dans le salon de la rue des Rosiers, elle déposait ses mains sur l'instrument de Jacques. Le harpiste, c'était Jacques jouant pour la bourgeoisie parisienne et l'occupant allemand et dont les compositeurs glissaient, entre les cordes et dans les partitions, des chants patriotiques. L'appel à la lutte armée. Il n'avait pas eu le temps. Elle allait mourir et sans aucun regret, elle allait mourir d'épuisement. Elle avait aimé un homme soixante-dix ans plus tôt, elle avait tué un homme et entre ses bras, leurs deux corps glissaient ce soir. Deux hommes, juste parce que le sens de leurs écritures les avait positionnés de part et d'autre de la ligne. Juste. Entre les siens, réunis autour d'elle, elle allait mourir avec eux. Entre les bûches. La lettre et le croquis. Pour son aide-soignante ou peut-être pas.

L'appartement, vendu. La lettre et le croquis trouvés par l'acheteur. Ou peut-être pas. Elle allait mourir dans son sommeil, rappelée par la vie à l'extérieur. Mourir en regardant l'extérieur. L'appartement auréolé du parfum de l'amande. Et un strudel imaginaire dans le four. Luz, c'était le prénom de sa mère. Le corps de sa mère dans laquelle la mort ne pouvait plus entrer. Luz, telle l'amande dans la langue de sa mère ou la vertèbre cervicale. Indestructible. Sa mère lucide et inaltérable. Luz, son ange en lequel elle ne croyait pas, et sa lumière placée devant elle, Luz qui l'attendait sur l'autre rive en lui tendant les bras. Avec son père, ses deux frères. Jacques. Et l'homme blond aux yeux bleus que le noir traduisait en blanc. Mourir à cent ans, à trente et un ans, à cinq ans, soixante-dix ans en arrière sans croire à l'avant, peut-être un peu à l'après, une main posée sur la harpe ou sur le corps de l'aimé. Elle avait signé la fin de sa lettre. La lettre L. Et elle avait ajouté un post-scriptum : Ne jamais oublier d'éteindre le feu dans la cheminée, en partant.

Luz, c'était le prénom qu'elle avait empruntée à sa mère et qu'elle n'avait plus quitté depuis. Sa mère l'avait sauvée en lui enseignant le dessin. Sa mère lui avait appris à reproduire le motif et plus encore, la vie placée en lui. Luz, c'était le prénom qu'elle m'avait confié, moi, sa fille. La fille de l'homme blond aux yeux trop bleus.

© Sandrine-Jeanne Ferron[43]

---

[43] Sandrine-Jeanne Ferron est née à Lorient, le 16 septembre 1975. Elle est rédactrice pour La Cause Littéraire depuis 2016. Responsable d'une librairie à Paris, entre autres métiers, elle a publié son premier roman en 2017, 40 mètres carrés et en 2019 Un homme avec elle-même, aux éditions Unicité. Elle vit aux États-Unis, depuis 2021.

L'autre, c'est moi

Chantal Cadoret

(France)

© Anna Alexis Michel

Qu'est-ce qu'elles ont à me regarder ?

Elles débarquent à l'improviste et elles restent plantées là, sur le palier, comme si elles étaient devant un fantôme.

— Maman, tu n'es pas habillée ? Mais…

— Je ne savais pas que vous veniez. Sinon, bien sûr…

— Mais, maman, c'est dimanche… on vient tous les dimanches, tu sais bien.

Ma fille aînée, Nicole. L'institutrice. Peut pas s'empêcher de me parler comme à une gamine de sa classe. Ce qu'elle peut être coincée ! Faut faire ça, faut pas faire ci. Aucune fantaisie. Elle n'a pas dû s'éclater souvent avec son mari, c'est sûr. Et lui non plus d'ailleurs.

— Eh bien, entrez, ne restez pas sur le palier ! J'ai oublié que c'était dimanche, ce n'est pas la fin du monde.

Elles se regardent en silence et entrent, un peu gênées. Mes deux filles. Depuis la mort de leur père, l'an dernier, elles ont instauré ce rituel du dimanche midi. Juste nous trois, sans les maris, sans les enfants. Les maris, je m'en fous, mais les enfants, j'aimerais bien les voir de temps en temps, quand même.

— Ce sont des ados, tu sais… ils ont autre chose à faire le dimanche.

Oui, c'est sûr. Ils viennent pour les anniversaires et les fêtes, on ne peut pas demander plus. Les parents n'exigent plus rien aujourd'hui. Ils acceptent tout.

Nous nous installons dans la salle à manger. Elles me sourient. Je leur souris. Il y a quelque chose qui cloche.

— Tu devrais aller t'habiller maman, dit la petite d'une voix douce en se penchant pour m'aider à me lever.

Je me regarde, étonnée. Ah oui, je suis encore en chemise de nuit. J'avais oublié. Je prends sa main, mais, une fois debout, je me dégage d'elle. Je suis assez grande pour aller m'habiller toute seule !

En traînant les pieds, je me dirige vers ma chambre. Je m'assois sur mon lit. Je les entends parler à voix basse.

— On est d'accord que ce n'est pas normal ? dit Nicole.

— Oui, j'avoue, répond sa sœur.

— Je te l'avais dit qu'elle avait Alzheimer. Elle oublie tout. Tu ne veux jamais me croire.

— Tout de suite, Alzheimer. Elle s'est trompée de jour, c'est tout. Ce n'est pas facile de se repérer dans le temps quand on vit seule.

Elle, c'est la plus petite. Plus douce que sa sœur. Plus souriante. Toujours à prendre ma défense.

Je m'assois sur mon lit, un peu perdue. J'ai oublié qu'on était dimanche. Bon. Ça arrive à tout le monde d'oublier. Elles n'oublient jamais rien, elles ? La psychologue qui vient me voir une fois par semaine me le dit souvent : les oublis, ce n'est pas forcément la maladie. Ça peut aussi être des actes manqués. Peut-être que je n'avais pas envie qu'elles viennent, après tout.

J'entends des pas dans le couloir. Elle passe la tête dans l'entrebâillement. Plongée dans mes pensées, je la regarde, sans la voir.

Elle reste un moment et disparaît de nouveau. Je n'ai pas bougé, les yeux toujours fixés sur le mur.

Je perçois des chuchotements au loin. Je ne distingue rien, juste un froissement de coton à travers un brouillard.

Soudain, une main sur mon épaule. Je sursaute. Elles sont là, toutes les deux. Je ne les ai pas vues arriver. Elles se penchent sur moi avec précaution.

— Maman…

Qui sont ces deux jeunes femmes ? Que me veulent-elles ?

Elles me secouent un peu plus fort. Elles me font mal. Je lève des yeux vides sur elles.

— Maman, que se passe-t-il ? Que fais-tu là, assise sur ton lit depuis un quart d'heure ? Tu devais t'habiller, non ? me crie Nicole, à la limite de l'hystérie.

— Je me regarde de nouveau, un peu étonnée. Ah oui, je suis encore en chemise de nuit. Et alors ? Je suis fatiguée. J'ai envie de me coucher.

Je me lève, tire la couette, retire mes pantoufles et m'assois au bord du lit pour m'allonger. Les filles me retiennent, en criant :

— Qu'est-ce que tu fais, voyons ? Que se passe-t-il ?

— Rien, rien. Laissez-moi tranquille. Ne vous inquiétez pas. Ma mère va venir me border. Vous pouvez y aller.

— Maman…

Nicole éclate en sanglots et sort précipitamment. Elle n'a jamais su gérer ses émotions, celle-ci. Je l'ai toujours vue avec un mouchoir à la main. La petite est plus calme. Elle m'aide à me coucher et me caresse le visage.

— Ce n'est rien, maman, ça va passer.

Je lui souris. Il ne faut pas qu'elle s'inquiète. Je suis juste fatiguée.

— Ma mère va s'occuper de moi.

— Maman… elle est morte, ta mère…

Quoi ? Morte ? Mais comment ?

Pourquoi personne ne m'a rien dit ? Ma mère…

Je m'agite, je me débats. C'est impossible. La femme qui est là, c'est elle, ma mère. Je la reconnais.

— Calme-toi, ce n'est rien. Tu as oublié, c'est tout. Voilà, ferme les yeux. Détends-toi.

Je sens l'angoisse qui retombe. Sa main me fait du bien. Celle qui pleure, Nicole, est revenue. Elle a les yeux rouges et renifle. Elle me tend un verre d'eau fraîche. L'autre me soulève la tête pour que je boive. Je respire.

— Ça va mieux, maman ?

— Oui, oui, ça va. Je suis juste un peu fatiguée. J'aimerais dormir maintenant.

Elles se consultent du regard et haussent les épaules en signe d'impuissance. La grande sort de la chambre, désespérée. La petite reste près de moi, et continue ses douces caresses en me parlant.

— Maman, est-ce que tu sais combien d'enfants tu as ?

Je ris doucement. Quelle question ! Comment une mère pourrait-elle oublier ses enfants ?

— Tu me prends pour une folle ? J'en ai trois. Trois enfants.

— Et donc ? Ils s'appellent comment tes enfants ?

— Laisse-moi dormir au lieu de me poser ces questions.

— Tu vas dormir, mais avant, s'il te plait, dis-moi comment ils s'appellent tes enfants, insiste-t-elle, inquiète.

— Il y a Robert, mon grand. Il ne vient jamais me voir, lui.

— Il habite loin, maman, il ne peut pas venir toutes les semaines. Et ?

— Nicole, la deuxième. C'est celle qui pleure tout le temps, dis-je en l'imitant un peu.
Elle rit.

— Et ?

— Et… Et… l'autre… la troisième. Comment elle s'appelle déjà… l'autre, quoi.

Elle baisse les yeux. Sa bouche se met à trembler. Ses larmes coulent.

— Ne pleure pas. Ça va me revenir, ce n'est pas grave.

— Si, maman, c'est grave… l'autre, c'est moi, ta fille, chuchote-t-elle en enfouissant sa tête au creux de mon épaule.

© Chantal Cadoret[44]

---

44 Après avoir enseigné le français, l'histoire et le géographie, Chantal Cadoret " signe plusieurs romans autobiographiques dont « *Au fait il faut que je vous dise* », sorti en 2022 et la suite, « *Deux papas, un couffin … et moi* », sorti en 2024.

Voix

Thael Boost
(France)

© Archives de famille

Curieusement, c'est ta voix qui me manque le plus.

Celle qui fredonnait, faux, *La vie en rose*, … « il me dit des mots d'amour, des mots de tous les jours et ça me fait quelque chose. »

Un tout petit filet, un tout petit accent. Une toute petite surprise aussi, qui passait dans la voix et le regard à la fois, la surprise de te souvenir encore de ces paroles. Un miracle qui se reproduisait chaque jour.

Celle qui disait oui quand tu ne savais plus très bien qui tu étais, qui j'étais, quel jour, ni même ce que le mot jour pouvait bien signifier. Ce oui si fragile, plus une question plus qu'une affirmation. Qui cherchait en moi les réponses qu'elle n'inventait plus. Qui manquait soudain de matière et de courage.

La voix d'une toute petite fille, celle que j'ai eu tant de douleur à perdre quand tu es partie. La double peine de perdre une mère et une enfant réunies, la mort qui prend par surprise et m'impose cette douleur immense. Je savais bien que te perdre serait le tourment d'une vie, je ne me doutais pas que je devrais affronter ce deuil de mère, et avec elle, cette culpabilité de ne pas t'avoir sauvée, ma toute petite. Pis encore, de t'avoir laissée mourir seule, partir vers cet inconnu sans te tenir la main une dernière fois. Depuis, je guette les signes qui viendraient m'absoudre de tous mes manquements envers toi, te taire est la pire de mes punitions. J'aurais voulu être à tes côtés jusqu'au bout. Il m'a manqué trois jours. Trois petits jours. Ce n'est tellement rien et je m'en veux tout.

La maladie de l'oubli t'a emportée, après de longues années où nos conversations se dessinaient dans tes silences, seuls tes yeux souriaient encore, il m'arrivait de croire que tout ceci n'était qu'une grande farce, ta meilleure, que tes mots allaient réapparaître soudain, former des phrases dans lesquelles coulerait ton rire.

Tu saurais de nouveau que j'étais ta fille et toi, ma mère. Tout rentrerait dans l'ordre, nos jeux pourraient reprendre. Je t'ai cru éternelle jusqu'à ton dernier souffle, réclamant ta force encore et encore, avec ce poids sur la conscience désormais de t'avoir tant souhaitée forte et immortelle. On me dit que tu as sans doute souhaité me protéger, me soulager de cette peine que tu lisais dans mes yeux. Je pouvais te leurrer avec mes mots, je n'ai jamais su te mentir par le regard. Tu avais cette intelligence émotionnelle qui perce à jour tous les secrets. Tu savais que je serais lâche, n'est-ce pas ? Tu as fait semblant de ne pas voir, pour me laisser reprendre mon rôle de fille et toi celui de ma mère. Il faut aussi dire que j'avais grignoté sur tes libertés, fait régresser bien malgré moi ton envergure pour te permettre d'exister encore un peu.

On évoque souvent les premières fois des enfants, leurs premiers pas, leurs premières dents, leurs premiers mots, leurs premiers non, leurs premières nuits. Les premières fois où l'on ne peut plus sont des non premières fois et elles sont tues, niées, annihilées. Je ne sais pas pourquoi on n'en parle pas. Peut-être que si elles sont tues, elles existent un peu moins ?

Avec ta maladie, les premières fois les plus classiques sont relativement connues. Elles commencent par de petits oublis, de tout petits ratés, si minuscules que l'on peut tout à fait faire comme s'ils n'existaient pas. On fait semblant enfants, on réapprend à faire semblant à ce stade de l'existence. Entre deux, on se nourrit de l'illusion qu'on est dans le vrai et qu'il n'est pas utile de jouer, c'est une perte de temps. Les premières fois suivantes sont celles où l'on se fait pipi dessus. Si l'on a un chien, c'est très commode, c'est lui que l'on accuse, pour pouvoir continuer impunément à s'oublier sans avoir à se justifier.

Vient alors le temps des couches. On en choisit la taille, la texture, on en rit pour masquer la peur que cela nous inspire. On comptait les voyages en nombre de culottes emportées dans sa valise, on aimerait bien se passer de ce nouveau comptage-là, la destination finale est bien trop effrayante. Les premières fois raccourcissent ensuite le temps, le déforment complétement. On en a plusieurs par jour de ces premières exclusivités. Puis, plusieurs fois par nuit aussi. Jusqu'à ce que la notion de premières fois soit engloutie dans la mémoire qui se délite.

Ce n'est qu'une fois le temps effacé, bien après le temps retrouvé, que les premières fois où l'on oublie les mots pour de bon entrent dans la danse. Un objet, une texture, un fruit, un meuble, une personne, un fait, du pain, un livre, un verbe, une clé, tout est là sans être là, sans pouvoir être nommé. On s'accroche aux autres, on se rattrape aux mots qui restent. On en inventerait bien mais le cerveau ne sait plus cela. Envolés avec tous les autres les jolis mots que l'on écorchait ou enrichissait.

Les premières fois où l'on ne peut plus s'alimenter correctement sont agaçantes. Quoi, il faut mâcher ? Qu'est-ce que mâcher ? Avaler ? L'aiguillage se trompe, confond déglutition et aspiration. On rit et recrache ses premières fois, bientôt, il faudra se résoudre à manger mou, mixé, les premières purées font leur apparition et pour la première fois depuis fort longtemps, le robot mixeur reprend du service dans ce monde inversé.

La dernière entorse au règlement strict qui t'entravait est gravée dans ma mémoire. Tu guettes mes gestes, je suis en train de manger de petits morceaux de saumon, ton regard de bébé gourmand m'incite à t'en donner de tout petits morceaux. Qui vont venir se coincer dans tes poumons et empêcher les rares mots qui te restent de se former. Viendra enfin la première fois où l'on oubliera le geste d'avaler. L'univers veut effacer ma mère. Ou bien est-ce toi qui as décidé de plier bagages ?

Ma mère. Celle qui promenait sur sa langue tous ces mots-valises, ton regard exaspéré lorsque j'osais émettre l'hypothèse que tu venais de les créer de toutes pièces. Il disait son courroux, sa déception, il disait viens, joue avec moi, inventons ce qui n'existe pas encore.

Poétons, toi et moi, goûtons de nos palais délicats cette langue qui n'appartient qu'à nous. Je t'ai faite, tu es sortie de moi, tu connais ma chair, tu connais mon verbe. Avec toi, je n'ai jamais cessé d'apprendre à parler cette langue étrange qui était la tienne. Tu as fait de moi cette drôle d'ambassadrice. Oyé braves gens, voici ma mère, place, place, si vous ne comprenez son langage, n'empêchez pas ses mots de s'envoler. Elle vous semble bien courageuse ? À moi aussi. Il faut dire qu'elle en a traversé, des orages et des sécheresses.

Ma mère. Celle qui disait le manque, maladroitement, sans jamais se plaindre. Quand ton regard se posait sur moi pour me dire tu es ma fille, je ne te comprends pourtant pas, pourquoi ces silences comme autant de murs entre nous ? Quelle que soit la force de l'amour que l'on porte à une mère, vient toujours le moment où on la renie, l'oublie, la condamne. J'ai eu la bêtise de penser parfois, souvent, que tu m'aimais mal ou ne m'aimais pas parce que tu ne parlais pas toujours ma langue à moi. J'avais oublié que cette même langue, c'est toi qui m'avais appris à la pratiquer, à la ciseler. J'ai souvent oublié de t'aimer, eu honte de toi, remplacé mon regard fasciné d'enfant par les lunettes de juge que l'on chausse à l'âge adulte. Nous sommes toutes les traîtresses de nos propres mères.

Ma mère. Celle qui me faisait rire. Tu mimais beaucoup les autres, t'évertuant à amplifier une expression renfrognée, la moindre attitude bougonne déclenchait une affreuse grimace pour m'amuser, tu étais aussitôt prise à ton propre piège, dès que la réaction provoquée marquait ton succès, elle revenait sur toi comme un boomerang. Tu avais cette capacité si unique à éclater de rire, les yeux se mettaient immédiatement à pleurer, accompagnant les notes qui coulaient de ta bouche déformée par le rictus. C'était à celle qui verserait le plus de larmes en s'esclaffant. Nous avons parcouru ensemble des fleuves d'hilarité. Nous appelions cela *pleurire*. Cela agaçait terriblement mon père, qui faisait les frais pour pas cher de nos jeux puérils et enchanteurs. Je reconnais en mon enfant ce même lien de filiation, plus indélébile qu'une tâche de naissance, plus visible qu'un gène transmis, plus irritant que tout pour celui qui en est exclu.

Lorsqu'il était petit, vous peigniez ensemble des œufs pour célébrer Pâques. Sur la photo, on peut lire la même concentration sur le visage de la grand-mère et celui du petit-fils. Tu faisais semblant d'être artiste avec le plus grand sérieux du monde et cela devenait vrai. Moi, je m'ennuyais un peu, à vrai dire. Et puis, j'avais passé l'âge, moi, de peindre des trucs qui ne ressemblaient à rien, sauf à vos yeux à vous. J'avais perdu mon regard d'enfant, pas vous, pas toi, je culpabilisais d'être aussi blasée au moment où vous m'en offriez tout un panier comme s'il s'était agi du plus grand trésor au monde. Une année, nous avions caché cent œufs dans le jardin pour les enfants. Nous n'en avions retrouvé que quatre-vingt-dix-neuf. Je me suis toujours demandé si tu n'en avais pas conservé un dans ta poche, en souvenir, ou pour l'offrir à un chien ou une poule qui passerait par là. Quand j'y repense, tes poches contenaient toujours une surprise. J'aurais bien aimé pouvoir te répartir en cent œufs, je les aurais éparpillés et j'aurais gardé un tout petit bout de toi dans ma poche, bien au chaud. J'aurais bien pris soin de ce morceau de choix. Je pourrais toujours essayer de faire semblant que c'est vraiment arrivé. Que tu habites désormais ici, maintenant. Tu tomberais malencontreusement de ma poche et atterrirais sur mon pied. Qui me gratterait. Je saurai que c'est toi, je poserais des questions à mon pied, qui me répondrait. Une pression pour oui, deux pressions pour non. Je devrais tourner intelligemment mes questions pour que la conversation ne tourne pas court. Est-ce bien toi ? Pression. Tu es morte ? Pas de pression. Cela signifie qu'on ne meurt pas vraiment ? Pression pression. Tu réponds non pour confirmer qu'on ne meurt pas ? Pression. Je vérifierais que ce n'est pas moi qui fais pression sur mon pied. Tu es certaine que je ne suis pas en train d'inventer ta présence ? Pression. En fait, je ne sais pas si c'est toi ou moi finalement, je suis peut-être en train d'inventer ta présence ? Pression. C'est grave ? Pression pression. Ah, je te reconnais bien là ! Pression. Tu ne me quitteras plus alors ? Pression pression. Comment savoir si c'est vraiment toi ? Pression pression. Drôle de réponse, cela signifie que c'est moi qui décide ? Pression. Es-tu fâchée ? Pression pression. Tu es sûre et certaine que tu ne viens pas me hanter pour râler ? Pression.

Ma mère. Tu prenais ce ton faussement austère pour me gronder, dire ta colère quand tes yeux me disaient autre chose. Ils disaient tu es ma fille, rien de tout cela n'est sérieux. Tu voulais me faire la leçon, mais n'y croyais pas toi-même. Alors, tu sortais le grand jeu. Tu apprenais à l'enfant que j'étais à n'en faire qu'à ma tête. Cela fonctionnait très bien sur moi. Je ruais, je fulminais, je déployais mon caractère de tyran persuadée d'être à même de te résister. Tu faisais semblant de vouloir me dompter tout en ouvrant en grand les fenêtres, tes yeux me criant de m'envoler. Sois libre, taisais-tu. Obéis, criais-tu. Et moi ? Je ne voyais aucun paradoxe dans ce que tu m'apprenais de la vie. L'affronter en l'esquivant. L'abandonner tout en la transcendant. La glacer pour la brûler vive. La taire pour la chanter.

Je suis le fruit de toutes tes voix.

© Thael Boost [45]

---

[45] Thael Boost navigue entre Paris et Nice, elle est directrice dans un cabinet de conseil et consacre son temps libre à l'écriture. Son premier livre, La mère à côté, est un hommage lumineux et bouleversant d'une fille à sa mère, écrit dans l'urgence de lutter contre l'absence, un voyage au pays de la mémoire. Son prochain livre paraîtra aux éditions Anne Carrière au printemps 2024

Second rôle

Olivier Coutier-Delgosha
(États-Unis)

© David Kessel, « La mère d'Einstein ».

Aujourd'hui, maman est morte. C'était ce matin, vers neuf heures.

Voilà une première phrase qui ne brille pas par son originalité, si je puis me permettre.

Elle est partie sans même que je m'en rende compte. L'instant d'avant, elle respirait tranquillement, je me suis assise pour consulter mes courriels — quelques minutes à peine. Quand j'ai relevé la tête de mon téléphone, j'ai tout de suite su que c'était fini. La tête était affaissée, les traits semblaient figés tout à coup, la poitrine ne se soulevait plus.

C'est utile, cette description ? On dirait un rapport de médecin légiste, pas vraiment les premières lignes d'un chef d'œuvre.

Oui, c'est utile. Pourquoi est-ce que je me pose autant de questions ? La mort, c'est d'abord le corps inerte, la vie qui disparaît, cette panique qui m'a prise alors même que je savais que cela devait se produire. J'ai bondi, appelé à l'aide, sprinté vers le bureau des infirmières et l'une d'elles a fini par se lever et m'accompagner à une allure de tortue. Elle a jeté un coup d'œil aux écrans, peut-être vaguement pris un pouls, je ne suis même pas sûre, et elle m'a dit je suis désolée madame, votre maman est partie.

Cette phrase m'a semblée bizarre. Dix fois, cent fois peut-être dans le passé, on aurait pu me dire la même chose, votre maman est partie. Partie parce qu'elle n'avait pas le temps d'attendre, partie en voyage, partie au marché – elle a dit qu'elle serait de retour dans une heure.

Mais pas cette fois. Tu es partie pour de bon, il n'y aura…

Tout cela est insipide, tu n'as aucune chance de garder un lecteur accroché à ton texte en alignant autant de platitudes.

Décidément, on ne se connaît pas. La mort de maman était pourtant inéluctable, j'y étais préparée… je n'imaginais pas que mon corps serait aussi bouleversé, comme s'il venait juste de réaliser ce que mon esprit savait déjà. J'ai la main qui tremble, c'est tout juste si j'arrive à écrire droit, et cette voix dans ma tête qui critique en permanence, comme si maman continuait de…

Ah, ben voilà, ce n'est pas trop tôt. Ma fille, tu sais combien je t'aime, mais il faut bien avouer que tu n'es pas rapide, parfois.

— Maman ?

— *Qui d'autre, à ton avis ?*

— C'est… c'est toi ? C'est ta voix, dans ma tête

— *Bien sûr, que c'est ma voix. Bon, j'ai l'impression que tu es complètement perdue, il te faut l'image en plus du son.*

— Tiens, c'est mieux, comme ça ?

— Oh, bon dieu !

— Quoi, j'ai une sale gueule ? C'est cette foutue chimio, ça te donne une allure de déterrée. Attends, je vais me rajeunir… regarde, voilà que j'ai trente ans à nouveau, comme au temps de ta naissance.

— Comment… comment est-ce possible ? Tu ne peux pas être vraiment là, tu es…

— Je suis morte, oui. Tu étais plongée dans ton téléphone, comme d'habitude, tu n'as rien remarqué. Moi j'ai ouvert les yeux une dernière fois, j'ai essayé de t'appeler mais bien sûr j'en étais incapable… alors voilà, je suis morte seule.

— Pardon, je…

— Laisse tomber, on ne va pas en faire un plat. J'imagine qu'on est toujours seul, de toute façon, au moment de faire le grand saut. Bon, tu fais quoi, là ?

— Je… j'essaie de mettre des mots sur ce que je ressens. Pour exorciser la douleur, tu vois.

— Quelle douleur ?

— Eh bien… celle de t'avoir perdue !

— Ah oui. C'est vrai que tu as une sale mine, toi aussi. Tu as pleuré ? Je ne pensais pas que tu serais si dévastée. Quand ta grand-mère est morte, je n'ai pas versé une larme, je n'ai pas honte de le dire. J'ai même été soulagée. Après tout ce qu'elle m'avait fait subir, je me suis sentie libre, comme si ma vie commençait enfin… à près de cinquante ans, tu te rends compte !

— Mamie était une peau de vache… toi, c'est différent. Tu me manques. Alors je me disais que c'était l'occasion d'écrire. Il paraît que la douleur produit les chefs-d'œuvre, ça vaut le coup d'essayer.

— Je vois… tu comptes utiliser le décès de ta mère pour décrocher un prix, si je comprends bien.

— Mais non, je…

— Je plaisante, ma fille, ne fais pas cette tête. Et

alors ça se présente bien ?

— Je ne sais pas… je me rends compte que j'ai pas grand-chose à dire, en fait.

— Pas grand-chose à dire sur ta mère ?

— Ben non. Le problème, c'est que tu ne coches aucune des cases de la mère qu'on trouve en littérature. Je ne t'ai pas perdue à quinze ans, alors je ne peux pas écrire la douleur qu'évoque Marcel Pagnol dans le Château de ma mère… tu ne m'as pas maltraitée, je serais incapable de décrire des scènes dans le style de Vipère au poing… tu ne nous a pas emmenés à l'autre bout du monde à la poursuite d'une chimère, donc c'est foutu aussi pour mon Barrage contre le pacifique… je ne vois pas quoi écrire.

— Pourquoi aurais-tu voulu que je vous emmène à l'autre bout du monde ?

— C'est un exemple, maman. Ce que je veux dire, c'est que tu n'es pas un bon personnage de roman. Si seulement tu avais pu être tyrannique, ou maltraitante… ou négligente à la rigueur, j'aurais pu en tirer quelque chose de valable. Mais là, qu'est-ce que tu veux que je raconte ? Que je n'ai jamais pu mettre les robes que tu m'offrais pour mon anniversaire, parce que tu les prenais toujours deux tailles trop larges ? C'est sûr, ça va passionner les foules !

— Tu pourrais parler de ta fête d'anniversaire que j'avais manquée parce qu'on s'était disputés avec ton père… c'est un bon sujet, non ?

— Maman !

— Et quand j'ai forcé les portes de ton conseil de classe pour exiger qu'ils te fassent passer en cinquième malgré tes résultats pitoyables, hein ? Si tu y mets un peu d'ardeur, ça peut faire une très bonne scène, ça.

— Non, ça fait un souvenir, tout au plus. Tu t'es engueulée avec le proviseur du collège, c'est ce n'est pas avec ça que vais écrire ma Promesse de l'aube.

— Donc je n'ai pas l'étoffe d'un premier rôle, si je comprends bien ? Et c'est ma faute ?

— Je suis déçue, c'est tout. Et un peu triste aussi. C'est à croire que notre histoire se résume à une succession de jours passés côte à côte pendant mon enfance, et puis séparés, et puis côte à côte à nouveau quand on se revoyait. Pourquoi n'ai-je rien à raconter?

— Concentre-toi un peu, tu vas bien trouver un moment inoubliable à faire subir à tous tes lecteurs.

— Et pourquoi critiques-tu toujours ce que j'écris ? Tu ne m'as jamais dit que tu aimais un seul de mes romans. Ils sont si mauvais que ça ?

— Écoute, si tu me demandes mon avis, j'imagine que ce n'est pas juste pour que je te félicite. Alors ma fille, ce moment inoubliable, ça vient ?

Je réfléchis, je passe en revue vingt ans de vacances en famille, de chamailleries avec mes sœurs, de petites et de grosses bêtises. Il y a la plage en août, la mer immobile sous la lumière du soir, les parties de ping-pong sous le soleil qui ne se couche jamais… mais tout cela ce sont les vacances, maman est dans le tableau bien sûr mais je serais incapable de la situer, de me souvenir d'un moment précis avec elle.

Il me faut autre chose. Je cherche des yeux un objet, dans cette pièce nue, cette chambre où elle n'est plus, un objet à elle qui ferait remonter tout le reste, comme le narrateur de la Recherche du temps perdu, qui en se penchant pour délasser ses bottines au grand hôtel de Balbec, fait soudain ressurgir le visage de sa grand-mère, morte un an plus tôt.

Toi tu es morte il y a trois heures, et ça ne fonctionne pas. Peut-être que dans six mois, dans dix ans, je ferai moi aussi un geste anodin, et sans raison je fondrai en larmes, parce qu'enfin je me souviendrai de toi dans un moment identique, prenant soin de moi ou me cajolant ou me disant que tu m'aimes, mais pour l'instant rien ne se passe.

Mon regard accroche la lampe posée sur la table de nuit, et le halo d'une autre lampe me revient tout de même en mémoire. Celle du bureau où tu travaillais, dans le salon de la maison de Saint Cloud. J'avais sept ou huit ans, peut-être dix va savoir, et dehors il pleuvait des cordes, la maison était remplie du bruit de l'eau qui s'écrasait sur le toit. Il y avait un feu dans la cheminée, je crois, mais ce n'est pas important. Je me souviens du halo de cette lampe dans la pièce sombre, et du cercle rassurant que cela faisait au milieu de ces trombes d'eau qui s'abattaient sur la maison. Trente ans après, je vois encore les tableaux accrochés aux murs au-dessus du bureau, et je sais quels livres étaient rangés dans les étagères au fond de la pièce, le décor est intact dans ma mémoire. De temps en temps mon père entre, il échange quelques mots avec toi… la conversation des adultes, c'est un bruit de fond rassurant, comme le petit poêle à bois de Saint-Exupéry, celui dont le ronronnement le berçait et le rassurait pendant son enfance. Comme lui je pensais que ces murmures inaudibles allaient durer toujours, il n'y avait aucune raison au monde pour que le bruit de ces voix s'arrête un jour et que j'en sois privée.

— Le bruit des voix ? Tu n'as rien trouvé de plus...

— Maman ! Tu ne vas pas revenir tout le temps pour épier ce que j'écris, tout de même ! J'ai besoin d'un minimum de tranquillité, c'est un exercice de création ! Tu n'as pas quelque chose à faire... heu, là où tu es ?

— Attends, tu ne veux plus me voir ? Ça fait une demi-heure qu'on discute, et déjà tu me congédies ? C'est pas possible, ce n'est pas une manière de traiter ta mère... qu'est-ce qu'il faut, que je prenne rendez-vous, à l'avenir ?

— Maman, mais arrête ! Qu'est-ce que c'est cette façon de parler... j'ai l'impression que la mort a un effet secondaire, tu te transformes en mère juive. Tu te Marthe Villalonguises à vue d'œil. C'est quoi cet accent pied noir ?

— Ça ma fille, c'est à toi de me le dire. Tu as bien conscience que je ne suis pas vraiment là, n'est-ce pas? Tout ce que je raconte sort de ton cerveau, alors tu ne peux t'en prendre qu'à toi- même. Donc tu n'as rien de mieux que ça... le halo d'une lampe et un vague bruit de voix ? C'est un peu miteux, j'espérais que tu allais te souvenir d'une vraie conversation... tu sais, le genre de conversation mère-fille qui reste gravée dans la mémoire à jamais.

— On n'a jamais eu cette sorte de conversation... sur aucun sujet important. Tiens, tu ne m'as jamais parlé de sexualité, par exemple.

— Oh, ça va… ta génération savait déjà tout, je ne vois pas ce que j'aurais pu t'apprendre.

— Tu aurais pu t'inquiéter, quand j'ai commencé à sortir avec des garçons, me mettre en garde.

— Mais je t'ai mise en garde. Je t'ai dit de ne pas épouser un écrivain.

— Je suis écrivaine, maman.

— Justement. Deux, ça fait beaucoup. D'ailleurs je n'avais pas tort, ton idiot de mari est totalement improductif, il n'a pas été foutu de te faire un enfant.

— Arrête, ce n'est pas lui… c'est moi qui n'en ai pas voulu.

— Tu ne veux pas d'enfant ? Mais pourquoi ?

— Je… j'imagine que je n'ai pas l'instinct maternel. Je n'en ai pas envie, je ne me vois pas sacrifier ma vie pour des mômes qui trouveront toujours mille reproches à me faire dans vingt ans.

— Qu'est-ce que c'est que cette bêtise ? Tu ne m'en as jamais parlé !

— Non, je n'ai jamais pensé à t'en parler… tu vois, quand je te dis que nous n'avons jamais eu de vraie conversation.

— C'est dommage, j'aurais bien voulu avoir l'occasion de te remettre les idées en place. *Se sacrifier*, qu'est-ce qu'il ne faut pas entendre !

Elle s'interrompt car une infirmière vient d'entrer, elle me fait un sourire compatissant et traverse maman sans la voir. Je sens qu'on va me demander de partir, je dois d'urgence mettre des mots sur cette émotion brute, cette espèce de vertige qui m'a prise.

Comme si la vie allait trop vite tout à coup, et que le cerveau n'arrivait pas à suivre.

Il fait beau, à l'extérieur, c'est le début du printemps. Des filles se baladent en mini-jupe sur le trottoir en face de l'hôpital. Je voudrais que maman ne soit pas morte, pour pouvoir profiter du soleil moi aussi. Mais non, je suis dans cette chambre, punie pour toujours. Je vais devoir rentrer, il n'y aura personne à la maison sauf si je l'appelle, mais je ne le ferai pas. Je veux rester seule.

— Tu n'es pas seule, ma fille, puisque je suis là.

— Maman, je voudrais… tu sais, capter ce que ta mort a provoqué en moi, et l'écrire sur cette feuille de papier avant que tout cela disparaisse… est-ce que tu peux…

— La présence de ta mère t'empêche de te concentrer sur ce que tu ressens pour ta mère ? C'est paradoxal, je trouve.

— Si tu veux. Tu peux me laisser, s'il te plaît ?

— Pas avant d'avoir compris pourquoi tu ne veux pas avoir d'enfant. Est-ce que tu crois vraiment que j'ai sacrifié ma vie pour toi ?

Est-ce-que c'est ce que je crois ? Je ne sais plus, je n'arrive pas à réfléchir. Il me faut un doliprane, j'ai mal à la tête.

— Quand je vivais encore à la maison, je me demandais parfois… quels sont les plaisirs dans ta vie? Tu t'occupais de nous, de nos activités, de nos rendez-vous chez le médecin, de nous habiller, de nous nourrir… et le reste du temps, tu travaillais. Pendant vingt ans, je ne t'ai rien vu faire d'autre, je t'ai vue fatiguée la plupart du temps. C'est une vie, ça ? J'ai plutôt l'impression d'un long chemin de croix. Et quand tu arrives au bout, voilà, tu as soixante ans et tu n'as rien fait de ta vie. D'ailleurs tu l'as dit toi-même : tu as sacrifié ta carrière pour nous. Tu aurais pu être journaliste d'investigation, partir aux quatre coins du monde, au lieu de ça tu t'es retrouvée à réaliser des interviews pour Marie-Claire… je ne veux pas faire la même chose, je ne veux pas te ressembler.

Elle se tait pour une fois, c'est inattendu. Elle s'est vieillie à nouveau, elle est redevenue ma mère aux cheveux blancs, celle d'avant la maladie.

— Je t'ai vraiment dit que j'avais sacrifié ma carrière ? Je ne m'en souviens pas.

— Tu l'as fait, pourtant. Un jour où je t'avais énervée, je n'ai jamais oublié.

— Eh bien tu aurais dû, parce que c'était stupide. J'ignore ce que j'ai sacrifié, mais ça n'a aucune importance. Tout ce qui compte, ma fille, c'est de savoir si ça valait le coup. Et moi j'ai eu ton rire quand je te donnais le bain, bébé, et ton petit air concentré quand tu venais t'asseoir à côté de moi pour déchiffrer tes livres, et tes sourires quand tu me racontais ta journée d'école… j'ai eu tes pleurs quand tu as rompu avec ton premier petit ami, et ta mine inquiète quand tu m'as donné à lire ton premier roman — rien ne vaut ces instants-là. D'ailleurs tu le savais déjà, puisque tout ce que je te dis là sort de ton crâne, ma belle.

Elle a raison — j'ai raison —, ses mots m'apaisent et ma main cesse soudain de trembler. Maintenant l'angoisse s'estompe, mon écriture redevient régulière. Maman m'observe, guettant ma réaction ; je lui souris.

— J'aurais aimé que tu me dises tout cela avant de mourir…

— Le moment est sans importance… ce qui compte, c'est que tu le saches. Ne t'inquiète pas, je m'en vais à présent. Je ne peux pas rester, de toute façon.

— Ah bon ? Tu es attendue quelque part ?

Elle élude la question et désigne le carnet que je suis en train de noircir.

— Tu as l'intention de rester ici toute la journée pour écrire sur moi ?

— Oh non, j'ai mieux à faire.

Je rallume mon téléphone, sélectionne un numéro en mémoire.

— Quelque chose qui ne peut se faire qu'à deux.

© Olivier Coutier-Delgosha[46]

---

[46] Auteur vivant à Blacksburg, en Virginie (États-Unis d'Amérique) où il est professeur à Virginia Tech. Il a publié précédemment *Le plan de vol* a changé aux Éditions Quadrature, finaliste au prix Boccace 2021.

Douce maman, douce...

Florence Jouniaux
(France)

Ô l'amour d'une mère ! Amour que nul n'oublie !
Victor Hugo.

Maman, voilà six ans que tu es partie, après un long chemin de croix. Te perdre a été une douloureuse épreuve...

Tu t'es bien battue, mais cette saleté de crabe a fini par avoir le dessus ! Que de souffrances endurées durant cinq années ! Cinq années de chimiothérapie après une opération très lourde, suivie de douleurs atroces... Pourtant, dans ce tsunami de traitements qui malmenaient ton pauvre corps, tu as eu quelques moments de répit. Ta plus grande joie a été d'assister au mariage de ton premier petit-fils. Comme tu étais heureuse, malgré la perruque que tu as dû porter en plein été !

Quand les médecins t'ont annoncé que c'était la fin, tu étais soulagée, tellement tu étais épuisée, rincée par ce combat. Tu as juste dit, presque étonnée :

– Alors, c'est fini ?

Mais, nous, tes enfants, nous étions anéantis.

– Vous ne m'oublierez pas, n'est-ce pas ? nous as-tu demandé sur ce maudit lit d'hôpital.

— Mais, maman, comment pourrions-nous t'oublier ? avons-nous tous protesté.

Ma petite maman, je me souviens de tout.

Je me souviens de la douceur de ta peau, de la chaleur de ton étreinte, des parfums que tu aimais porter. Je me souviens de ton élégance, de ta générosité, de ton indulgence. Je me souviens de ton sourire, de ta tendresse, de ta voix apaisante. Je me souviens de nos fous rires, de nos partages de lectures, de nos escapades gourmandes. Je me souviens de nos séances de gym, où je me montrais intransigeante sur la justesse de ta posture.

Maman chérie, je me souviens de tout.

Je me souviens de ton dévouement pour nous, tes enfants,

De ton soutien indéfectible quand l'un de nous n'allait pas bien, de tes mots réconfortants.

Tu as été le pilier de notre famille, dans les bons comme les mauvais moments.

Tu as toujours été là quand j'avais besoin de toi, omniprésente.

Tu as été le phare qui brille dans la nuit, au plus fort de la tempête qui a secoué mon existence, mon point d'ancrage, ma référence.

Je me souviens de toi, maman,

Quand tu es devenue mamie, une mamie formidable et plébiscitée par ses six petits-enfants.

Quelle chance j'ai eue, et eux aussi, que tu sois si proche, aussi bien géographiquement que moralement !

Tu as été à leur écoute, complice et confidente !

Je me souviens aussi de tes petites manies, qui faisaient enrager papa : tu traquais le moindre grain de poussière ou la moindre tache sur son vêtement, de sorte qu'il te surnommait « Œil de lynx ». Et toutes ces commandes qui arrivaient à la maison !

« Encore ! » se plaignait-il. Mais c'était plus fort que toi : feuilleter les catalogues de vêtements et de produits santé, puis passer commande, étaient ton plus grand plaisir, tout comme les compotes de fruits que tu te faisais cuire presque chaque jour...

Et puis il y a eu ce cancer... Un terrible coup du sort ! Avec au bout, la mort...

Je me souviens de tes angoisses, de ta peur de perdre tes cheveux, symbole de ta féminité, de ton désespoir quand il a fallu te raser la tête, de mes propres mains.

Je me souviens de tes moments d'abattement, mais aussi de ton courage jusqu'à la fin.

Je me souviens de mon sentiment d'impuissance devant cette maladie qui te rongeait.

Je me souviens de ma colère devant une telle injustice,

Toi qui n'avais jamais fait d'excès,

Toi qui menais une vie saine !

Je me souviens des larmes versées,

De ce sentiment de perte immense quand tu t'en es allée.

Je me souviens avoir crié « maman », encore et encore, comme une longue litanie, comme si te nommer pouvait conjurer ton absence.

Mais j'ai dû me rendre à l'évidence.

Tu n'étais plus là. La Faucheuse, ce spectre hideux, t'avait emportée.

J'ai dû apprendre à vivre sans toi, ma meilleure amie.

Sans tes câlins.

Sans nos échanges quasi quotidiens.

La douleur s'est apaisée, mais la peine est toujours là, tapie.

J'ai désormais une conscience exacerbée de la fragilité de l'existence.

Au fond de mon cœur, je sens une béance
Qui jamais ne se refermera.

Alors non, ma petite maman, je ne t'oublie pas.

Je n'oublie pas que c'est grâce à toi, à ton affection, à tes valeurs, que je me suis construite et que je suis devenue la femme que je suis. Papa et toi avez été des modèles inspirants.

Vous en ai-je assez remerciés ?

Douce maman, douce,
Chaque jour, je pense à toi.
Tu as été la meilleure maman qui soit,
Douce, aimante, attentionnée,
La tendresse personnifiée.
Tu es dans mon cœur à jamais.

© Florence Jouniaux[47]

---

[47] Professeure de lettres classiques et amoureuse des mots, Florence Jouniaux écrit depuis 2008. Inspirée un soir par une muse, elle a publié une trentaine de romans de genres variés – dont 5 à quatre mains – une pièce de théâtre et un recueil de poésie. Elle a participé à plusieurs collectifs d'auteurs (nouvelles et 2 romans à visée caritative) et ambitionne d'être publiée à l'international en traduisant ses romans en anglais.

Et n'oublie pas : des roses crème !

Philippe Stierlin
(France)

© Patricia Raccah « Œil maternel »

17 décembre 2016, un grand soleil d'hiver.

Elle reprit un verre de sucre de canne. Elle commençait à basculer de l'autre côté et fit défiler ses souvenirs.

Toute sa vie, elle s'était souvenue de ce voyage. Une folie. Elle avait quitté Marnes-la-Coquette ce 15 septembre 1956, vers cinq heures du matin, le jour de ses vingt ans. Elle avait filé en douce, laissant en plan les Jérôme, leur vaisselle dorée et leur argenterie. La veille encore, elle briquait leur parquet à la noix. C'est alors qu'elle avait reçu cette lettre de loin.

Elle savait en fuyant qu'elle ne reviendrait jamais à Marnes-la-Coquette. Elle conserverait de son séjour quelques souvenirs émus : son amitié avec la cuisinière, la luxuriance des hortensias du parc, la fidélité du clébard. Mais malgré le vieux bougon sympathique, – il aimait les livres anciens –, elle garderait des Jérôme cette rage définitive contre une certaine classe, celle qui agite la sonnette pour que la bonne leur apporte les plats, suivis du café.

Ils n'auraient qu'à se débrouiller sans elle, à laver eux-mêmes leurs torchons, à décrotter leurs morveux. Du moment qu'ils lui avaient payé son dernier mois. Hier, pour la première fois de son existence, elle avait eu le bonheur de goûter ce fromage blanc, aéré et crémeux : un Fontainebleau, enveloppé dans une mousseline. Le crémier de Marnes le lui avait offert pour son départ.

Elle s'était éclipsée de sa soupente par la porte grinçante du domaine pendant le sommeil du gardien, était allée à pied jusqu'à la Porte d'Asnières, sa valise défoncée à la main, presque un baluchon. Jusqu'à la Gare Saint-Lazare, elle avait embrassé le Paris des boulangeries dans lesquelles entrer pour un croissant lui aurait trop coûté. Le métro, ses deux yeux fidèles sortant du tunnel ovale, l'avait bercée. Il lui fallait prendre, Gare de Lyon, un train brinquebalant jusque dans le Sud, puis le bateau pour Alger.

Six mois à économiser pour retrouver son homme, enlacer le soldat qui lui manquait. Elle l'avait séduit un jour de juin et de soleil, talons aiguilles et robe à coquelicots, au café des Marronniers de Montjoie-le-Ruisseau, son village natal. Cette journée l'avait ramenée à Rimbaud. *Ces yeux tout rayonnants, comme aux grands jours de fête (...) Où les cœurs s'éprennent !* Elle avait une affection particulière pour ce poète, qu'elle avait lu en préparant son certificat d'études.

Depuis le départ de son amoureux pour ces terres lointaines, chaque jour qui passait lui enjoignait de le rejoindre. Les attentats que la radio ressassait en boucle faisaient craindre le pire. Les Jérôme, eux, vitupéraient contre le désordre. Bien assis dans leur canapé, cigare ou *Mandarine Napoléon* aux lèvres, limousine lustrée dans le garage.

Elle l'a vu. Ils se sont tenus par les yeux. Elle l'a trouvé changé. Comme une fêlure. Mais elle l'aime. Elle n'en démord pas. C'est le bon. Elle refusera l'autre homme de son village. Elle lui préfère Pierre. Un homme troublé par un tel périple, touché qu'elle ait dépensé sa paye pour venir jusque-là, qu'elle ait traversé la Méditerranée alors qu'il leur faudrait économiser pour la future maison, le moutard programmé. Pierre n'aime pas être redevable. Il lui donnera sa faible solde pour qu'elle puisse remonter à Montjoie. Elle ne peut pas rester ici avec les événements. Sa permission de troufion est terminée. Il ne pourra plus l'emmener aux portes du désert, sur cette piste tranquille, chevauchant une vieille moto, lui un chapeau de cow-boy sur la tête et une *Troupe* aux lèvres, elle un foulard de toile bise, pour se protéger des sables gris-jaune du Djebel Amour.

Elle s'appelle Pauline. Pierre et Pauline donc. Elle doit s'en retourner. Le bateau quitte le quai de la ville blanche pour Marseille. De là, elle prendra le train pour Lyon, la micheline pour Besançon, le bus jusqu'à Montjoie-le-Ruisseau. Il n'est pas venu lui dire au revoir. Son chef l'en a empêché. Pourtant ce n'est pas cet écart au règlement qui aurait mis en péril le régiment. Elle en a conçu une rancune durable pour le capitaine, une brute à béret rouge.

Le *Ville d'Alger* prend de la vitesse. Elle a mis son imperméable beige, des lunettes de soleil. L'enfant qu'elle adoptera lui trouvera une ressemblance avec Jackie Kennedy. La même beauté et la même inquiétude. Oui, c'est cela. Pour Alexandre, elle est Jackie Kennedy. Il n'y a qu'à regarder des photos et comparer.

Elle a constaté que son fiancé était sur le qui-vive, se méfiait de tout, un rien paranoïaque, une lampe de poche, un nerf de bœuf et le revolver sous l'oreiller, réveillé au moindre bruit. Son homme n'était pas ainsi auparavant. Il a explosé l'autre jour : le capitaine avait embarqué une gamine pour la violer. Il l'en a empêché. Le gradé s'est contenté d'arracher les boucles d'oreilles de la gosse. Pauline perçoit que la guerre est chez son homme un tremblement de terre. Mais comme lui, elle refoule. Ce malaise passera. Du moins le croit-elle. Elle a conscience de ce qui se trame, des horreurs que ce décor cache. Et cette lancinante question : pourquoi ?

Le bateau prend de l'allure. Il attrape les vagues cette fois, tentant de les éviter pour limiter la nausée. Au loin, elle entend une détonation. Il lui semble qu'une fine fumée sort d'un endroit de la ville. Mais non, ce n'est qu'une impression sur le ciel, se rassure-t-elle, alors qu'une bombe vient d'exploser au Milk-Bar. Elle sait maintenant qu'elle se mariera avec lui. Elle reviendra le chercher à Marseille lorsqu'il aura fini son service militaire. Elle ne pense pas à sa future vie. Elle ne sait pas qu'au final, elle le quittera. Ce sera alors une libération, de cette sorte de vent frais qui se lève après un soleil incendiant le jour, une chaleur mettant une semaine à céder. Une prise de conscience de sa condition de femme. Elle se rappelle comment, petite, elle libérait le ruisseau entravé par les feuilles mortes coincées entre les pierres.

Elle reprit une rasade de sirop de sucre. Elle ne s'imaginait pas un jour en vieille femme. Elle ne savait, non plus, comment elle finirait. Pourtant elle en était là. Elle avait quatre-vingts ans maintenant. Née en 1936, congés payés, Front populaire. Elle avait toujours été fière de son année de naissance.

Le jour s'amenuisait. Il tomba.

Noël arriva. Le docteur Toledano sonna. Pas de réponse. La porte n'était pas verrouillée. Il la poussa et poursuivit jusqu'à la chambre. Il connaissait le chemin. Il la trouva allongée sur le sol, au pied du lit en fer forgé. Les draps étaient défaits sur un côté. Le tissu fleuri, des violettes, contrastait avec l'hiver de la pièce. Pauline ressemblait à une poupée désarticulée. Sa tête légèrement tournée, reposait sur le bord tranchant d'une bassine en plastique. Une bassine comme un immense pot de chambre. On eut dit qu'elle y avait vomi. Les paumes de ses mains étaient tournées vers le ciel. Un des pouces était crispé vers l'intérieur. Sa chemise fine d'un blanc cotonneux, aux endroits où elle était remontée, laissait voir une peau bleuie sous des traînées marron. Sa chevelure magnifique ressemblait à une mauvaise perruque. De la bouche entrouverte, malgré le rouge à lèvres, perçait la muqueuse violacée.

Pauline dégoulinait de sucre, suintait le glucose, collait. Un caramel. Pauline la diabétique, les bras, les cuisses et le ventre piqués à l'insuline, après avoir avalé une demi-bassine de sucre et deux bouteilles de sirop de sucre de canne, était devenue un gros bonbon, une barbe à papa, un sucre d'orge. Plongée dans un coma diabétique réussi. Le docteur fit les gestes que la médecine ordonne. Sa patiente était bien morte. Il appela la police, sortit le formulaire consacré à la situation et se gratta le front. La case « suicide au sucre » n'existait pas. Il la rajouta à la main et agrafa au papier le ticket de l'épicerie laissé curieusement sur le buffet.

La porte par laquelle il était entré s'entrouvrit, laissant passer un courant d'air. Quand elle le vit, la chienne lui fit la fête. Elle gémissait. Ses cris exprimaient la joie de ne plus être seule. Sa queue rousse montrait combien elle était contente de trouver un être humain dont elle réclamait l'amour. Il lui tapota le museau avant qu'elle n'aille retrouver, tête baissée et truffe au sol, sa maîtresse répandue sur le lino. Elle la renifla tourneboulée, tournant sans cesse autour de la morte. Puis la lécha. La lécha. Lécha. Et plus elle léchait, plus ça la calmait. Elle léchait tout : la chemise, les jambes, les cheveux surtout. Au début à toute vitesse, avec avidité. Puis plus lentement, avec application. Le sucre lui avait été interdit des années, elle se rattrapait. Ses pattes laissaient des empreintes sur un sol de plus en plus sale.

Une voiture s'arrêta au dehors. Un policier colla ses pas dans cette mélasse, suivi d'Alexandre, le fils. Dans ces villages, tout va vite.

Alexandre oublia médecin et policier et s'assit sur le lit. Ses yeux dans le vide tentaient de résumer une vie au milieu de cette désolation. Ainsi donc le rossignol s'était tu, Jackie Kennedy n'était plus. Il attendit de longues minutes une réplique de ce tremblement de terre. Il se rendit compte du gouffre laissé devant lui par cette mort. Le vide appelle le vide. Il plongea. Il reprit sa respiration et se réfugia dans la chambre dans laquelle il avait vécu enfant. Il lui fallait se rassembler. Il sortit par l'arrière dans la roseraie, emportant discrètement la lettre que sa mère avait laissée dans le tiroir de la table de nuit. Il l'ouvrit frissonnant dans le jardin gelé. Dans l'herbe, un cyclamen avait poussé.

« Mon chéri, mon amour,
Ta mère est morte aujourd'hui. Je sais que cette phrase te sera terrible. Que tu n'y croiras pas, que tu refuseras que je ne sois plus là, et pourtant ma mort est irréversible. Je sais l'abîme qui s'ouvre devant toi. Toutes les images de moi, de toi sur mes genoux, de nous, qui te reviendront. Celle de ce petit de cinq ans que j'ai adopté jusqu'à l'homme complet que tu es aujourd'hui. Pardonne-moi de t'infliger cette souffrance. Je connais cette douleur terrestre et solitaire, moi qui te sais solaire et sensible. Je voulais d'abord te dire combien je t'aimais et combien je t'aime encore au-delà de ma mort physique. Mon amour de mère, je ne l'ai jamais mesuré, même si tu me trouvais des défauts, même si j'étais ta mère adoptive. Jusqu'au bout de moi-même, j'aurai fait ce que j'ai pu. Je n'ai pas ta rationalité, tes idées carrées. Mais je t'ai donné. Maladroitement, parlant sans réfléchir, t'étouffant aussi, te blessant parfois, mais je t'ai donné. Je ne regrette pas d'avoir trop ouvert les mains, le cœur, mais elles sont usées et il est fatigué. Et mes yeux, mes pauvres yeux, qui me font si mal et ne cessent de pleurer sous mes paupières rougies, m'ont abandonné. Mes os me transpercent. Ma force intérieure, je ne l'ai plus. Je

ne veux plus combattre. Entre mes rêves et mes souvenirs, la femme qui marche n'est plus.

J'ai décidé de partir. Décembre, c'est un beau mois pour quitter un jardin. Ma vie ici est finie. La déchéance physique m'est insupportable. Je ne veux pas que mon existence s'émiette. Je me suis progressivement éloignée des émerveillements de ma jeunesse. À l'heure de mourir, mes souvenirs me reviennent.

Auparavant j'étais magnifique. Tout le monde me le disait. Que je te raconte ! Jeune, les hommes adoraient mes cheveux, mes seins, mes épaules nues. J'allais au bal. Danser, une fête, un 14 juillet à Montjoie m'émerveillaient. J'avais un goût formidable pour la vie, les amis, les flonflons. Des garçons me faisaient la cour et l'amour. J'avais une énergie du tonnerre, des robes fleuries. Si je devais garder de ma jeunesse une seule chose, je dirais : les matins des dimanches de mai. Nuits blanches. Je rentrais de très bonne heure à la maison, défaite, le souvenir d'un baiser mouillé sur la bouche. Je ramenais du pain frais, une grande miche bien cuite et montais me coucher, prenant garde de ne pas réveiller mon père qui n'avait pas fermé l'œil de la nuit. Il s'était mis en quatre pour moi, lui qui n'avait jamais pu aller à l'école. J'avais soif de connaissances, le goût de la poésie et de la littérature auxquelles je dois tant, le souci du travail bien fait. Au début des étés, sous la chaleur, je les aidais au champ.

Puis j'eus des projets de vacances au bord des lacs, Annecy, les Alpes. Je rêvais de randonnées, de ski, de chalets. De la maison que nous allions construire avec celui qui allait devenir mon mari, du Noël avec les enfants que j'allais avoir. Il fallut avancer dans la vie. Je ne suis pas du genre à attendre assise sur le bord d'un chemin. Je fis un temps la bonne à Marnes-la-Coquette. Paris, le métro, les self-services, les grands cinémas… furent des moments merveilleux. Je m'émancipai. Il y eut alors cet aller et retour en Algérie, qui détermina tout. Ce voyage à la gare de Marseille pour aller chercher Pierre. Mon mariage avec lui.

En ce temps-là, les champs de Montjoie commencèrent à ne plus rapporter. Je me suis résolue à gagner ma vie. Je l'ai perdue en allant à l'usine, enfermée à câbler des voitures. Ce furent les cadences infernales, le mépris, la fatigue, le syndicat, la grève avec les copines, la désobéissance. Je me suis fait virer. Alors je me suis mariée, ai voulu avoir des enfants. J'ai créé ce jardin dans lequel tu es : une roseraie sur une terre donnée par mon père. Ces rosiers m'ont rempli de bonheur. Quand on vit dans les fleurs, on oublie le reste du monde. Elles me survivront. Pense à fleurir ma tombe avec un bouquet de roses crème. Quand tu viendras me voir, tu les changeras et les feras neiger.

Il y eut les naufrages que tu connais. Notre fils, à Pierre et moi, fut handicapé à la naissance. J'ai eu à m'occuper de lui seule, tant Pierre le rejetait. Ce fut un raz-de-marée sur notre radeau. Pierre de plus en plus insupportable et que je découvrais sous un autre jour. Bien sûr, il avait des circonstances atténuantes : ancien boulanger, qui se retrouvait à faire les 3 x 8 à l'usine, dans le bruit des presses, l'odeur de la peinture, la saleté… Mais il y avait autre chose. La guerre d'Algérie l'avait traumatisé. L'usine n'a rien arrangé.

Un jour de mai, tu es arrivé dans notre vie, dans ma vie. Dès le premier jour, j'ai su qu'un lien fort nous unirait. Je t'ai aidé à grandir, tu m'as aidée à vivre quand j'ai divorcé, à me soigner quand la maladie s'est emparée de moi. Merci pour ton amour. Je m'étais battue pour t'avoir. Pierre a toujours cru qu'en t'adoptant, je lui reprochais qu'il m'ait fait un garçon handicapé. Il a pensé qu'il s'agissait d'une faute, qu'elle venait de lui et que je l'en accusais. Il est devenu violent avec notre premier fils. Avec moi. Avec toi. Vint un moment où je ne l'ai plus supporté. Je préfère ne pas détailler ces moments.

Pendant ce temps, mon diabète me grignotait. J'ai essayé de surmonter ces épreuves, comptant sur mes forces. Mais le bateau prenait l'eau. J'ai protégé ton frère et lui ai trouvé une place dans une maison spécialisée. Il est bien là-bas. Il a un bout de jardin, un studio indépendant. Peut-être arrivera-t-il à cultiver un peu la terre. Ne le laisse pas tomber. Va le voir et apporte-lui des pivoines. Ces fleurs ébouriffées l'amusent. Il a toujours résisté à mes roses. Je l'ai aimé autant que toi. Je ne saurais pas vous départager. Toi, je connaissais tes capacités de défense, la rancune tenace que tu vouais à Pierre. Je te comprenais et j'en souffrais. J'ai divorcé. Ce fut une libération. J'ai ainsi tenté de retrouver la femme que j'étais. Mais il était trop tard.

Le temps court et vient le moment de te quitter. Mon drame est d'avoir voulu si intensément ce lien entre nous et de le rompre aujourd'hui. Désirer l'amour et devoir l'abandonner est terrible. Mais je n'ai plus la force de poursuivre cette vie, cette lettre elle-même. Le point de non-retour est atteint. Se tuer, qu'est-ce que c'est que se tuer ? Je ne suis plus qu'un feuillage desséché au milieu d'un bouquet de fleurs. Je t'embrasse. Pardonne-moi. Et n'oublie pas : des roses crème !

Ta maman, P. »

Alexandre revint à la première phrase. *Ta mère est morte aujourd'hui.* Elle résonnait en lui comme des battements dans le poitrail d'un enfant angoissé. *Ta mère est morte aujourd'hui.* Il avait donc perdu sa mère. Il lui devait tout. Sa vie, l'homme qu'il était devenu. Qu'est-ce que perdre celui ou celle à qui l'on doit son bonheur ? À qui l'on doit d'être là. Des larmes lui montèrent. Il s'empêcha de les essuyer. Il referma la lettre et la remit sur son cœur. Elle n'appartenait à personne d'autre que lui. Il revint dans la chambre. Le médecin avait disparu. Le policier analysait la serrure qui avait été forcée. Déjà que cet oreiller lui avait paru bizarrement impeccable…

Alexandre s'assit à côté de sa maman et lui prit la main. Dans le col d'un vase, une fleur fanée baissait la tête. La rose rouge meurt comme la rose crème.

© Philippe Stierlin[48]

---

[48] Auteur de polars, il nous emmène à Paris ou Montréal, aux îles Canaries ou en Nouvelle-Calédonie. Jasper, son commissaire fétiche, ours épicurien et solitaire, nous plonge dans les arcanes de l'État (*Une mort si tranquille* – Éditions du Losange, 2010), d'une grande entreprise de l'énergie (*Les morts sont sans défense* – Arcane 17, 2018) ou du monde médical (*Mortel sourire* – Arcane 17, 2022).

La perte d'une mère
Simone de Beauvoir

Valérie Mirarchi

(France/Belgique)

Françoise et Simone

Jean-Paul Sartre vous avait déclaré, chère Simone de Beauvoir, que vous aviez écrit là votre plus beau livre. Votre maman qui vous a inculqué une éducation catholique, que vous n'avez pas vraiment aimée, va se trouver dans une situation de faiblesse à cause d'un mal incurable.

Vous formulerez nettement dans *Une mort très douce* l'appréciation de la mort comme mal absolu faisant le récit de la maladie et du décès de votre mère Françoise de Beauvoir depuis son hospitalisation, à la suite d'une syncope, jusqu'à ses obsèques. Ici, vous revisitez le lien avec elle et vous racontez l'expérience de sa profonde vulnérabilité, elle qui dans l'enfance était si autoritaire avec vous. Votre récit est certes plutôt sobre mais très impressionnant. « *[…] pauvre carcasse sans défense, palpée, manipulée par des mains professionnelles, où la vie ne semblait se prolonger que par une inertie stupide* »[49]. Votre mère lutte pour vivre, si elle parvient à dormir une journée après une piqûre de morphine, elle dit en soupirant : « *Aujourd'hui, je n'ai pas vécu — Je perds des jours* »[50]. Votre volonté de résister entretient chez vous chère Françoise de Beauvoir l'espoir passionné de guérir, mais avec comme contrepartie une vive horreur de mourir. Éveillée, vous faites des cauchemars où vous êtes emportée dans une boîte, ou bien vous vous sentez tomber dans un trou, et vous suppliez votre fille cadette Poupette de ne pas permettre une telle situation. « *Je te tiens, tu ne tomberas pas* », vous disait Poupette. « *À un moment…maman a fermé les yeux, exténuée. Ses mains ont griffé les draps et elle a articulé : « Vivre ! Vivre ! » *»[51]. Vous vous agrippez également au monde par le regard pour le reconquérir chaque jour. Chaque jour votre visage

---

[49] Simone de Beauvoir, *Une mort très douce*, coll. folio Gallimard, Paris, 1964, p.27.
[50] *Ibid.*, p.119.
[51] *Ibid.*, p.90.

---

malade est plus creusé et tourmenté que la vieillesse. *« Dur travail, de mourir, quand on aime si fort la vie. « Elle peut tenir deux ou trois mois, nous ont dit les médecins » »*[52]. Mais ils se trompent : votre fin est proche : *« L'œdème ne se résorbait pas ; le ventre ne se refermait pas. Les médecins avaient dit aux infirmières qu'il ne restait qu'à abrutir maman de calmants »*[53]. Mais même la morphine s'avère parfois inefficace devant vos tourments : *« Et brusquement, elle a crié…Son corps écorché baignait dans l'acide urique qui suintait de sa peau ; les infirmières se brûlaient les doigts quand elles changeaient son alèse…Crispée, au bord du hurlement, elle gémissait : « Ça me brûle, c'est affreux, je ne peux pas tenir. Je ne tiendrai pas ». Et dans un demi-sanglot : «je suis trop malheureuse », avec cette voix d'enfant qui me déchirait »*[54]. Votre fille Simone enregistre terrifiée les cris de sa maman, en se répétant comme hallucinée des mots entendus autrefois quand son oncle, Maurice, est mort d'un cancer : *« pendant des jours il avait hurlé : Achevez-moi. Donnez-moi mon revolver. Ayez pitié de moi »*[55].

Moribonde, Françoise de Beauvoir, vous devenez indifférente à tout : *« Moi, je ne sais plus si j'aime personne »*[56], dites-vous d'un air surpris et navré. Vous répétez : *« Ça m'est égal. Tout m'est égal »*[57]. Et quand votre fille Simone vous montre une rose apportée de Meyrignac, où vous aviez passé votre enfance, vous n'y

---

[52] *Ibid.*, p.113.
[53] *Ibid.*, p.116.
[54] *Ibid.*, p.115.
[55] *Ibid.*, p.81.
[56] *Ibid.*, p.121.
[57] *Ibid.*, p.120.

jetez qu'un coup d'œil distrait et vous replongez dans le sommeil.

Votre fille Simone quitte la clinique, rentre chez elle, et se couche : *« Je me suis réveillée : le téléphone sonnait : « Il n'y en a plus que pour quelques minutes. Marcel vient te chercher en auto ». Marcel* — *le cousin de Lionel* — *m'a fait traverser à toute allure Paris désert [...] Poupette est venue au-devant de nous dans le jardin de la clinique : « c'est fini ». Nous sommes montés. C'était tellement attendu et tellement inconcevable, ce cadavre couché sur le lit à la place de maman. »*[58]

Et, à bout de forces, votre Poupette raconte : *« À une heure maman a de nouveau bougé…Elle avait de plus en plus mal à respirer. Après une nouvelle piqûre, elle a murmuré d'une voix un peu pâteuse : « il faut…réserver…l'armore. —Il faut réserver l'armoire ?* — Non, avez-vous dit. *La Mort. » En appuyant très fort sur le mot :* mort. » Vous avez ajouté : *« Je ne veux pas mourir. Mais tu es guérie ! Ensuite, elle a un peu divagué : « J'aurais voulu avoir le temps de présenter mon livre…Il faut qu'elle donne le sein à qui elle veut…Maman avait à peu près perdu conscience. Elle a crié soudain : « J'étouffe ». La bouche s'est ouverte, les yeux se sont dilatés, immenses dans ce visage vidé de sa chair : dans un spasme elle est entrée dans le coma…le cœur battait, elle respirait, assise, les yeux vitreux, sans rien voir. Et ç'a été fini »*[59]. Poupette sanglotait ; *« je vous assure que ç'a été une mort très douce »* - dira le garde.

Pour vous, Françoise, la religion avait été le pivot et la substance même de votre vie. Pourtant, durant

---

[58] *Ibid.,* p.123-124.
[59] *Ibid.,* p.124-127.

votre maladie, vous avez cessé de prier. Vous n'avez jamais réclamé la visite d'un prêtre. Ce n'est pas à la religion, mais à d'illusoires espoirs de guérir que vous fîtes appel pour apaiser votre angoisse. Vos espoirs furent habilement entretenus par vos deux filles, qui vous cachaient la gravité de votre maladie. Leur « babillage menteur » secondé par les piqûres de morphine, atteignit son but : chère Françoise, vous êtes morte sans vous être aperçue de la présence menaçante du « noir soleil que nul ne peut regarder en face ». Et de ce point de vue vous avez eu « une mort très douce ».

Quant à vous, Simone de Beauvoir, vous avez été bouleversée par la maladie et la mort de votre mère. À son chevet, vous vîtes la mort telle qu'elle avait toujours hanté l'imagination des humains. Tâchant de vous expliquer la violence de votre chagrin, vous écrivez, chère Simone de Beauvoir : *« Maman aimait la vie comme je l'aime et elle éprouvait devant la mort la même révolte que moi. »*[60]

Esprit philosophique, vous tentez de dépasser votre souffrance en vous acheminant vers des réflexions métaphysiques, mais celles-ci ne sont propres ni à vous calmer, ni à vous consoler. À 26 ans, vous pensez que la vie enveloppe deux vérités : la gaieté d'exister et l'horreur de finir, mais bien que vous soupçonniez que la seconde fût plus profonde, elle basculait de l'une à l'autre. Maintenant, en traversant en taxi les beaux quartiers de Paris, après avoir quitté la clinique, vous pensez : *« Parfums, fourrures, lingeries,*

---

[60] *Ibid.*, p.132.

bijoux : luxueuse arrogance d'un monde où la mort n'a pas sa place ; mais elle était tapie derrière cette façade, dans le secret grisâtre des cliniques, des hôpitaux, des chambres closes. Et je ne connaissais plus d'autre vérité »[61]. La seule vision vraie de la vie est celle qui vous saisit, comme menacée de toute part et à chaque instant par la mort.

Malgré sa foi profonde, votre mère n'a pas désiré l'assistance d'un prêtre et elle est morte sans avoir reçu les derniers sacrements. Il y a là un cas concret qui prouve que la religion et en particulier la croyance à l'immortalité de l'âme est impuissante devant l'angoisse de la mort. En fait *« des saintes sont mortes, hurlantes et convulsées »*[62]. C'est que l'existence éternelle aux cieux signifie, sur la terre, la mort : elle n'a donc pas de prix pour celui qui aime la vie : *« l'immortalité, quand on tient à la vie, ne console pas de la mort »*[63]. Il est également douteux que la religion puisse apaiser le chagrin des proches : le jeune prêtre qui dit la messe, lors de la cérémonie funèbre, le reconnaît dans son bref discours : *« Dieu est très loin »* a-t-il dit. *« Même pour ceux d'entre vous dont la foi est la plus solide, il y a des jours où Dieu est si loin qu'il semble absent »*[64].

Votre mère *« encourageait à l'optimisme lorsque, percluse, moribonde, elle affirmait le prix infini de chaque instant »*. On serait tenté de qualifier cette posture d'héroïque, si une telle épithète ne risquait sinon de masquer, au moins d'atténuer sa vanité. D'ailleurs,

---

[61] *Ibid.*, p.111.
[62] *Ibid.*, p.131
[63] *Ibid.*, p.132.
[64] *Ibid.*, p.143-144.

chère Simone, vous ajoutez : *« son vain acharnement déchirait le rideau rassurant de la banalité quotidienne »*. Condamné d'avance à l'échec, l'acharnement de votre mère Françoise à vivre était vain et sa défaite déchire le rideau sous lequel la banalité quotidienne essaye de masquer la mort pour se rassurer.

L'opinion courante admet qu'un octogénaire *« a bien l'âge de mourir »*. Mais, vous remarquez, on ne meurt *« ni d'avoir vécu, ni de vieillesse. On meurt de quelque chose »*. Votre mère est morte d'un sarcome : *« Un cancer, une embolie, une congestion pulmonaire : c'est aussi brutal et imprévu que l'arrêt d'un moteur en plein ciel »* même si l'on est voué par l'âge à une fin prochaine. Mais selon vous chère Simone de Beauvoir, il n'y a pas de mort naturelle : *« Rien de ce qui arrive à l'homme n'est naturel puisque sa présence met le monde en question »*[65]. En tant qu'à titre de subjectivité il fait paraître le monde, l'homme est un être transmondain, il ne fait pas partie de la nature ; et, par suite, rien de ce qui arrive n'est naturel. *« Tous les hommes sont mortels : mais pour chaque homme sa mort est un accident et, même s'il la connaît et y consent, une violence indue »*[66]. Votre plume dans *Une mort très douce* est admirable et percutante mettant en lumière les transformations du rapport mère-fille face à la mort et l'expérience de l'impuissance face à la souffrance d'autrui.

---

[65] *Ibid.*, p.151-152.
[66] *Ibid.*, p.152.

C'est poignant, c'est fort, c'est bouleversant, c'est tragique Madame de Beauvoir !

©Valérie Mirarchi[67]

---

[67] Valérie Mirarchi, docteure en philosophie de l'université de Reims et agrégée de l'université catholique de Louvain-la-Neuve, est professeure dans l'enseignement secondaire de la Communauté française de Belgique. Elle est conférencière et membre de l'association Françoise Sagan dirigée par Denis Westhoff. Jurée du Prix Littéraire Sagan, elle a publié aux Éditions Universitaires de Dijon, des portraits remarqués de Françoise Sagan, de Romain Gary, d'Albert Camus et de René Daumal.

La ballade[68], une amie pour la vie
Élisabeth Simon-Boïdo
(France)

Longtemps je ne me suis pas reconnue en ma mère, longtemps je n'ai pas voulu lui ressembler. Quelle était cette crainte à chacun de mes accouchements de demander au papa de suivre la sage-femme, de ne pas la quitter des yeux, de peur que l'on échange l'enfant à la naissance ? J'ai toujours pensé que j'avais été échangée à la naissance, et pourtant…je suis bien la fille de ma mère.

…à ma mère…

© Archives de famille

---

[68] Petit poème. Au Moyen-Âge, poème narratif ou lyrique.

Un petit air frais venait de renouveler l'atmosphère de ma chambre. Fenêtre ouverte, il me semblait entendre la murmuration d'un vol d'oiseaux effectuant un impressionnant ballet aérien à couper le souffle.

Ce jour de l'aube et de ciel à peine étoilé, il y avait des volutes, des arabesques, des formes géométriques et une musicalité incroyable. Un véritable show du ciel. Reliés les uns aux autres, c'était un vol d'étourneaux Sansonnets qui ressemblait à une danse, une danse aux illustrations bien orchestrées, une danse rythmique, au tempo modéré de la sonnerie de mon smartphone.

Subitement mon rêve avait disparu et le calme ouaté de mon réveil ne me surprit pas…à la lueur du petit matin, mon smartphone en main, collé à mon oreille gauche, une voix.

— Allo ?

— Oui allo ?

— Bonjour… Madame Simon ?

— Oui bonjour

— Je suis le docteur Montpré de l'hôpital de Cimiez.

— …

— Votre maman est décédée, ce matin.

— …

— Allo ?

— Oooo, ma pauvre maman…

— Je suis désolé…Toutes mes condoléances Madame.

— Mais quelle heure il est ?

— Il est cinq heures et demie du matin, madame. Vous pouvez venir la voir si vous le désirez.

Face à cette triste nouvelle, c'est la question la plus insensée qu'il m'ait été donné de poser. Ce jour-là, une mélodie triste et vagabonde a déchiré mon cœur noir de fusain et a emporté en moi quelque chose. La mélancolie s'est emparée de moi comme une plaie cuisante aux pétales charbon de bois et s'est étalée en un paysage d'été contrarié. Alors, j'ai conjugué l'ombre des arbres, l'obscurité et les ténèbres.

Puis un mystérieux sentiment jusque-là insoupçonné s'est opposé à moi et a meurtri mon Zoon logikon. Le doute est venu me chercher, et d'une rive à l'autre un tourbillon d'eau, une agitation trouble, j'étais seule et abandonnée. Alors j'ai conjugué le trou noir de l'océan, la tempête et les vertiges.

Et c'est à ce moment que l'insaisissable volonté a percé l'énergie de ma sève et m'a laissé aller à mon oisiveté décomplexée. Le désarroi, tel des flammes d'un rouge vif et soutenu, brûlait l'appeau du cri et de son pouvoir. Alors j'ai conjugué le feu de paroles, les braises endolories et les tensions.

Maman s'en est allée dans la chevelure de Bérénice[69] un jeudi…le 31 août 2023…en me laissant, là…dans cette chambre à l'atmosphère étrangement anonyme. Comme un moment hors du temps, à pas feutrés, j'avançais en direction du lit dans lequel ma

---

[69] La chevelure de Bérénice est un astérisme du ciel boréal qui a été défini comme l'une des 88 constellations modernes. Elle est localisée entre le Lion à l'ouest et le Bouvier à l'est, et est visible des deux hémisphères.

mère semblait dormir. Timide, j'avançais encore, plus près. Enfin arrivée à sa hauteur, je touchais son front, ses cheveux. Elle avait froid. Dans un dernier silence, elle s'était retirée des siens avec ses secrets et ses cachotteries. Étaient-ce ces mêmes secrets et ces mêmes cachotteries qui ont fait de moi ce que je suis aujourd'hui ?

À la question posée :
– Votre maman est veuve de ? Je répondais :
– Je ne sais pas.
– Votre maman est mariée à …?
– Je crois qu'elle a été mariée une fois.
– Votre maman est divorcée, alors ?
– Peut-être…je ne sais pas.

Décontenancé, le directeur des pompes funèbres s'était résolu à annoter sur l'acte de décès, *célibataire*.

Je n'ai jamais su si j'aimais ma mère, si je la respectais, si je la craignais ou si elle me faisait de la peine. Peut-être était-ce tout ça à la fois ? Je sais seulement que je lui en voulais terriblement de ne pas m'avoir protégée, accompagnée dans mes envies d'études, dans mes projets de vie. Je l'aurais voulue à mes côtés et ne pas me sentir mise de côté.

Née neuf ans après la première guerre mondiale, le 15 août 1927 à Fécamp d'une famille sans le sou, elle n'échappa pas à la seconde. Quand des sirènes annonciatrices de bombardements allemands se mettaient à hurler, la population devait rejoindre les abris souterrains. Très souvent, la désobéissance prenait la main du voisin et tous deux montaient sur le toit de la maison et regardaient passer les avions. Allongés à plat ventre, ils riaient.

Le six juin 1944, elle a dix-sept ans. De jeunes américains débarquent en Normandie pour ravitailler pendant des mois une population affamée.

— Les Américains de deux ans mes aînés me donnaient du chocolat et du chewing-gum, me confiera-t-elle un jour.

La mère de ma mère s'était mise à boire de désespoir sans doute ; son mari les ayant délaissés pour sa professeure de violon. Abandonnés à leur triste sort, le frère de ma mère, Henri, s'était mis à voler de la nourriture sur les étalages des commerçants. Appréhendé par la police, il avait fait de la prison pour cela. Quant à ma mère, l'aînée, elle fut placée dans une famille comme domestique à tout faire.

Une fois, on lui proposa d'être danseuse au Moulin Rouge, elle refusa de danser les seins nus. Une autre fois, une fille lui fit des avances, elle déclina cette proposition à laquelle son éducation n'était pas favorable, enfin j'imagine.

Sa sœur était une jolie brune aux yeux verts, son petit frère Martial était son préféré…Un jour, elle a cassé ses vieux sabots pour en avoir des neufs, mais faute d'argent, ses parents lui laissèrent ses vieux sabots cassés aux pieds. Un autre jour, elle obtint des livres pour son premier prix de lecture, elle avait six ans et c'était sa plus grande fierté. Passionnée de littérature, elle lisait beaucoup et écrivait aussi. Elle détestait sa grand-mère paternelle, une femme dure qui rapportait tous ses moindres faits et gestes de la journée. Souvent punie, elle allait au lit sans manger mais sa mère, meurtrie par la vie, n'en restait pas moins maman, elle se débrouillait toujours pour lui apporter en cachette un morceau de pain. Elle se souvenait de sa grand-mère maternelle, une femme douce et aimante. Elle restait toujours très évasive et les détails n'étaient pas son fort, alors bon gré mal gré je me contentais des quelques pièces du puzzle en cours de construction, un vrai chantier.

Tout ce que je viens d'énumérer, comme ça de mémoire, en vrac, c'est tout ce que je sais, c'est tout ce qu'elle a bien voulu me dévoiler. Est-ce que sa souffrance se signait comme un silence pour celles et ceux qui n'ont pas voulu entendre et voir ? Et si ce silence n'était qu'un baume de bienveillance à mon égard sur une cicatrice à fleur de peau ?

Née de père inconnu, je n'ai pas eu de grands-parents, de tantes, d'oncles, je n'ai pas eu de cousinades…mais j'ai eu de bons chocolats chauds à la sortie de l'école, des copains, des copines, des arbres et des grands champs que je respirais à pleins poumons, la faune et la flore que j'observais avec beaucoup d'intérêt et qui ont fait de moi une amoureuse du monde vivant. Restée en contact avec ma mère, malgré nos différends, je pensais trouver des réponses à des questions que je m'étais toujours posées. Qu'ont fait mes oncles et ma tante durant la guerre ? À quoi ressemblaient-ils ? Que sont-ils devenus ? Combien ma mère a-t-elle eu d'enfants ?

Combien de fois a-t-elle été mariée ou pas ? Qui était mon père, je veux dire mon géniteur ? Au lieu de ça, je suis uniquement tombée sur de l'agacement, de l'irritation. Elle se fâchait, vraiment ! Et elle finissait toujours par balancer :

— J'ai tiré un trait sur mon passé, le passé c'est le passé. Ça ne sert à rien de le ressasser. Moi, je regarde devant.

Immédiatement je me taisais pour ne pas envenimer et gâcher le temps précieux que nous nous consacrions. A cet instant je la craignais car sa souffrance était réelle.

Dans ses cartons, mon frère jumeau a trouvé des pages et des pages de ses écrits et un cahier aussi…un héritage précieux, des mots, aimer et espérer. Écrire pour guérir ? Nous avons lu, mon frère et moi, un de ses textes lors de ses funérailles. Pour le reste, j'attends encore un peu. Je redoute d'y trouver des vérités qui me feraient l'effet d'une bombe à retardement.

C'est à la lecture de son premier poème « résignez-vous mes chéris »[70], que je compris que je portais en moi toute sa sensibilité et son amour pour la littérature…

---

[70] Poème trouvé dans le carnet de maman, à ce jour je ne sais pas si elle l'avait écrit elle-même ou si elle l'avait lu quelque part.

Résignez-vous mes chéris,
Résignez-vous mes chéris, nous nous reverrons plus, mais moi je
serais quand même là, heureuse et soulagée!
Avant de partir pour un autre monde,
Voilà un rêve non réalisé,
Car j'aurais tant aimé une visite en Grèce,
Enchantée de découvrir tous les sites, paysages presque familiers.
Je sais qu'il pleut en ce moment,
Aussi c'est une visite un peu insolite à travers le brouillard.
J'imagine que dans les monastères il fait frais,
Ce n'est pas l'été, ni la chaleur,
À part dans des endroits plus chaud et très touristiques. Des jours
à vagabonder,
En des paysages merveilleux, Mer,
Montagnes, Oliviers, Cyprès,
Où le métier de touriste est agréable. Des jours inoubliables dans
les sites, Vent et soleil,
Aridité et paix du cœur.
Il faut bien se réadapter !... Affection de moi, à vous tous.

Je revois ma mère avec son élégance sans pareille, sa coquetterie à parler sans notes, son visage de poupée. J'entends encore ma mère me dire :

— Il faut savoir pardonner. Pardonner, c'est soulager ses maux. Pardonner c'est vivre mieux.

Mais de quels maux voulait-elle donc se libérer ?

Alors quand le diacre m'a demandé par téléphone de parler de ma mère pour qu'il puisse la présenter au mieux devant Dieu, c'est mon frère jumeau qui a eu cette phrase formidable :

Maman a vécu des batailles qu'elle a menées comme elle a pu, comme elle a pensé être juste.

© Élisabeth Simon-Boïdo[71]

---

[71] Ancienne élève de Julien BERTHEAU (ex sociétaire de la Comédie-Française), elle a créé une école de théâtre à Roquefort-Les-Pins dans les Alpes Maritimes (France), dédiée aux jeunes de quatre à dix-huit ans. Après avoir enseigné la comédie et monté des pièces pendant vingt ans avec ses élèves, elle se lance comme auteure pour la jeunesse qu'elle affectionne tant.

Ma mère, cette inconnue

Nouvelle

Sandrine Mehrez Kukurudz

(États-Unis)

© Sandrine Mehrez-Kukurudz

Il est 10h28, et sur cette route qui relie Nice à Menton, ma vie bascule en quelques secondes. Mes certitudes sur celle que je croyais connaître mieux que moi encore viennent de s'envoler.

Figée sur le siège passager, je tente de rassembler les morceaux du puzzle de ma vie, que ma tante a soudainement éparpillé, il y a quelques instants à peine quand je lui avais lancé :

— Ce n'est plus tenable cette volonté de me protéger de tout et de tous. Je n'ai pas de vie, je suis constamment malmenée par les angoisses de maman, son obsession à me voir disparaître à tout instant de la surface de la Terre, comme si le monde était un ogre obsédant, prêt à me dévorer à chaque instant.

Combien de fois ne me suis-je plainte à la sœur de maman de cet étouffement qui me pèse depuis l'enfance et qui n'est plus tolérable aujourd'hui, alors que j'aborde la vingtaine triomphante, consciente que ce pouvoir de séduction me permet de bâtir ma vie professionnelle comme je l'entends et de lister mes amants, à la recherche du temps que je n'ai plus à perdre.

Ce mercredi 12 août 2015, la tension est encore montée d'un cran entre nous, alors que je dois décliner — une fois de plus — les promesses d'une soirée enchanteresse. « Trop loin, trop tard, trop dangereux, trop de monde, trop de tentations », a estimé maman la veille, m'obligeant à capituler une fois de plus pour éviter un drame familial. « Trop de tout » ai-je expliqué à ma tante ce matin. Trop de tout pour ma tante aussi, vraisemblablement. Trop de mensonge, de vérité enfouie, de satané secret de famille, de bouche cousue, de promesse tenue, de retenue. Alors, elle a craqué :

— Tu ne peux pas comprendre, je le conçois et j'en souffre pour vous deux et pourtant il est temps que tu connaisses ta mère. Que tu mettes des maux sur son comportement à ton égard. Que tout prenne un sens. Elle te le doit et si ce n'est-elle qui s'en affranchit, ce sera moi.

Mon silence devient respiration. Celle que prend ma tante pour formuler ce qui ne m'a jamais été dit. Mon silence est une inquiétude. La peur de l'inconnu. Ce sont ses yeux qui parlent en premier et qui demandent pardon. Celui des non-dits qu'on ne devrait jamais cacher. Alors, ces non-dits, elle choisit de les dire :

— Tu n'es pas sa première enfant. Ni ton père, son premier mari. En te racontant aujourd'hui ce pan de la vie de ta mère dont tu n'as pas idée, je vais enfin me libérer de cette promesse ridicule dont je suis complice depuis trente ans.

Voilà ! Maman a eu une autre vie. Avant moi. Sans moi. Une vie volée qui a conditionné la femme qu'elle est depuis. Une petite lumière s'est éteinte pour toujours le 26 avril 1985, dans une chambre d'enfant abandonnée par sa locataire, dans un immeuble quelconque de la rue de la Liberté à Dinard.

Je viens d'apprendre que ma mère avait vécu en Bretagne, qu'elle avait été mariée et maman d'un petit garçon dénommé Raphaël. J'ai réalisé, il y a quelques minutes, qu'en cette belle journée de printemps breton, maman avait perdu le sens de sa vie et que j'en subissais quotidiennement les répercussions. Qu'elle était un vase cassé depuis qui peinait à se réparer et que mon amour ne suffisait pas à recoller les morceaux.

Il est onze heures, ma tante et moi sommes attablées en bord de mer, finissant la route vers Menton, silencieuses. Aucun mot ne peut combler ma stupeur. Ma respiration est profonde, Je manque d'air et tente de siroter ma grenadine, les yeux rivés sur la mer turquoise et les quelques promeneurs matinaux.

Ma tante reprend alors son récit. Péniblement. Il lui faut désormais raconter cette vérité lancée à la volée, coincée depuis des décennies dans un cœur trop petit pour supporter le mensonge. Combien de fois n'ai-je dû avaler les couleuvres qu'on me servait sur un plateau éculé. « Oui ta mère s'est mariée tard. Il lui fallait rencontrer le bon, que veux-tu ». « Oui, ta mère s'inquiète de tout, c'est dans son tempérament et tu n'y peux rien. Elle t'aime ».

Entre les crevettes grises et les bulots, j'apprends que maman était mariée à un Américain, venu en France en mission pour une organisation étatique. Au moment d'être rappelé aux États-Unis, il décide de ne pas rentrer, quitte son employeur et trouve un travail en France. C'est à Paris qu'il rencontre maman, en tombe éperdument amoureux, et l'emmène sur les routes, muté à Dinard pour ouvrir une succursale et faire rayonner la marque en terres bretonnes. Le couple s'effiloche rapidement. Leur amour prend l'eau au fil des jours. Maman et son mari ne sont d'accord sur rien, trop éloignés culturellement sur les sujets qui divisent.

Quand naît l'enfant, les fissures s'amplifient et le fruit de leurs amours devient le sujet de leurs querelles. Lui veut rentrer aux États-Unis. Pour elle, il est hors de question de traverser l'Atlantique, tant il lui a déjà été compliqué de s'acclimater à cette région de France.

Le 26 avril 1985, maman rentre du travail, épuisée et traînant les pieds à l'idée d'affronter une énième discussion agitée. Il est tard et pourtant nulle lumière n'éclaire les fenêtres. C'est un appartement abandonné que ma mère découvre en poussant la porte de chez elle. Son petit garçon n'est pas là, ses affaires et ses jouets ont disparu comme sa grande valise rouge. Dans sa chambre, maman découvre que le pan du placard de son mari n'est plus que poussière et vide abyssal. Les passeports ne sont plus à leur place, ni le livret de famille. Dans la salle de bain, le tiroir de ses effets a été vidé. Il ne reste pratiquement plus rien de la présence de ses hommes dans cette maison.

– Mais on retrouve des gens qui quittent le pays. On ne s'évanouit pas comme ça en pleine nature.

Si, m'objecte ma tante, on peut s'évanouir comme cela. La police a bien alerté ses homologues américains. Son mari a été retenu à la frontière par les autorités locales, qui ont expliqué qu'« il dormirait en prison ce soir selon la loi américaine ». Ma mère n'a pas voulu infliger à son enfant la vue d'un père menotté et l'abandon sur une terre étrangère. Elle a demandé qu'on le laisse alors aller. Elle s'expliquerait plus tard. Elle irait les retrouver et ramènerait son mari à la raison. C'était un coup de folie. Elle le laisserait passer quelques semaines « chez lui » avec leur fils. Après tout, il est encore bien petit et l'école ne lui fera pas défaut. Elle trouvera une explication parfaite pour le directeur de la maternelle, la nourrice et tous ces gens qui gravitent autour de Raphaël.

— Et puis son mari et son enfant ont disparu.

Ma tante ne retient plus ses larmes. Certainement d'avoir pu enfin mettre un point final à cette rétention de vérité qui la grignotait intérieurement.

— J'avais promis à ta mère. En fait, ce n'était pas un secret de famille, mais une volonté pour elle de se reconstruire en effaçant son passé. Tu comprends ?

Non. Je ne comprends pas. Si la perte est insurmontable, le silence n'est pas acceptable. Parce que sa douleur a conditionné nos vies, ma vie. Parce que je porte sa déchirure, mais aussi ses inquiétudes. Parce que je ne serai jamais indemne de son drame qui me colle indéniablement à la peau, à l'âme, à mon avenir, à mes joies, mes peines, ma vie de femme et certainement de mère.

Des années durant, elle a cherché ses hommes, qui se sont fondus dans les centaines de millions d'Américains, dans les cinquante-et-un États de ce pays gigantesque, qui les a dévorés. Elle a cherché, puis un jour elle a rencontré mon père et a décidé de tout effacer pour survivre. Elle a brûlé les photos, les papiers et s'est offert une nouvelle virginité maritale et parentale. Avec au fond du cœur et des tripes une cicatrice béante.

Elle n'a rien dit. Ni à ce nouvel époux, ni à sa nouvelle fille. Seuls les témoins de cette époque savaient et ont promis d'emporter le secret de ma mère dans leur tombe. Les années ont passé. J'ai grandi comme une carafe de cristal. Entourée de trop de précautions. Et aujourd'hui, je sais pourquoi.

Il me faut vivre avec ou sans. À moi de décider de ce que je ferai de ce secret demain. Aurai-je le courage d'affronter ma mère. En ai-je le droit ? Aurai-je l'envie de l'entraîner à nouveau dans ce passé douloureux. Aurai-je un jour le besoin de régler sa douleur pour affronter mon avenir. Aurai-je l'audace de retrouver ce frère de nulle part et d'ailleurs, qui m'a certainement manqué inconsciemment à un moment de mon enfance, mon adolescence et aujourd'hui ma jeune vie d'adulte.

Nous avons à peine touché à nos plats. La fourchette se promène sans grande motivation entre les chairs du loup grillé. Ma tante ne sait comment poursuivre la conversation. Et il est vrai que je ne l'aide guère. Tout est à présent plus facile pour elle. La vérité l'a libérée. Désormais, c'est moi qui me retrouve avec le lourd fardeau de ma mère.

– Ne juge pas ta mère.

Je ne juge personne. Je partage sa souffrance et je vais vivre désormais avec la mienne. Personnelle.

Différente. Je vais aussi composer avec une situation inattendue : je ne connais plus ma mère. Je n'ai pas la moindre idée de ce qu'elle a vécu avec cette famille qui me gicle au visage. Et si elle a pu me cacher cette partie importante de vie, elle a pu également se soustraire à d'autres vérités. Ma mère est désormais une inconnue. Que j'aime malgré tout. Pas moins. Mais différemment. Avec aujourd'hui un mur qui sépare notre destin commun. Avec un enfant avec lequel je partage maman. Même invisible. Lui et moi avons vécu neuf mois dans les mêmes entrailles, reçu cette dose d'amour maternel inestimable, ces câlins précieux, cet amour unique. Je pensais avoir eu le privilège de tout ceci. Mais avant moi, un frère m'a précédé dans le processus d'amour maternel et je n'ai été que la seconde répétition de ce qu'elle avait déjà donné et vécu.

Ce 25 août, je n'ai plus la même place dans la vie de ma mère. Et il va falloir désormais composer avec elle. Avec ma mère, cette inconnue.

© Sandrine Mehrez Kukurudz[72]

---

[72] Auteure franco-américaine et fondatrice de Rencontre des Auteurs Francophones.

J'ai deux mères, mais pas d'identité
Laurence Flez-Renaudin
(France)

— Bonjour, Stella. Je suis très heureux de vous recevoir aujourd'hui pour parler de votre dernier livre, *J'ai deux mères mais pas d'identité*. C'est la première fois que vous écrivez une biographie. Je ne vous cache pas que cela m'a beaucoup surpris.

Les mots de l'animateur dans le petit studio et les caméras discrètes créent une atmosphère intime, propice aux confidences. Malgré un public nombreux, le brouhaha cesse instantanément. Je respire profondément pour ne pas me laisser submerger par les émotions. Je serre les poings pour éviter que le tremblement de mes mains s'intensifie. Je ferme les yeux un instant pour puiser en moi la force d'exprimer ce que j'ai à dire.

— C'est à moi de vous remercier de votre invitation. Il me tenait à cœur de rétablir la vérité - comme vous le savez, la presse à scandales s'est emparée de mon histoire — et ce en mémoire de ma mère, cette femme qui m'a élevée dans un univers de paillettes et de strass, un monde où le glamour et l'artifice étaient son quotidien.

J'ai grandi parmi des danseurs, des musiciens et des artistes de toutes sortes, mais maman a toujours veillé à ce que je garde les pieds sur terre. Elle me disait chaque jour « *La scène est un rêve, ma chérie, mais la réalité est ce qui se passe quand les lumières s'éteignent.* »

Il n'y a pas un seul jour où elle n'a pas vérifié que mes devoirs soient faits avant de partir travailler, c'est-à-dire se transformer en la star qu'elle était. Elle avait à cœur que je comprenne la valeur de l'éducation et de la discipline, la différence entre l'illusion du spectacle et la vie réelle.

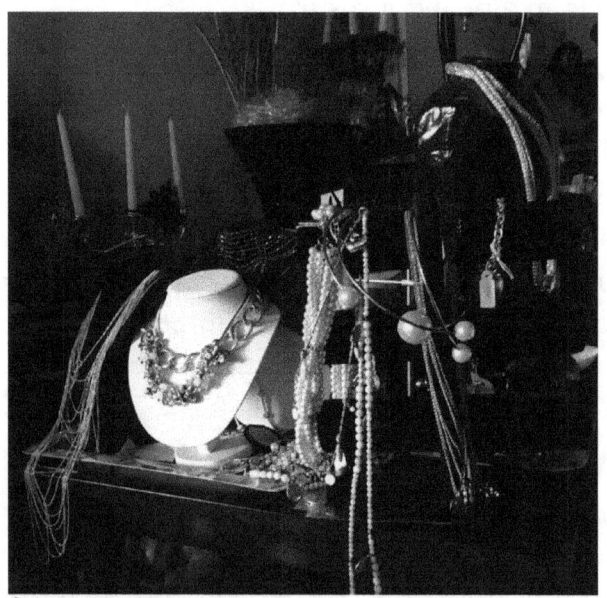

© Anna Alexis Michel

Chaque fois que je me sentais éblouie par les strass et les paillettes, elle me ramenait doucement à la réalité avec ses étreintes chaleureuses et ses mots plein de sagesse. Dans ses bras, je trouvais un amour inconditionnel qui n'avait pas besoin de projecteurs pour briller. Elle était mon ancre dans un monde de mirages, et pour cela, elle restera toujours ma véritable étoile. Cette femme adulée, connue de tous, m'a offert tout son amour et son temps. Aussi je tenais à dévoiler la vérité, pour faire taire les tissus de mensonges ou une réalité déformée destinée à faire le buzz à la une des journaux.

Ce livre, c'est mon histoire, mais surtout une interrogation sur la recherche de qui je suis aujourd'hui.

Je sens chaque syllabe quitter mes lèvres, mes yeux parcourent la foule, mais mon esprit est ailleurs. Il est avec elle, cette maman que j'aime de tout mon cœur, et qui m'a aimée en retour, mais qui m'a également trahie.

— C'est une plongée dans la complexité des relations maternelles, ces liens invisibles mais indélébiles qui nous façonnent dès notre premier souffle.

J'ai besoin de marquer une pause. L'émotion me saisit. Je pense à tous ces moments où ma mère m'a tenu la main, m'a consolée, m'a encouragée. Mais aussi à ce moment qui m'a dévasté dans le bureau du médecin. Cet instant précis où il m'a révélé le secret qui allait ébranler les fondations même de mon identité.

— Les mères sont souvent nos premières héroïnes, nos premiers modèles. Elles sont le miroir dans lequel nous nous regardons pour savoir qui nous sommes. Mais que se passe-t-il quand ce miroir est brisé ? Quand on découvre que l'image reflétée était une illusion ?

Je sens une boule se former dans ma gorge. Des larmes perlent au coin de mes yeux. Je m'efforce de continuer, c'est important.

— Les secrets, ces vérités cachées dans les recoins sombres de nos vies, ont le pouvoir de nous détruire. Ils peuvent éroder notre confiance, altérer notre perception de nous-mêmes et des autres. Mais ils ont aussi le pouvoir de nous définir, de nous pousser à chercher des réponses, à questionner notre place dans ce vaste univers.

Je poursuis, d'une voix tremblante mais ferme.

— Dès l'instant où elle est tombée malade, mon monde s'est effondré. Non seulement parce que les jours de ma maman chérie étaient comptés, mais aussi pour le secret qui allait m'exploser au visage, tel une bombe à retardement.

Je me souviens de cette atmosphère pesante dans la salle d'attente, une ambiance chargée d'incertitude et de peur. Quand le médecin est apparu enfin avec un masque de professionnalisme, ses yeux trahissaient la gravité de la situation. J'ai à peine eu le temps de m'asseoir dans son bureau, qu'il m'a annoncé le sinistre diagnostic.

« Mademoiselle, votre maman a besoin d'une greffe de foie en urgence. »

Ses mots résonnaient comme une sentence. Ma poitrine se comprimait. Je manquais d'air, je suffoquais. La femme qui avait toujours été mon roc devenait tout à coup vulnérable et fragile. Immédiatement, et sans aucune hésitation, je me suis proposée pour cette greffe. C'était pour moi une évidence de faire tout ce que je pouvais pour celle qui m'avait tout donné.

Les semaines qui ont suivies ont été un tourbillon de tests médicaux, de prises de sang et de consultations. Chaque piqûre et chaque examen m'offraient une parenthèse d'espoir, une opportunité pour sauver ma mère. Je priais chaque jour dans l'attente des résultats pour une correspondance parfaite, qui serait la solution à ce cauchemar.

Puis ce rendez-vous tant espéré est enfin arrivé. Je n'imaginais une seconde à quel point il bouleverserait ma vie. Le médecin m'avait convoquée une nouvelle fois dans son bureau, cet espace stérile éclairé par la lumière froide des néons comme pour anesthésier les émotions.

Il avait hésité, ses yeux reflétant le poids de ses mots avant même qu'il ne les prononce :

— Vous n'êtes pas compatible car vous n'êtes pas la fille biologique de Céleste Hamilton.

La réalité me frappait en plein cœur et me laissait sans voix.

Le sol se dérobait sous mes pieds. C'est comme si le monde autour de moi s'arrêtait brutalement, comme si j'étais suspendue dans un vide sans fin. Les mots du médecin n'avaient aucun sens. Pas sa fille ? Comment est-ce possible ? Je refusais d'y croire, mais cette chambre d'hôpital aux murs blancs et à l'odeur stérile me rappelait une réalité bien trop palpable pour être niée.

Mais alors, pendant toutes ces années, chaque baiser, chaque câlin, étaient fondés sur un mensonge !

La pièce semblait m'aspirer, chaque souffle devenait plus lourd sous le poids de cette révélation.

J'étais entrée dans la chambre de ma mère, le cœur lourd. Elle était là dans ce lit d'hôpital, totalement affaiblie. Elle avait les traits marqués par la fatigue et malgré tout elle avait gardé sa belle allure, ses yeux toujours aussi perçants et son regard lucide.

Quand nos regards se sont croisés, elle a compris que je savais. Aussitôt, son visage s'est éteint avec cette ombre de regret qui s'emparait d'elle et la dévorait totalement.

Elle avait pris une profonde inspiration, comme pour puiser en elle le peu de force et de courage qu'il lui restait pour me dévoiler l'impensable vérité.

« Ma chérie, il y a quelque chose que tu dois savoir. Le médecin a dû te révéler que je ne suis pas ta mère biologique. Je t'en prie, laisse-moi t'en expliquer les raisons sans m'interrompre. Lorsque j'étais jeune, je vivais en colocation avec ma meilleure amie Lola. Lola était pleine de vie, audacieuse et des rêves de gloire plein la tête. Elle était éperdument amoureuse de son manager et elle est tombée enceinte très rapidement. Elle s'est rendu compte tardivement de sa grossesse. Un avortement était impossible. Elle était désespérée au point de vouloir en finir avec la vie, ses rêves anéantis par la présence d'un enfant.

J'ignore pourquoi à cet instant précis, je lui ai proposé d'échanger nos identités afin que je devienne la mère de cet enfant, un projet complètement fou qui mettrait peut-être un terme à mon rêve de carrière mais qui sauverait deux vies ce jour-là : la sienne et la tienne.

354

Ce n'était pas très difficile à mettre en place car souvent les gens nous confondaient. La seule personne qui connaît la vérité est ce manager.

Après ta naissance, ils ont quitté Las Vegas. Je n'ai plus jamais eu de ses nouvelles depuis, et pour être tout à fait sincère, je n'ai pas cherché à en avoir. Tu étais mon trésor, et au fond de moi, très égoïstement, je craignais qu'elle regrette son choix, change d'avis et t'arrache à moi.

Lorsque j'ai rencontré Peter, tu avais quelques mois. Il a fait de moi la star de Las Vegas, est devenu ce mari et ce papa adoptif attentionné que tu connais. »

Je l'avais écoutée sans l'interrompre, même si chaque mot me déstabilisait. C'était comme si je découvrais une nouvelle facette de cette femme que j'avais toujours considérée comme ma mère. Une facette qui la rendait à la fois plus humaine et plus extraordinaire.

La gorge serrée, les émotions se bousculaient dans un tourbillon de confusion, de tristesse, mais aussi une étrange forme de gratitude. Je réalisais à quel point elle avait fait un choix impossible pour sauver une vie, peut-être même deux. Mais cette confidence tardive sur ma véritable origine me frappait comme un éclair qui déchire le ciel. Tout ce que je croyais savoir sur moi-même se dissolvait instantanément. Mais même si ce choix sème aujourd'hui le chaos dans mon identité, je sais qu'il est un acte d'amour incommensurable.

Mes yeux se posent sur ce bouquet de roses qui commence à faner sur le bord de la fenêtre, et je ne sais pas pourquoi cela m'a fait penser à elle, à ma mère biologique. Ces pétales étaient tombés comme toutes ces années perdues et des moments non partagés.

Avait-t-elle eu un jour une part de regret dans sa décision ? Pourquoi a-t-elle privilégié sa carrière ? Pourquoi avait-elle choisi de disparaître et de me laisser derrière elle ? Mais la question qui me hante le plus, est de savoir qui était cette femme qui m'a donné la vie mais ne m'a pas donné son amour.

Je sais juste qu'elle s'appelait Lola, et que c'était une jeune femme pleine de vie qui avait des rêves de gloire plein la tête.

Je prends une autre profonde inspiration, comme pour puiser dans une réserve d'énergie et de courage que j'ignorais avoir en moi.

— Ce livre est mon voyage pour trouver des réponses, pour comprendre qui je suis en dehors des secrets et des mensonges, mais aussi d'assimiler comment on peut préférer la mort à la naissance d'un enfant, au profit d'un rêve de gloire. C'est ma façon de prendre les morceaux brisés d'un miroir et de tenter de recomposer une image qui, je l'espère, sera plus authentique, plus vraie.

Je marque une pause, je laisse mes mots s'installer dans la conscience du public. Je vois des têtes qui hochent, des yeux qui se rencontrent, et je sais que ma vérité a trouvé un écho en eux.

— Je ne suis qu'au début de ce voyage identitaire et je suis loin d'avoir les réponses à toutes mes interrogations.

Je continue, la voix tremblante mais déterminée. Chaque mot que je prononce est comme une pierre posée sur le chemin tortueux de ma quête d'identité.

— Me poser ces questions est le premier pas pour trouver qui je suis vraiment, pour dénouer les fils complexes qui me lient à la femme que j'ai toujours appelée 'Maman'.

Je sens mes yeux s'humidifier, mais peu importe. Je n'ai pas à avoir honte de ma sensibilité.

— Les relations à la mère sont souvent un mélange complexe de lumière et d'ombre. Elles peuvent être à la fois le terreau de notre croissance et le labyrinthe de nos confusions.

Je pense à ma mère, à cet amour dont elle m'a toujours enveloppé, mais aussi à cette autre femme qui m'a donnée la vie, à tous ces secrets, ces vérités cachées qui ont jeté une ombre sur mon identité. Je porte en moi ces deux aspects. Un amour inconditionnel qui a été le socle de mon existence, mais aussi un abandon incompréhensible au profit d'une carrière qui vient ébranler mon monde. Cet amour inconditionnel, cette fusion émotionnelle que m'a offert ma mère, est une richesse, un feu sacré qui me guide et me réchauffe dans les moments de doute.

Mes pensées dérivent vers les moments heureux, les éclats de rire, les échanges profonds que nous avons partagés.

— Mais cet amour est aussi teinté de questions, de secrets qui malgré moi créent une blessure profonde car j'ai l'impression d'avoir perdu mon identité. J'ai le cœur rempli d'affection pour cette femme exceptionnelle, qui a fait de moi la personne que je suis, mais le sang qui coule dans mes veines est celui d'une inconnue qui a voulu se débarrasser de moi. Et vous savez quoi, le plus déstabilisant, c'est que je peux totalement comprendre son geste.

Je regarde le public. Je sens leur attention, leur empathie.

— Peut-être, qu'au-delà de vouloir faire taire les ragots, le fait de raconter mon histoire me sert de thérapie, et pourra aider quelqu'un d'autre à comprendre que même dans les relations les plus complexes, les plus douloureuses, il y a des apprentissages, des étincelles de vérité qui nous aident à devenir qui nous sommes vraiment.

Voilà, j'ai terminé, et un silence s'installe dans la salle, un silence lourd mais étrangement libérateur. C'est comme si chaque mot prononcé avait été un caillou dont j'aurais délesté mes épaules. Je me sens plus légère. Je suis fière d'avoir pu partager mon histoire en direct, et je sens que je suis maintenant prête à ouvrir la porte à de nouvelles possibilités.

J'ose regarder le public dans les yeux. Et je suis émue d'y voir de l'empathie, des émotions, de la curiosité aussi et pour certains je crois même y déceler de la reconnaissance. Je réalise que, malgré la complexité de ma propre histoire, je ne suis pas seule. Nous sommes tous des voyageurs sur le chemin sinueux de la découverte de soi, un chemin souvent semé d'embûches, de questions sans réponses et de vérités inconfortables.

Quel que soit mon chemin de vie, je suis plus forte désormais. Je refuse que mon identité soit uniquement définie par un passé, des secrets ou des mensonges. Soudain cette magnifique phrase de Carl Gustav Jung me revient en mémoire : « *Je ne suis pas ce qui m'est arrivé, je suis ce que j'ai choisi de devenir* ». Je réalise que la relation la plus importante n'est pas celle des liens du sang, mais celle de l'amour que j'ai reçu.

Cet amour qui transcende les erreurs, les secrets, et même les trahisons. Cet amour qui est le véritable fil d'or qui tisse la trame de mon existence, qui me donne la force de chercher, de questionner, et de trouver ma propre vérité.

— Finalement, qu'est-ce qui définit vraiment notre relation à nos mères ? Est-ce le lien biologique, cette connexion génétique qui nous unit dès la naissance ? Ou est-ce quelque chose de bien plus profond, quelque chose qui transcende la biologie ?

Si je me réfère à mon expérience et que je tente de comprendre qui je suis dans ce puzzle complexe et déroutant qu'est ma vie, je pense à tous ces moments d'amour inconditionnel et aux révélations difficiles que j'ai partagés avec la femme que j'ai toujours appelée « Maman », et je sais alors que ce qui a vraiment formé mon identité, ce n'est pas la biologie, mais la qualité et la profondeur de l'amour et de l'attention que j'ai reçus de sa part.

C'est cet amour qui m'a façonnée, qui m'a mise au défi, qui m'a poussée à grandir et à me découvrir. C'est cet amour qui m'a donné la force de me poser des questions difficiles et, finalement, de trouver une certaine paix dans la complexité de cette relation maternelle unique. Aujourd'hui je me dis qu'être mère, c'est plus que donner la vie. C'est donner un sens à la vie.

L'interview se termine et, peu m'importe les liens du sang, je sais que ma vraie maman est cette étoile partie briller parmi d'autres étoiles sous d'autres cieux, et qui continuera à éclairer mon chemin de son amour.

© Laurence Flez-Renaudin[73]

---

[73] Chroniqueuse Radio, elle apporte sa joie de vivre et son optimisme dans ses conseils de psy. Après une expérience de mort imminente, elle a transformé son hypersensibilité en force et partage sa passion pour la puissance de l'inconscient. Sa mission est d'accompagner chacun à devenir la meilleure version d'eux-mêmes, à travers des chroniques radio, des livres, des podcasts et des publications sur les réseaux sociaux.

Souha

Nour Cadour
(France/Syrie)

À ma mère spirituelle Souha, partie trop tôt….

Un ange balaie le pas de ta porte
Pour passer le temps
Vécu avec toi,

Et la figue fugue,
Sous le paillasson pourpré
De tes lèvres libérées ;

Un ange balaie le pas de ta porte
Pour passer le temps
Rêvé avec toi,

Et le jasmin scintille
Dans le creux de tes cils,
Sous la sonnette vibrante
De tes étoiles filantes ;

Un ange balaie le pas de ta porte
Pour passer le temps
Partagé avec toi,

Et la rivière de miel
S'écoule
Dans la flamme de tes yeux,

Sous la lueur dorée
De tes joues rosées ;

Un ange balaie le pas de ta porte
Et savoure le temps,
S.U.S.P.E.N.D.U,
Passé,
Avec toi.

© Nour Cadour[74]

---

[74] Peintre, romancière et poétesse franco-syrienne, Nour CADOUR est née en 1990 en Lozère et réside à Montpellier. Son premier roman « *L'âme du luthier* » est publié chez Hello Éditions en février 2022 et son premier recueil de poèmes « *Larmes de lune* » (lauréat du prix Jacques Raphaël-Leygues de la Société des Poètes Français en 2021 et de la fondation Saint-John Perse en 2022) chez L'Appeau'Strophe Éditions en septembre 2022. Un second recueil « *Le silence pour son* » est paru en janvier 2023 aux éditions « L'échappée belle ».

La mère

Tangi Colombel
(États-Unis/France)

© David Kessel, « La mère de Freud »

Ses paupières sont lourdes, sous le poids des larmes sans doute. Qu'importe! Il n'a pas besoin de ses yeux, car la rue de son enfance, vide de tout passant, est déjà plongée dans le noir. Il tournicote telle une girouette sur un clocher de Bretagne. Les bras ouverts, ses mains la cherchent à tâtons.

Elle reste introuvable. Au fond de lui, il sait la cause perdue. Elle est morte. Pas éteinte, pas disparue – au diable les euphémismes – morte !
Mais parfois, dans les rêves…

Il se souvient. « Rectifié ! » disait-elle de ceux qui succombaient rapidement. L'ironie a voulu qu'elle le quitte ainsi. Pas le temps de prendre congé. Enfin, si, au téléphone. A-t-elle même entendu, comateuse qu'elle était ? Il a hésité et a fini par murmurer dans le combiné : « Va ! Je t'aime ».

Son agonie et le ronflement des machines ont cessé quelques minutes plus tard. Elle avait obtenu la bénédiction de son garçon expatrié aux Amériques.
« Quelle idée d'être parti si loin ! ».

Alors qu'il retrouve l'obscurité, une musique retentit, comme jouée sur un vieux gramophone. Cela pourrait lui donner la chair de poule mais l'air est familier. Ils ont interprété cette chanson ensemble si souvent. Seulement, lui, minot, ne comprenait pas la même chose. Pourquoi cette femme s'obstinait-elle à confondre les blancs moutons avec les anges si purs ?

« C'est idiot. Les uns broutent, les autres volent. Offrez-lui des lunettes ! ».

La partition qui ne se souciait guère des colles de l'enfant curieux, continuait et entraînait le charmant duo.

Le son provient du numéro 9 de la rue. Il reconnaît parfaitement l'adresse, bien qu'il n'habite plus le bourg depuis belle lurette.

Attiré, il pousse la porte cochère. Dieu ! Qu'il fait jour derrière. Le soleil au zénith ne semble pas pressé de se coucher. Ses rayons, chauds et brillants, incitent les gens à la fête. Chacun s'amuse, au sommet des arbres, parmi les blés, sur des plages. Ils sont nombreux, mais ne forment qu'une entité, imposante, joyeuse et accueillante.

« C'est donc ça, l'après ? C'est merveilleux ».

Il ne l'aperçoit pas au milieu de la foule, néanmoins il la devine. Pourquoi l'aurait-elle attiré dans le lieu féerique sinon, en usant de la jolie mélodie ?

Il paraît que l'univers est régenté par un être divin. Du moins, c'est ce que lui ont enseigné ses classes de catéchisme. Il en doute, parce qu'il est adulte et orgueilleux. Toutefois, il lève les yeux au ciel et prie.
« S'il te plaît, accorde-moi un ultime instant avec elle, un vrai. Laisse-moi la sentir, la toucher, causer ».

Il n'attend pas longtemps, elle l'enlace déjà. Il ne distingue pas son visage, enveloppé qu'il est dans le confort du pull en mohair qu'elle portait aux grandes occasions. Cependant, il sait que c'est elle. Son parfum, sa taille, sa corpulence, il ressent tout, comme quand il est réveillé.

Il connaît son étreinte. Elle a parfois serré trop fort par le passé. Il a fallu la repousser gentiment afin de s'envoler vers une vie d'adulte. Là, il apprécie la pression.

« Que ce point d'orgue s'éternise ! ».

Ils s'isolent de la fête en constant apogée. Ils ne se parlent pas, malgré tout, l'échange est bavard. C'est un pas de deux d'émotions qui se danse au cœur de l'étau. Son contact lui fait oublier le chagrin. Comme lorsqu'il chutait de son vélo et qu'elle soignait l'égratignure à l'aide de mercurochrome et de bisous. Ce transfert d'énergie renouvelable est indispensable.

Car cette fois, la blessure béante ne risque pas de se fermer de sitôt vu la violence du choc. À la découverte de son corps diaphane, il est sorti hurler sa colère, sa peine, son impuissance en pleine campagne. Il a maudit ce Dieu auquel il ne croit pas et à qui il s'adresse décidément souvent.

« Garde-moi encore un peu, donne-moi de ta force. Tu évolues désormais à l'intérieur du monde de lumière. Moi, je devrai retrouver le vide et les ténèbres ».

Lui aussi va lui manquer. Mais elle a terminé sa mission, alors elle s'exécute. Elle a fait de lui un artiste gentil, honnête et responsable. Pas difficilement en plus. Il se laissait modeler de manière à ne pas la décevoir et à ne pas la voir pleurer. Elle l'avait trop fait.

Leur complicité s'affichait, évidente, aux personnes étrangères à leur entourage.

Elle buvait ses paroles, il admirait sa sagesse. Elle décelait ses secrets en le regardant. Il pouvait la dérider en flirtant avec la gauloiserie sans jamais tomber dans la vulgarité. Elle feignait d'être choquée puis riait.
Elle l'avait éduqué de belle façon, lui la rendait fière.

Il soupire et aussitôt un bien-être l'envahit. Enfin, un début de deuil. Une force l'extirpe de ses bras et le tire vers la sortie. Il n'y oppose aucune résistance. Le moment est venu de lui dire au revoir. Pas adieu, non ! Elle existe en lui.

Il a ses yeux bleus, son regard empathique sur la douleur des autres. Des conseils pleins de bon sens à leur endroit, quand ils veulent écouter, cela s'entend.
Il a sa passion des livres. Il raffole des expressions désuètes, des racines latines et carrées. Il parle seul en cuisinant et adore préparer la soupe de légume. Il sait que l'humanité changera grâce aux politesses du quotidien.

Surtout, il mène sa barque d'homme en amour et en élégance. Les sacro-saintes valeurs qu'elle prêchait sans relâche.

Tandis que la porte se referme sur le paradis, il l'observe qui rejoint une famille pas si nouvelle. Ils semblent se fréquenter depuis la nuit des temps.

Des poussières d'étoiles qui virevoltent au rythme envoûtant des notes de Charles Trenet.

« La mère, qu'on voit danser, le long des golfes clairs… »

© Tangi Colombel[75]

---

[75] Chanteur, humoriste et même acteur, Tangi Colombel possède plusieurs cordes à son arc. Breton, établi depuis près d'une vingtaine d'années en Floride, il explore désormais une nouvelle voie, la littérature en publiant une autobiographie romancée qui raconte sa trajectoire ainsi que celle de sa famille.

Aria de la mère

Marie-Amélie Rigal
(France)

Livre de ma mère, la pensée éphémère
À cette massive demeure, d'un Pagnol
Si bien nommée, le château de ma mère,
Terre mère, provençale et non espagnole.

De ces réminiscences, moi, la commensale
Plongeant de ces hauteurs vers un havre secret,
Je navigue à présent, nouvelle bertso(s)ale[76],
Sur le vaste océan par un divin décret.

La mer, mon repaire, calme ou impétueuse,
Se teintant de verts si chatoyants, de bleus gris,
Au gré de ses mouvements, robe fastueuse
Enveloppant et cajolant les cœurs aigris

Comme une mère, inquiète, sur les siens veille,
Protégeant, détournant les mauvais coups du sort,
L'œil aux aguets, sans cesse « qui vive? », en éveil,

Pour l'enfant si terrible, intrépide et garçon,
Chevalier, aventurière, consorts,
Fille, princesse, archer, sans vider les arçons.

©Marie-Amélie Rigal[77]

---

[76] Bertsosale : littéralement « amoureux des vers ». Le site Mintzalasai.eus rappelle que « Le bertso ou bertsu est un chant d'improvisation rimé.

[77] Auteure française, rédactrice de chroniques littéraires.

Pour parler de la Mère
Gérard Laffargue
(France)

© Jean-Michel Guiart

Pour parler de la Mère, il faut changer de style
Prendre un bout de la voile
Et s'en faire des langes
Agiter la rumeur et crier dans les villes
Un tocsin d'innocence,
Un appel à la grâce, un chuchotement bleu.

Ma Vierge, mon héroïne,
Ma sœur aux fils d'argent tressés des salives de la
Terre, un bout de chiffon blanc fera l'affaire
Et si tu veux
Nous mettrons à bas les bateaux pour en faire nos îles.

Tu en seras la proue, mon épouse d'exil,
Mon entrée de secours, ma sortie des orages.
Au-dehors, c'est le vide et le trac.
Et dedans, je n'ai pas tout vu.

Oui, j'étais le noyé de tes eaux,
Tu m'as sauvé de l'in extremis,
Et j'y retourne encore avec ma peur et ma curiosité.
Ton fils a le droit de visite.
Eh bien, j'en profite.

© Gérard Laffargue[78]

---

[78] **Auteur du** recueil *HAÏKULOGY* préfacé par Catherine Césarsky et de *Paysages Perdus*, poèmes avec des Encres de Raghda Hamzawi. Éditions Le Livre d'Art.

Aujourd'hui, j'ai appelé ma mère

Bob Oré Abitbol

(Québec/Maroc)

© Anna Alexis Michel

Aujourd'hui, j'ai appelé ma mère ! Elle ne m'a pas répondu ! Elle devait être occupée à autre chose de plus important.

Pourtant, lorsqu'un de ses fils ou sa fille l'appelait autrefois, elle laissait tout tomber pour écouter la voix de l'enfant chéri, pour avoir des nouvelles de chacun de nous, pour se sentir soutenue, protégée par notre force, notre amour, pour nous rassurer, nous bénir, nous complimenter, nous rabrouer aussi au besoin !

Mon cœur s'est serré très fort et j'ai compris aujourd'hui pour la première fois, après huit ans d'absence, que je ne lui parlerai plus, que je ne la reverrai plus. J'aurai beau évoquer sa voix, ses gestes, ses yeux, son visage tout entier, l'imaginer en train de rire, de parler, de raconter ses histoires à sa manière si vivante, si singulière et tellement drôle, je ne la reverrai plus !

Je ne pourrai plus lui dire ni mes petits ni mes grands chagrins, ni mes tourments ni mes joies, ni mon amour ni ma tendresse non plus. Ni surtout mon besoin d'elle ! Car elle savait écouter, prendre le temps de la réflexion , me conseiller sagement. Elle seule avait ce pouvoir. Elle seule savait le faire de cette façon-là, ferme et tendre à la fois !

D'elle, tout me manque : le goût de sa cuisine, sa présence formidable, elle, le ciment de la famille, elle : la famille.

Sa façon d'être et de se conduire : intègre et authentique en tout ! Sans artifices, sans prétentions, sans fausse modestie non plus : elle-même, envers et contre tout ! Envers et contre tous ! N'ayant peur de rien ni de personne sinon de Dieu qu'elle considérait, qu'elle aimait sincèrement et qu'elle respectait comme quelqu'un de bien et d'honorable…à l'égal de son père qu'elle vénérait !

Philosophe, psychologue, pédagogue, docteur, infirmière, chef étoilé (j'ai encore dans la tête, dans mon âme et dans mon cœur sans parler de mon estomac reconnaissant, la saveur exquise de certains de ses plats) professeur, conseillère, mère en un mot, elle était tout cela et plus encore à la fois selon le temps et ses humeurs !

Nous pensions, car elle nous le faisait croire dur comme fer, que nous nous aimions, que nous ne pourrions jamais nous passer l'un de l'autre, que nous resterions, mes frères et moi, unis, quoi qu'il arrive, quelles que soient les circonstances, quelle que soit la distance entre nous ! Que ce qu'elle avait créé à force de plats savamment cuisinés, de fêtes, de lumières, d'anniversaires, de réunions hebdomadaires, de shabbat, d'amour, de tendresse aussi, résisterait au temps et à son absence.

Elle comptait sur moi ou sur l'un ou l'autre de ses fils pour le faire. Elle avait confiance en nous ! En certains d'entre nous du moins ! Elle s'était trompée, comme se trompent souvent les mères de ce côté-là.

Personne n'est plus là pour faire disparaître les distances, pour effacer les malentendus, pour panser les petites et les grandes blessures et les egos démesurés aussi, comme elle savait si bien le faire.

Tout le monde pense toujours avoir raison !

— C'est lui ! ce n'est pas moi ! C'est lui qui a commencé!

Comme lorsqu'on était enfants et que c'était toujours la faute de l'autre !

La mère, ce personnage si formidable et si présent toute notre vie durant, jusqu'à la mort, notre mort ! La nôtre était une personnalité hors normes ou plus exactement un personnage. Il émanait d'elle malgré sa taille, une autorité, une assurance guidée par sa moralité et sa dignité de femme pure dans tous les sens du terme.

À la mort de mon père, parti prématurément, c'est elle qui avait repris le flambeau et assumé seule la survie et l'envol de sa nombreuse progéniture qu'elle aimait plus que tout. Elle était tellement sûre de nous, tellement sûre de nous, que nous ne pouvions pas faillir du simple fait de sa seule volonté.

Je la pleure aujourd'hui plus qu'au moment de son départ définitif. Je ne me rendais pas compte à ce point de ce que l'absence peut faire ou défaire. Parfois, c'est bien plus tard qu'on se rend à l'évidence !

Je me retourne et je ne vois que des images heureuses de nous : le visage hilare de mes frères et sœur, le regard attendri de ma mère, le doux sourire de mon père, des photos de naissances, de communions, de mariages, d'anniversaires, de fêtes, de rires, de chansons où elle organisait tout naturellement, comme s'il était « normal » ou « naturel » de faire à dîner pour dix ou cent personnes, comme ça, sur le pouce. Des photos de plage, au temps heureux où notre père, cet homme si doux, si gentil et si humain était encore vivant, avec, toujours, un soleil omniprésent en arrière-plan ! Des souvenirs de voyages à Venise, à Paris, à Monaco, à Jérusalem, ou encore à un retour nostalgique dans sa ville natale.

Comme si la vie, la jolie vie, filtrait et gardait avec intelligence et finesse les moments de bonheur et laissait échapper par miracle, comme avalés par le temps et l'oubli, les moments de tristesse, de malheur et de pluie !

Sans nos parents, et notre mère en particulier, nous sommes comme des cerfs-volants ballottés par le vent. C'est elle qui tient la corde, elle, qui nous guide même de loin et c'est toujours elle qui nous fait danser au rythme sublime de son amour et de sa tendresse ! Orphelins, nous devenons des funambules sans filet ! Des cerfs-volants déboussolés, déconnectés !

Je ne savais pas qu'elle me manquerait à ce point-là, comme un premier amour, le seul, le vrai, celui qui a vraiment compté pour nos cœurs vierges et purs.

Elle est partie, radieuse, sans souffrir mais c'est nous qui souffrons aujourd'hui et c'est nous qui l'appelons au secours pour nous rendre, l'espace d'un baiser, la douceur d'une caresse, le temps d'un soupir, un peu de notre innocence, un peu de notre candeur, un peu de notre enfance, un peu de notre jeunesse, un peu aussi de notre insouciance.

Et toi, Maman, comment vas-tu ? On te traite bien là où tu es ?

Je suis sûr que tu dois les faire rire comme tu faisais rire aux larmes si j'ose dire, ces familles endeuillées que tu venais voir en pleurs et que tu laissais rassérénées et presque joyeuses à ton départ ! Tu leur apportais une note d'espérance, un accent de jeunesse et de vie, une note de gaîté et de folie douce dans leur tristesse et leur morbide solitude et c'est comme si, d'un seul coup, dans l'hiver glacé de leur détresse, tu faisais apparaître, par magie, un printemps souriant et ensoleillé, un arc en ciel de bonheur éphémère…et salvateur !

Toi qui parlais à Dieu tous les jours, t'écoute-t-il à présent que tu es si proche de lui ?

De ton vivant, tu ouvrais grand les fenêtres qu'il pleuve ou qu'il vente et tu lui parlais comme à un ami, comme à un frère, comme à un père. Tu n'avais pas peur de « Lui » au contraire, tu plaisantais avec « Lui » , tu « Lui » racontais tout et n'importe quoi comme au meilleur de tes confidents, comme à l'ami le plus intime et tu croyais si fort en « Lui », si fort en « Lui », qu'il est impossible im-po-ss-ble qu'il n'existât pas, qu'il ne soit pas là en chair et en os et qu'il ne t'attende pas de pied ferme pour écouter tes dernières anecdotes !

Peux-tu le faire intervenir en ne notre faveur ? Qu'il nous donne la grâce, la patience, la sérénité, la réussite, la santé et des millions et des millions de dollars !!! Qu'il fasse cesser toutes ces guerres si terribles, si cruelles, si inutiles ? Qu'il fasse que la paix règne une fois pour toutes dans ce désordre épouvantable qu'on appelle la vie ? Et qu'il nous donne à nous et à nos proches, je le répète, des millions et des millions de dollars ! (…et surtout pas à nos ennemis !)

As-tu ce pouvoir ? A-t-il ce pouvoir ? Cette volonté, devrais-je dire ! Ou bien a-t-il délégué à l'homme et à la femme la capacité de décision et « Lui » reste simple spectateur-observateur, ni présent ni absent, de notre univers, de notre humanité déshumanisée, écartelée, décomposée et si belle ? Si fière et si pleine d'elle même ! Si sublime et si dérisoire ! Si désuète et si grandiose !

Dis-moi maman ? As-tu des compagnons ? Des amis ? Des amies ?

Chantes-tu parfois ? Est-ce que tu célèbres les fêtes comme ici sur terre toi qui aimais tellement cela ?

Existe-t-il vraiment des harpes et des violons, des grands rabbins à barbe blanche, des anges surnaturels qui vous surveillent comme un troupeau de moutons sur de beaux nuages blancs ? Je me le demande !

As-tu pu voir Papa ? Tes parents ? Tes frères ? Et ta fille ? Ta petite Jacqueline chérie que tu as perdue si jeune alors qu'elle n'avait que quatre ans et que tu as pleurée ta vie durant. L'as-tu enfin retrouvée ?

Son prénom que tu prononçais de façon sacrée est la dernière parole que tu as murmurée avant de partir vers l'autre monde auquel tu croyais si fort. Je pense sincèrement qu'à la fin tu avais vraiment hâte de la rejoindre.

Et nous ?

T'es-tu demandé ce que nous allions devenir sans toi ?

Tu as lâché tous tes enfants pour elle que tu as toujours aimée plus que nous tous, parce qu'elle avait disparu trop tôt, beaucoup trop tôt, sans que tu profites d'elle, de sa beauté légendaire, de son intelligence hors du commun, de son charme et de sa sympathie !

Ainsi de ceux qui partent !

La mort est une chose bien étrange et bien égoïste au fond ! Finis les problèmes, les soucis, salut la compagnie, au revoir et merci !

Voici huit ans que tu es partie et je pense à toi tous les jours, que je pleure ton absence et évoque ta belle présence si pleine et si joyeuse.

Et toi dans quel univers vis-tu ? Peux-tu revenir ici juste un peu ? un tout petit peu ! Pour un jour ? Pour une heure ? Une minute ? Juste le temps de me serrer contre toi une ultime fois, le temps de te dire un dernier je t'aime, le temps de te dire un dernier adieu !

Aujourd'hui j'ai appelé ma mère, quand me répondra-t-elle ?

© Bob Oré Abitbol[79]

---

[79] Auteur de plusieurs romans et pièces de théâtre, Bob Oré Abitbol est né à Casablanca (Maroc) Après quelques années à Paris, il choisit d'immigrer à Montréal au Canada. Il emménage ensuite au Mexique et ouvre une prestigieuse compagnie de relations publiques et d'événementiels. En 2000 il s'installe à Los Angeles, Californie. Il reviendra s'installer à Montréal où il a ouvert une galerie d'Art dans le vieux Montréal tout en poursuivant des activités d'éditeur.

La lanterne magique

Anna Alexis Michel
(États-Unis)

Dehors, il y avait la pluie, tant de pluie que la mer démontée débordait. Comme autant de râles, les vagues se jetaient aux pieds des palmiers pour s'en emparer et les emporter avec elles. Mais les palmiers résistaient et leurs palmes fières protestaient courageusement dans le vent qui les secouait jusqu'à presque les arracher.

Derrière la vitre, elle contemplait le spectacle hypnotique, un manuscrit sur ses genoux, un crayon à la main, une tasse de chocolat chaud posée près d'elle. Voilà cinq jours que la pluie tombait et cinq jours qu'elle lisait et relisait. Prenant des notes, modifiant une virgule, supprimant une phrase. Cela ferait un bon livre, ce recueil d'auteurs sur le thème des mères.

S'y trouvaient réunies toutes sortes de mères : des belles et des moches, des courageuses et des lâches, certaines admirables et d'autres horribles. Mais, leur point commun, à ces mères réelles ou imaginaires, c'est qu'elles avaient grandi dans la tête de ces auteurs.

Et c'était ce qui était fascinant. En fait, voilà, c'était ça, la réalité : les bébés naissent dans les entrailles, mais les mères, elles, naissent quand on les appelle « maman ». Il faut qu'un tout petit humain vous appelle un jour « maman » pour que vous le soyez, ce n'est pas un titre qu'on s'octroie et dont on se vante. C'est un titre qui s'acquiert. Maman, Mamounette, Mamounours. Au prix fort. On ne naît pas mère, on le devient, pensa-t-elle en riant, paraphrasant Simone de Beauvoir.

Et si elle avait ri, c'était parce qu'elle détestait tout de Simone de Beauvoir, absolument tout. Il faudrait qu'elle en parle à sa maison d'édition, de cette aversion à Simone. À Sartre aussi, son vieux complice. Jamais elle ne pourrait leur consacrer d'hommage. C'était déjà bien assez qu'ils s'insèrent, sournoisement, dans la collection quand un auteur trouvait utile de les mentionner. Sur cette bonne résolution, elle reprit sa lecture.

Le dernier texte était touchant, celui d'un homme qui appelait une mère qui ne lui répondrait plus. Les mères mortes, les mères absentes aussi, ce sont les pires finalement : les pires parce qu'elles sont les plus belles, les plus inaccessibles, coincées pour toujours dans leur perfection inaltérable ; les pires parce qu'elles sont les plus méchantes d'avoir fait de nous, pour toujours, irrémédiablement, des orphelins.

Non, elle n'écrirait pas sur sa mère. Pas cette fois-ci, il faudrait lui consacrer un livre aussi long que son absence, l'absence de toute une vie, trois mille mots n'y suffiraient pas. C'est la malédiction des mères mortes que d'occuper dans la tête de leurs enfants plus de place qu'elles n'en ont eu vivantes.

La pluie hypnotique se faisait plus régulière striant de larmes la fenêtre salie. Une petite chatte, sauvée une dizaine d'années plus tôt d'un sac en plastique méchamment jeté dans un lac, et donc très logiquement appelée Moïsha, sans doute traumatisée par le déluge extérieur, vint se frotter contre son bras. Alors elle lâcha le manuscrit, caressa la chatte rassurée et ronronnante, et s'endormit.

Elle était à nouveau dans le petit lit breton de la chambre de bonne de son enfance. Au plafond, les rais de lumière des phares des voitures dessinaient un ballet d'ombres qui balayait la chambre de figures fantomatiques. Elle reconnaissait le cauchemar de son enfance, chaque nouvelle ombre serait celle de sa mère revenant encore et encore alimenter sa culpabilité de survivante.

Mais non. Cette nuit-là, le cauchemar devenait onirique, presque christique. Chaque figure qui apparaissait au plafond dessinait un visage différent, une mère singulière et fugace : la première chantait une berceuse, la deuxième lisait un conte, la troisième pilait le mil en chantant, la quatrième, une élégante aux ongles rouges lui souriait aux anges...Elles défilaient et tournaient encore et encore sur le plafond de la chambre.

Alors, elle se mit à les compter, toutes ces mères, comme on compte les moutons, et elle en dénombra quarante-cinq. Elles se succédaient comme les images d'un kaléidoscope du bonheur, d'une lanterne magique improbable et heureuse. Il y avait des rires, des comptines, des ballades, quelques larmes versées vite épongées et des visages baignés de bisous magiques, ceux qui guérissent de tous les chagrins. Et le plafond tournait, tournait et tournait encore et l'Univers riait avec les mères et elle riait avec elles. Il n'y avait plus d'enfant perdu, enlevé, blessé ou mort, plus de mère épuisée, chagrine ou malheureuse.

Le tonnerre retentit, la chatte prit peur et la tasse de chocolat, heureusement vide, se brisa sur le sol la tirant de son rêve. Elle ramassa le manuscrit.

Puis, en souriant, émue, elle ferma ce qui deviendrait *Le livre de nos mères*.

© Anna Alexis Michel[80]

---

[80] Anna Alexis Michel est une artiste aux multiples facettes, avec plus de dix ans d'expérience en tant qu'auteur, dramaturge et artiste visuelle. Elle est titulaire d'une maîtrise Arts, Lettres, Langues de l'Université des Antilles, d'une maîtrise en droit de l'UCL et de diplômes du Sotheby's Institute of Art et de la Raindance Film School. Elle est passionnée par la promotion de la littérature et de la culture françaises dans les Amériques et au-delà. Elle est directrice éditoriale de cette collection. Elle est également l'auteur de trois romans, de plusieurs pièces de théâtre et d'un guide d'écriture disponible en français et en anglais. Elle a aussi publié le premier livre en français sur le gouverneur de Floride Ron DeSantis. Anna est une artiste créative et polyvalente qui s'efforce d'inspirer et d'éduquer à travers des projets originaux et transversaux.

« *Fils des mères encore vivantes, n'oubliez plus que vos mères sont mortelles. Je n'aurai pas écrit en vain, si l'un de vous, après avoir lu mon chant de mort, est plus doux avec sa mère. Aimez-la mieux que je n'ai su aimer ma mère. Que chaque jour vous lui apportiez une joie, c'est ce que je vous dis du droit de mon regret, gravement du haut de mon deuil.* »

Albert Cohen, Le livre de ma mère.

TABLE DES MATIÈRES

Contributions

Couverture
Aquarelle de Sandra Encaoua Berrih

Illustrations additionnelles
Anna Alexis Michel (& JmVoge pour The Meringue Project)
Carole Benichou
Rachel Brunet
Laurent Desvoux-D'Yrek
Sandra Encaoua Berrih
Jean-Michel Guiart
David Kessel
Sandrine Mehrez Kukurudz
Patricia Raccah
Sophie Turco

Avec nos chaleureux remerciements aux auteurs qui ont partagé leurs photos d'archives.

———

Déjà disponibles dans la même collection :

MARGUERITE YOURCENAR, LA PREMIÈRE IMMORTELLE – Mélanges en l'honneur de Marguerite Yourcenar. Ouvrage collectif sous la direction d'Anna Alexis Michel - 08 juin 2023. (ISBN 9798395712127)

Contributeurs : Anna Alexis Michel, Agnès Castera, Olivier Coutier-Delgosha, Laurent Desvoux-D'Yrek, Émilie Dhérin, Sandrine-Jeanne Ferron, Jean-Michel Guiard, Martine L. Jacquot, Jean Jauniaux, Florence Jouniaux, Michel Lobé Etamé, Anamaria Lupan, Meziane Mahmoudia, V.Maroah, Sandrine Mehrez Kukurudz, Carole Naggar, Billy Nzalampangi Ngituka, Rémy Poignault, Annie Préaux, Aude Prieur, Mariem Raïss, Marie-Amélie Rigal, Claire Rio Petit, Élisabeth Simon-Boïdo, Sophie Turco.

HOMMAGE AU PETIT PRINCE – Quatre-vingts talents pour les quatre-vingts ans du Petit Prince. Ouvrage collectif sous la direction de Sandrine Mehrez Kukurudz et Anna Alexis Michel – 13 juin 2023. (ISBN 9798393698140)

Contributeurs : Anna Alexis Michel, Mona Azzam, Isabelle Bary, Marie-Claire Bauceré Dehaene, Amira Benbekta Rekal, Sylvie Beroud, Emma Blue, Frann Bokertoff, Olivier Bonneton, Pascale Boulineau, Bou Bounoider, Corine Braka, Chantal Cadoret, Nour Cadour, Agnès Castera, Gérard Cavana, Valérie Chèze Masgrangeas, Max Clanet, Tangi Colombel, Marie Blanche Cordou, Olivier Coutier-Delgosha, Luxy Dark, Gaëlle Déchelette, Michael Delaporte, Laurent Desvoux-D'Yrek, Émilie Dhérin, Hélène & Alexander Drummond, Pom Ehentrant, Vincent Engel, Laure Enza, Zeina Fayad, Muriel de Foucaud, Gilles Gaillard, Cathy Galière, Cyrielle Gau, Jean-Michel Guiart, Evelyne Guzy, Christine Hainaut, Carine Hernandez, Sonia Waehla Hotere, Belinda Ibrahim, Florence Issac, Yannick Jan, Jean Jauniaux, Dominique Jezegou, Didier Kimmel, Nathalie Kohl, Tricia Lauzon, Jean-François Leger, Michel Lobé Etamé, Catherine Loup (Wolf), Meziane Mahmoudia, Valy Marval, Alice Masson, Sandrine Mehrez Kukurudz, Marie Meyel, Valérie Mirarchi, Lydia Mirdjanian, Steve Moradel, Don Moukassa, Nabil Naaman, Anne-Sophie Nédélec, Tom Noti, Françoise Péeters, Aude Prieur, Mariem Raïss, Nirina Ralaivao, Marie-Amélie Rigal, Claudia Rizet, Nathalie Sennegon-Nataf, Marynka Tabi, Éric Thériault, Gildas Thomas, Sophie Turco, Pierre-Jacques Villard.

HOMMAGE À ALBERT CAMUS – Créer, c'est vivre deux fois. Ouvrage collectif sous la direction éditoriale d'Anna Alexis Michel et la direction scientifique de Mona Azzam – 7 novembre 2023.

Contributeurs : Anna Alexis Michel, Mona Azzam, Nour Cadour, Benoît Cazabon, Valérie Chèze Masgrangeas, Luxy Dark, Olivier Coutier-Delgosha, Laurent Desvoux-D'Yrek, Émilie Dhérin, Laurence Flez-Renaudin, Vincent Engel, Muriel de Foucault, Gilles Gaillard, Cathy Galière, Jean-Michel Guiart, Évelyne Guzy, Christine Hainaut, Belinda Ibrahim, Martine L. Jacquot, Yannick Jan, Florence Jouniaux, Didier Kimmel, Marie Le Blé, Michel Lobé Etamé, Florence Lojacono, Meziane Mahmoudia, V.Maroah, Sandrine Mehrez Kukurudz, Valérie Mirarchi, Carole Naggar, Aude Prieur, Ingrid Recompsat, Marie-Amélie Rigal, Claudia Rizet, Abdelkrim Saifi, Marc de Saran, Élisabeth Simon-Boïdo, Philippe Stierlin, Michel Tessier, Sophie Turco, Jean-Michel Wavelet.

ÉDITIONS
RENCONTRE DES
AUTEURS FRANCOPHONES